AUTHENTIC
红发安妮系列 之
Goods

白杨山庄的安妮

[加]露西·莫德·蒙格玛丽 / 著

刘 华 李华彪 / 译

四川文艺出版社

图书在版编目（CIP）数据

白杨山庄的安妮 /（加）露西·莫德·蒙格玛丽著；
刘华, 李华彪译. — 2版. — 成都：四川文艺出版社，
2019.3
（红发安妮系列）
ISBN 978-7-5411-5228-3

Ⅰ.①白… Ⅱ.①露… ②刘… ③李… Ⅲ.①儿童小
说—长篇小说—加拿大—现代 Ⅳ.①I711.84

中国版本图书馆CIP数据核字（2019）第025979号

BAIYANGSHANZHUANGDEANNI

白杨山庄的安妮

［加］露西·莫德·蒙格玛丽　著

刘华　李华彪　译

责任编辑　李淑云
封面绘图　江显英
封面设计　叶　茂
内文设计　史小燕
责任校对　文　诺
责任印制　喻　辉

出版发行　四川文艺出版社（成都市槐树街2号）
网　　址　www.scwys.com
电　　话　028-86259285（发行部）　　028-86259303（编辑部）
传　　真　028-86259306

邮购地址　成都市槐树街2号四川文艺出版社邮购部　　610031
排　　版　四川胜翔数码印务设计有限公司
印　　刷　三河市华东印刷有限公司
成品尺寸　203mm×140mm　　开　　本　32开
印　　张　10.25　　　　　　　字　　数　240千
版　　次　2019年3月第三版　　印　　次　2019年3月第一次印刷
书　　号　ISBN 978-7-5411-5228-3
定　　价　22.00元

寻访露西·莫德·蒙格玛丽

◎ 李文俊

1989年的6月，我寻访了一位女作家。这次走得还真够远的，一直去到大西洋西北角圣劳伦斯湾的一个海岛上。这一次我寻访的是加拿大儿童文学作家，《绿山墙的安妮》(*Anne of Green Gables*)一书的作者露西·莫德·蒙格玛丽(Lucy Maud Montgomery)。

我最早知道这位作家的名字，还是得自1986年我国某份报纸上的一篇报道。那篇《渥太华来讯》里说："加拿大青年导演凯文·沙利文将加拿大著名女作家露西·莫德·蒙格玛丽的名著《绿山墙的安妮》改编为电视连续剧，该剧在加拿大广播公司电视台播放，收看人数达550万，超过了其他电视片。"报道里还提到：小说《绿山墙的安妮》发表于1908年，写的是一个孤女的故事。马克·吐温读了这部小说后曾说："安妮是继不朽的艾丽丝之后最令人感动与喜爱的儿童形象。"

1988年的夏天，我出乎意料地看到了《绿山墙的安妮》一书的中译本，马爱农译，中国文联出版公司出版。

我也曾注意过一些书评报刊，却从未见到有文章提到《绿山墙的安妮》的中译本，哪怕是一句。小安妮在中国的遭遇太可怜了。要知道这本书不但在英语国家是一本历久不衰的畅销书，而且被译成数十种文字，拍摄成无声、有声电影，搬上舞台，又改编成音乐喜剧。我一直为安妮在中国的命运感到不平，正因如此，在一次加方资助的学术考察活动中，我报了去蒙格玛丽故乡参观并写介绍文章的计划。

我动身之前仔细阅读了莫莉·吉伦(Mollie Gillen)所著的蒙格玛丽的传记《事物的轮子》(*The Wheel of Things*，1976)一书。下面的叙述基本上都取材于这部著作。

蒙格玛丽出生于1874年11月30日。她出生的地点是加拿大最小的省份爱德华王子岛北部一个叫克利夫顿的小村子。她的父亲是个商人，经常在加拿大中部经商，母亲在小莫德出生21个月后就去世了。莫德只得与外祖父母一起生活，她来到卡文迪许，这也是一个小村庄，离她出生地只有几英里。莫德对大自然的热爱贯穿了她的一生，也在她的作品中得到强烈的表现，这是与她在海岛上度过的童年生活分不开的。这个小女孩在森林、牧场与沙滩间奔跑。美丽的景色也培养了她对美好事物的追求。

母亲早逝，父亲经商在外，她没有兄弟姐妹，无疑有些孤独，她有时会对着碗柜玻璃门上自己的影子诉说心事。小莫德9岁时开始写诗，用的是外公邮务所里废弃的汇单。莫德15岁时写的一篇《马可·波罗号沉没记》在一次全加作文竞赛中得到三等奖。这是她根据亲眼所见的一次发生在海岛北岸的沉船事故写成的。1890年8月，莫德由外公带着来到父亲经商的艾伯特王子城。继母要她帮着带孩子。她不能上学，自然觉得很痛苦。但是她能通过写作把痛苦化解掉。她写了一首四行一节共三十九节的长诗，投稿后居然被一家报纸头版一整版登出来。当时她还不到16岁。她继续投稿，报纸上当时已称呼她为"lady writer"(女作家)

了。不久，她的短篇小说又在蒙特利尔得奖。1891年，父亲把她带回到故乡，此后，在父亲1900年去世前的几年里，父女很少见面。莫德幼年丧母，又得不到父亲的抚爱，她作品中经常出现孤儿形象与孤儿意识，便不是一件偶然的事了。

莫德回到爱德华王子岛后进了首府夏洛特敦的威尔士王子学院，1894年毕业，得到二级师范证书。在岛上教了一年书后，她又进了哈利法克斯的达尔胡西大学学文学。在大学念书时，她仍不断投稿。

1895年7月，莫德得到一级师范证书，她教了两年书。1898年3月，外祖父去世，莫德为了不使外祖母孤独地生活，回到故乡。从这时起除了当中不到一年在哈利法克斯一家报馆里当编辑兼记者兼校对兼杂差，直到1911年外婆去世，她都过着普通农妇的生活。但是不管在什么情况下，莫德都没有停止写作。她仍然不断向加、美各刊物投稿。有时，发表一首诗只拿到两元钱。

说起《绿山墙的安妮》之所以能写成，还得归功于莫德的记事本，她平时看到什么想到什么，就喜欢往本子上涂上几行。有一天她翻记事本，看到两行不知何时写下的字："一对年老的夫妻向孤儿院申请领养一个男孩。由于误会给他们送来了一个女孩。"这两行字启发了她，使她开始写小孤女来到一个不想要她的陌生家庭的故事。莫德把"一对夫妻"改成"两个上了年纪的单身的兄妹"，因为单身者脾气总是有点孤僻，这样，与想象力丰富、快言快语的红头发、一脸雀斑的小姑娘之间的冲突就越发尖锐了。小说的第一、二、三章的标题都是"×××的惊讶"，使读者莫不为小孤女的遭遇捏了一把汗。小安妮也确实因为性格直率、不肯让步与粗心大意吃了不少苦。但是最终的结局还是令人宽慰的。儿童文学作品总不能没有一个"快乐的结局"嘛。

《绿山墙的安妮》在1908年出版，很快就成为一本畅销书，到9月中旬已经4版，月底6版。到1909年5月英国版也印行了15版。1914年，佩奇公司出了一种"普及版"，一次就印了15万册。以后的印数就难以统计了①。

在这样的形势下，读者都想知道"小安妮后来怎么样了"，出版社看准了"安妮系列"是一棵摇钱树，蒙格玛丽自然是欲罢不能了。其结果是她一共写了8部以安妮与其子女为主人公的小说。它们按安妮一家生活的年代次序(而不是按出版次序)为：《绿山墙的安妮》(1908年出版，写安妮的童年)、《安维利镇的安妮》(1909，写安妮当小学教师)、《小岛上的安妮》(1915，写安妮在学院里的进修生活)、《白杨山庄的安妮》(1936，写安妮当校长时与男友书信往来)、《梦中小屋的安妮》(1918，写她的婚姻与生第一个孩子)、《壁炉山庄的安妮》(1939，写她又生了五个孩子)、《彩虹幽谷》(1919，孩子们长大的情景)、《壁炉山庄的里拉》(1921，写安妮的女儿，当时在打第一次世界大战)。这样的创作方式自然会使真正的艺术家感到难以忍受。出了第一部"安妮"之后莫德就在给友人的信里说："这样下去，他们要让我写她怎样念完大学了。这个主意使我倒胃口。我感到自己很像东方故事里的那个魔术师，他把那个'精怪'从瓶子里释放出来之后反倒成了它的奴隶。要是我今后的岁月真的被捆绑在安妮的车轮上，那我会因为'创造'出她而痛悔不已的。"

尽管莫德自己这样说，她的"安妮系列"后几部都还是有

---

① 笔者本人就见过中国出版的一种"海盗"影印本，上面没有任何说明。从版式、纸张、封面推测，大约是20世纪40年代上海印制的。

可取之处，其中以《小岛上的安妮》更为出色。作者笔下对大自然景色的诗意描写，对乡村淳朴生活的刻画，对少女的纯洁心态的摹写，还有那幽默的文笔，似乎能超越时空博得大半个世纪以来各个阶层各种年龄读者的欢心。这样的一个女作家不是什么高不可攀的哲人与思想家，而像是读者们自己的姑姑、姐妹或是侄女甥女。给莫德写信的除了世界各地的小姑娘之外，还有小男孩与白发苍苍的老人，有海员，也有传教士。两位英国首相斯·鲍德温与拉·麦克唐纳都承认自己是"安妮迷"。一位加拿大评论家在探讨"安妮"受到欢迎的原因时说，这是因为英语国家的人民喜欢小姑娘。不说英语的民族又何尝不是如此呢？人们在生活与艺术中对天真幼稚避之唯恐不及。但是率直的天真，不扭扭捏捏的天真，却又是一种难以企及的美的境界了。凡人都有天真的阶段，当他们处在这个阶段的时候莫不希望早日脱离，避之唯恐不及；但是一旦走出天真，离天真日益遥远，反倒越来越留恋天真，渴求天真，仰慕天真了。也许正是基于这种心理，连城府极深的政坛老手也希望能有几分钟让自己的灵魂放松放松？也许正是由于这个原因，71岁的马克·吐温给34岁的莫德写去了那样的一封"读者来信"？

美学家们对这样的现象可能早已有极为透彻的论述，还是让我回到莫德生平上来吧。她的外祖母于1911年逝世，莫德不愿一个人住在空荡荡的大房子里，搬到几英里外另一个村子去与亲戚一起住，不久便与埃温·麦克唐纳牧师结婚。他们恋爱已有8年，订婚也已有5年了。婚后除了做妻子和母亲(她生了三个儿子，活下来两个)需要做的一切家务事外，她还要担当起牧师太太的一切"社会工作"。

除了8本"安妮系列"之外，莫德还写了自传性很强的"埃米莉"三部曲。当然，还有其他长篇小说、短篇小说集和诗歌、自传之类的作品。莫德是1942年4月24日去世的。丈夫和两个儿子把她的遗体送回到卡文迪许小小的公墓，她的墓碑与如今已成为"蒙格玛丽博物馆"的"绿山墙房子"遥遥相望。

此后便是我去"绿山墙的房子"朝圣的日子了。

"绿山墙的房子"不算大，呈曲尺形，两层，每层也就有四五个房间。我们听完讲解员的话便拾级而上，到楼上去看"小安妮的卧室"。房间里沿墙放着一张硬板床，旁边是一只茶几。

莫德就葬在西边不远的地方。小说里写到的"情人巷""闪光的湖"和"闹鬼的林子"也都在附近。每年都有数以千计的游客慕名而来，其中不少是来验证自己读小说时所留下的印象的。

第二天，我冒着蒙蒙细雨，步行了几英里去看爱德华王子岛大学。校园的气氛有点像旧时上海的沪江大学或圣约翰大学。我在楼里楼外漫步了近1小时，几乎没有见到一个人，似乎是苍天有意安排，让我可以独自与莫德的幽灵相处，细细体味一个未踏进社会的女学生的多彩幻想与美丽憧憬。

我在岛上住了3夜之后按原定日程经由哈利法克斯飞往多伦多。我唯一感到遗憾的是未能看到音乐剧《绿山墙的安妮》，它要到7月才开始上演。

目录

第一年

一

（安妮·雪莉写给吉尔伯特·布里兹的信。安妮·雪莉已经获得学士学位，在萨默塞中学当校长；吉尔伯特·布里兹是位学医的大学生，就读于金斯波特的雷德蒙学院。）

白杨山庄

幽灵巷

萨默塞镇　爱德华王子岛

星期一　九月十二日

亲爱的：

我现在居住的这个地方的名字挺有趣吧！你以前可曾听说过如此美妙的地名？我的新住所名叫白杨山庄，我很喜欢这儿。我也挺喜欢幽灵巷的，尽管这一名称并没有得到官方的认可。它正式的名称是特伦特街，但是除了在《信使周刊》偶尔会使用一下这个名称外，平时几乎无人提及。甚至连人们在《信使周刊》上看见这一地名时，也会露出一副迷惑不解的样子，大家你看看我，我看看你，一脸茫然地问道："特伦特街到底在哪儿啊？"为什么会出现这种情况呢，我百思不得其解。为了弄个明白，我还特意去问过雷贝卡·迪尤，但是她也说不出个所以然，她只知道人们一直以来都习惯这种称谓，传说多年前这儿曾有幽灵出没。不过，她说，她还从未在巷子里见过长得比她更丑陋更像幽灵的东西呢。

关于我的故事稍后再讲给你听。你还从没听说过雷贝卡·迪尤这个人吧，不过，你以后会认识她的，一定会。我敢说，在以后我写给你的信中，雷贝卡·迪尤将是一个举足轻重的人物。

亲爱的，现在是薄暮时分。（顺便说一句，"薄暮"这个词是不是特别优美？与"黄昏"一词比起来，我更喜欢"薄暮"这个词。它听起来是那么轻柔，那么朦胧，那么……那么清幽。）白天，我属于这个世界，晚上，我则属于深沉的睡眠。然而，在薄暮时分，我则是自由的，我属于我自己……还属于你。所以，我是如此珍视这一时间，特意挑这一时间来给你写信，尽管这封信并不是情书。现在，我手里的笔老是刮纸，我不愿用这支破笔、或太尖或太粗的笔来写情书。所以你只有耐心等待，等我拥有了一支称心如意的笔，再给你写情书吧。吉尔伯特，现在我想给你讲一讲我的新住所和居住在这儿的人们，她们都可爱极了。

昨天，雷切尔·林德太太陪同我来到这儿。虽然她表面上说是来买些东西，可实际上，我知道，她是想来帮我找住所。虽然我已大学毕业，还取得了文科学士学位，可是林德太太仍然把我看作是一个不谙世事的黄毛丫头，需要"过来人"指导监督。

我们是乘火车前往的。噢，在火车上发生了一件啼笑皆非的事，你也知道，我总是在无意中卷入这些奇奇怪怪的事情中，就好像我身上有特殊的魔力，吸引它们前往。

事情发生在火车进站的时候，我站起身来，弯腰准备去提林德太太的行李箱。（林德太太准备寄宿在萨默塞镇的一个朋友家，和朋友一起度周末。）我把手重重地撑在锃亮的椅子扶手上——我以为那是椅子扶手。谁知，我的手却挨了狠狠一拳，疼得我差点惊叫起来。吉尔伯特，原来被我当作椅子扶手的东西，竟然是一个男人的秃顶。他怒气冲冲地瞪着我，一副睡眼惺忪的样子。我连忙低声下气给他赔礼道歉，并仓皇逃下火车。最后，我忍不住回头看了看他，没想到他仍恶狠狠地瞪着我，这可把林德太太吓坏了。直到现在，我的手还隐隐作痛呢。

一开始我还以为找一处住所不会太麻烦，因为有位叫作汤姆·普林格尔的太太十五年来一直在为这所中学的前任校长提供包括膳食的客房。然而，不知道为什么，她突然厌烦了"房客的打扰"，不肯把房子租给我。另外几处住所，我所中意的，房东却以委婉的理由将我拒之门外。还有几处住所，我一点儿也不喜欢。我们在镇上奔走了整整一下午，跑得我汗流浃背，头昏脑涨、心情沮丧。正当我绝望得差点儿放弃的时候，突然，幽灵巷出现了！

我们本来是顺便拜访林德太太的一位老朋友布雷达克太太的。布雷达克太太说或许有两位寡妇愿意帮助我。

"我曾听说她们想找一位房客，以便支付雷贝卡·迪尤的工资。如果没有一点额外的收入，她们就没法雇用雷贝卡·迪尤了。如果雷贝卡·迪尤走了，谁去帮她们挤那头老红牛的奶呢？"

布雷达克太太目光严峻地打量着我，仿佛她认定我应该去帮她们挤奶。可是，她的神情又流露出一丝不屑，哪怕我对天发誓我可以去挤奶，她也绝不会相信。

"你提到的寡妇究竟是什么人？"林德太太问。

"就是凯特大婶和查蒂大婶啊。"布雷达克太太说，好像人人都应该知道她们是谁，我这个无知的文科学士也不例外。"凯特大婶就是阿玛沙·麦库伯太太，她是船长的遗孀。而查蒂大婶则是林肯·麦克林太太，她的丈夫没什么名气。不过，大家都习惯称她们为'大婶'。她们住在幽灵巷巷尾。"

幽灵巷！这个名称令我怦然心动，我有一种预感，我将会居住在两位寡妇家里。

"我们马上去看看吧。"我向林德太太恳求道。我恨不能及时赶到那儿，生怕一旦错过，幽灵巷就会转眼消失，回到虚无缥缈的仙境中。

"你可以去看看，不过能否把房子出租给你，这还得雷贝卡·迪尤说了算。我可以告诉你，雷贝卡·迪尤才是白杨山庄的当家人。"

白杨山庄！这不会是真的吧，不会吧？难道我是在做梦？而雷切尔·林德太太却说这个名字太古怪了。

"哦，这个名字是麦库伯船长取的。你知道，这幢房子是他的。他在房子四周栽满了白杨，他为此感到特别自豪。可是他很少在家，即使回到家，住的时间也不长。凯特大婶过去常常说，这让她十分不方便。我们也弄不明白，她所说的不方便，是嫌船长在家待的时间太短了呢，还是他回来后扰乱了她的生活？好啦，雪莉小姐，希望你能顺利地寄宿在那里。雷贝卡·迪尤擅长烹饪，马铃薯冷盘更是她的绝活。如果她喜欢你，你会在那里过得非常快活。如果她不喜欢，噢……那也没什么。我听说有位新来的银行经理也在找住所，说不定雷贝卡·迪尤更乐意接纳他。性情古怪的汤姆·普林格尔太太不肯把房子出租给你，对你来说，说不定还是一件好事。萨默塞镇到处都是普林格尔家族的人或者和普林格尔家族沾亲带故的人，他们被称为镇上的'皇族'。雪莉小姐啊，你必须学会和这个家族的人和睦相处，否则，你就根本无法在萨默塞中学立足。他们在本地呼风唤雨。这儿有一条街就是以老船长亚伯拉罕·普林格尔来命名的。他们家族人多势众，不过，统领这个家族的却是两个老小姐，她们住在枫林山庄，听说对你十分不满啊。"

"为什么？"我惊讶地问道，"我根本不认识她们啊。"

"噢，她们的三堂弟也在极力争取萨默塞中学校长一职，她们认定他这次势在必得。当你申请到这个职位后，他们一个个气得咬牙切齿。噢，人嘛，都是这副德行。你也清楚，我们不能因此而苛责他人。他们平时对你彬彬有礼，可是一旦逮着了机会，就会给你难堪，让你吃不了兜着走。我并不是给你泼冷水，而是让你做好思想准备。就算是为了灭一灭他们的气焰，你也一定要把校长当好。如果两位寡妇愿意收下你，你将和雷贝卡·迪尤同桌吃饭，你该不会介意吧？确切地说，她并不是她们家的用人，而是麦库伯船长的远房亲戚。家里有客人的时候，她从不上桌吃饭，她有自知之明，知道自己的身份。不过如果你在那儿寄宿的话，她就不会把你当成客人对待。"

我让顾虑重重的布雷达克太太放心，我并不介意和雷贝卡同桌吃饭。说完，我拉着林德太太就向外走，我必须抢先一步，赶在那位银行家前面到达白杨山庄。

布雷达克太太把我们送到门口，她又叮嘱我道："千万别伤着查蒂大婶的感情。她的感情很容易受到伤害。她是一个既敏感又可怜的女人。你知道，她并没有凯特大婶那么有钱，尽管凯特大婶也并不是十分阔绰。此外，凯特大婶深爱着她的丈夫，查蒂大婶却恰恰相反。当然，这也不足为怪，因为林肯·麦克林先生是个阴阳怪气的家伙，查蒂大婶觉得人们会因为她丈夫的缘故而不喜欢她。上帝保佑，今天是星期天，如果今天是星期五，查蒂大婶会毫不犹豫地把你拒之门外。你也许会认为凯特大婶有点儿迷信，是吧？因为她的丈夫是船长，当海员的人一般都有几分迷信。可是事实却恰好相反，迷信的却是查蒂大婶，尽管她丈夫是个木匠。那个可怜的女人年轻的时候是个大美人呢。"

我向布雷达克太太保证，我一定会非常尊重查蒂大婶的感情，可她还是不放心，一直跟着我们走到路边。

"你不在家的时候，凯特大婶和查蒂大婶绝不会去碰你的东西。她们为人都很正派。至于雷贝卡，我就说不准了，不过她绝不会背叛你。如果我是你的话，我肯定不走前门，因为只有遇到重大的事件，她们才动用前门。自从阿玛沙的葬礼举行后，那扇门大概就再也没打开过。你可以走侧门。她们总是把钥匙放在窗台上的花盆下面，如果没人在家，你就直接把门打开，到屋子里等着好啦。千万别去称赞那只猫，雷贝卡·迪尤并不喜欢它。"

我向她保证绝不称赞那只猫，这才得以脱身。我们很快就找到了幽灵巷。这条巷子很短，巷子的一端通向了广阔的乡村，远处有蓝色的小山丘作为背景。巷子的一侧没有房屋，土地呈斜坡状，一直绵延到港湾。另一侧只有三幢房屋。第一幢房屋极其普通，根本不值得一提。第二幢是一座十分气派的大宅第，看上去阴森森的，红色的砖墙，用石料镶着边，屋顶呈复式人字形，斜顶上开着一扇天窗，顶端的露台部分围着铁栏杆，房子四周种满了云杉和冷杉，以致我们看不清房子的本来面目。第三幢也就是最后一幢，那就是白杨山庄啦，它坐落在巷子的拐弯处，屋前是一条杂草丛生的街道，屋后是一条真正的乡间小道，小道两旁树木郁郁葱葱，美不胜收。

我几乎立刻就喜欢上了这儿。有些房屋，你会一见钟情，这其中的原因连你自己也说不清楚。白杨山庄就属于这一类型。它是一幢雪白的房子，有着翠绿的百叶窗。房顶的一角耸立着一个"塔屋"，"塔屋"两侧各开着一扇窗户。一道石砌的矮墙将房屋与街道隔开，沿着矮墙种植着一排白杨树。房后有一个很大的园子，各种花朵和蔬菜竞相生长，相映成趣。这一切都是无法用语言来描述的。总之，这是一幢有着独特个性，又带着"绿山墙"韵味的住宅。

"我要找的住所非它莫属了，这似乎是冥冥之中早就注定的。"我兴高采烈地说。

林德太太看了看我，她才不相信冥冥之中早就注定这一说法呢。

"从这儿到学校要走很远的路呢。"她不以为然地说。

"我才不在乎呢，走路是很好的运动啊，你瞧，路边的白桦树和枫树多让人沉醉啊！"

林德太太看了看周围，冷不丁地冒出一句："希望没有蚊子叮你。"

"我也希望没有蚊子来骚扰我，我对蚊子深恶痛绝。哪怕只有一只蚊子，也常常会把我折腾得寝食难安，这比做了坏事良心受谴责更让人受不了。"

我很高兴不必从正门走进去。正门看上去令人望而生畏，它又高又大，由左右两扇木门构成，木头的纹理清晰可见，上面镶着带花纹的红色玻璃。它与整幢房屋的情调显得格格不入。我们穿过一条小路绕到侧门，这条小路铺着薄薄的平整的砂岩石，看上去十分可爱。这道绿色的侧门给人一种亲切友好的感觉。小道两旁砌着整洁有序的花坛，花坛里种植着彩带草、荷包牡丹、卷丹花、石竹、老人蒿、双色菊以及林德太太所谓的"珍珠松"。当然，在这个季节，它们并非全都盛开，可是你看见它们，一定会想象出它们争奇斗艳的景象，那一定是姹紫嫣红，花团锦簇。在远处的一个角落里，还有一块玫瑰花圃。一道爬满了常青藤的墙把白杨山庄和那幢阴森森的宅第隔开来，墙的正中央有一道退了色的绿门，上边架着拱形的方格棚架。一根葡萄藤从门里探出了脑袋，显然主人已经有好长时间不曾打开这道门了。这道门实际上只能算作是半道门，因为它的上半部没有门扇，于是形成了一个长方形开口，透过这一处开口，我们可以看见隔壁树木婆娑的园子。

我们刚一走进白杨山庄花园的门前，我一眼就看到了花园旁的小径上有一簇三叶草。我不由自主地弯下腰去仔细瞧瞧。吉尔伯特，你相信吗？我竟然发现三株四片叶子的三叶草！这真是一个好兆头啊！就算是普林格尔家族也难以与我的好运气相抗衡吧。我确信那位银行家是没机会在这儿住啦。

既然侧门开着，显然有人在家里，我们就不用在花盆下面找钥匙了。我们敲了敲门，雷贝卡·迪尤出来了。我一眼就认出她就是雷贝卡·迪尤，而不可能是别的什么人。

雷贝卡·迪尤大约四十岁，她有着西红柿一般的脸庞，油黑发亮的头发覆盖着额头，小黑眼睛闪亮，小鼻子浑圆如球，嘴巴却细长如线。她的胳膊、腿、脖子、鼻子……这些部位都长得短了些，只有笑的时候嘴巴咧得特别长，夸张一点儿说差不多咧到耳根啦。

不过当时她并没有微笑，当我问到能否拜见一下麦库伯太太时，她显得十分冷漠。

"你说的是麦库伯船长太太吗？"她一板一眼地问道，好像这里住着十几个麦库伯太太似的。

"是的。"我温和地回答说。随后雷贝卡·迪尤把我们领进起居室，让我们在那儿等候。起居室是一个十分舒适的小房间，虽然沙发背、椅子扶手上的罩单显得有点儿凌乱，但是房间里的氛围却显得温馨而友好，令人愉快。屋子里的每一件家具摆放的位置都恰到好处，大概它们已经恪守其位好多年了。那些家具看上去熠熠生辉！买来的上光剂都无法达到这种效果，这一定是雷贝卡·迪尤辛苦擦拭的结果。壁炉台上摆放着一只大瓶子，瓶子里装着一条扬着帆的小船。这小船引起了林德太太的极大兴趣，她察看了半天，也没弄明白它是如何被装进瓶子里去的。不过她认为这条小船给起居室平添了海洋的气息。

两位寡妇来到起居室，我对她们一见如故。凯特大婶身材高挑，略显清瘦，头发花白，有点儿严肃，和玛莉拉同属一个类型。查蒂大婶个子有点儿矮，显得有些瘦弱，也是满头银发了，她看上去有些忧郁。她年轻的时候也许很漂亮，不过现在除了棕色眼睛依然美丽，昔日的丰姿绰约已经荡然无存。她的那双棕色眼睛又大又温柔，十分迷人。

我说明我的来意，两位寡妇你看看我，我看看你，都拿不定主意。

"我们必须征求一下雷贝卡的意见。"查蒂大婶最后说。

"是啊。"凯特大婶附和道。

于是，她们把雷贝卡·迪尤从厨房里叫了出来。她的身后跟着一只猫。那只猫体形有点儿大，浑身毛茸茸的，是马尔他猫，胸脯上和脖子周围的毛都是白乎乎的。我本想摸一摸它，可是一想起布雷达克太太的警告，只好装出一副置之不理的样儿。

雷贝卡·迪尤面无表情地看着我。

"雷贝卡，"凯特大婶开门见山地说，"雪莉小姐想在我们这儿寄宿，我想我们不能答应她。"

"为什么不能呢？"雷贝卡问。

"恐怕会给你带来更多的麻烦。"查蒂大婶说。

"反正我对麻烦已经习以为常了。"雷贝卡·迪尤回答说。吉尔伯特，雷贝卡和迪尤这一名一姓是不能分开称呼的，要是分开叫让人觉得十分别扭，可是这两位大婶总是习惯地喊她"雷贝卡"。我弄不明白她们为什么喊得那么自然。

"我们都上年纪了，家里有年轻人进进出出会很不习惯的。"查蒂大婶坚持说道。

"可不要把我包括进去。"雷贝卡·迪尤反驳道，"我才四十五岁，耳不聋眼不花。家里有个年轻人住终归是一件好事，要是一个姑娘那就再好不过了。要是住上一个小伙子，说不定会日夜不停地抽烟，在我们睡觉的时候把我们呛死。如果你们想找一个人寄宿的话，我建议你们就把房子租给她好啦，当然啦，你们是房主，这事还得你们说了算。"

她说完就退下了——这是荷马作品中常见的手法。我知道这件事已经敲定。不过，查蒂大婶却让我上楼去看看准备的房间是否满意。

"亲爱的，我们打算让你住在塔屋里。它虽然没有备用的客房那么宽敞，不过那间屋子有暖气口，冬天可以生炉子取暖，而且窗外的景色也不错。你可以站在窗前，看见古老的墓园呢。"

我知道我会喜欢那个房间的，光是"塔屋"那个名字就令我心驰神往。你还记得我们在安维利学校常唱的一首老歌吗，歌中有一位少女"住在灰蒙蒙的大海边一座高高的塔楼里"。这时，我也恍如置身其中。果不出所料，这间塔屋可爱极了。我们从楼下角落里登上窄小的楼梯来到塔屋。房间非常小，不过比我在雷德蒙学院读大一时住过的那间寝室好多啦。塔屋里开着两扇窗，一扇是朝西的天窗，另一扇朝北开在山墙上。在塔屋的折角处还开着一道"三面窗"，三个窗扇都可以往外推开，窗子下面放着一个书架。地面上铺着圆形的编织地毯，一张大床上方支着蚊帐，床上铺着一条野鹅绒被子。这床被子看上去是那么平整光滑，让人不忍心睡上去，生怕把它弄皱了。噢，吉尔伯特，这张床实在是太高了，我得借助一道可爱的小台阶才能爬上去。这道小台阶是活动的，白天可以把它收起来放在床脚下。这张奇特的床，大概是麦库伯船长从异国他乡买来的。

房间里有一个可爱的小碗橱，碗橱里的隔板上镶着扇形的装饰白纸，橱门上画着花束。窗前的椅子上放着一块蓝色的圆坐垫，坐垫中央钉着一枚大纽扣，纽扣深深地陷了进去，看上去就像一块膨胀的蓝色炸面圈。屋子里还有一个漂亮的脸盆架，它分为上下两层，上面一层正好放下一只脸盆和一只淡青色的冷水壶，下面一层可以用来放肥皂盘和热水瓶，中间是一只黄铜把手的小抽屉，抽屉里放着毛巾。在脸盆架上方的架子上，摆放着一尊瓷器仕女塑像。她坐姿端庄，穿着粉红色的鞋子，腰上系着镀金的腰带，瓷制的金黄色头发上还戴着一朵红玫瑰呢。

阳光透过浅黄色的窗帘照进屋来，把整个房间染成一片金黄。窗外白杨树影影绰绰的树影映照在屋里的白墙上，形成了一幅活灵活现的挂毯。这一幅挂毯变幻莫测，颤动不已。这个房间仿佛能给人带来无限快乐，顷刻间，我成了世界上最幸福的姑娘。

"你住在这儿会很安全，这才是最主要的。"我们离开那幢房子后，林德太太说。

"自从经历了派蒂小屋的自由时光，我倒是希望有些东西来约束一下自己。"我跟林德太太开玩笑说。

"自由！"林德太太嗤之以鼻，"不要学美国佬那一套，安妮。"

今天我带着全部行李来到这儿，依依不舍地离开了绿山墙。尽管我时常离开绿山墙，甚至有时候会很长时间见不着它，可是只要一有假期，我就会回到那儿，好像我从不曾离开过它。与绿山墙离别，常常令我十分难过。不过，我知道我会喜欢上这儿的。这儿也会热情地向我敞开怀抱。一处宅院是否乐意接纳我，我总是能够凭直觉感应到。

窗外风景优美如画，甚至连古老的墓园也显得那么幽雅。墓园的四周种着一排排郁郁葱葱的冷杉，一条蜿蜒小路通往墓地，小路两侧是排水沟。从西面的窗口看去，整个港湾、远处薄雾笼罩的海滨、可爱的小帆船、开往未知口岸的轮船，全都尽收眼底。哦，"未知口岸"——多么令人着迷的字眼，让人忍不住浮想联翩！从北边的窗口，可以看见乡间小道那边的桦树林和枫树林。你是知道的，我对树木总是一往情深。当我们在雷德蒙英文课上学习英国诗人丁尼生的抒情诗时，我总是和可怜的伊侬一起替她那些惨遭践踏的松树难过。

小树林和墓园后面是一座可爱的山谷，蜿蜒的山路宛如一条亮闪闪的红缎带，山路两旁零星地散布着一座座白色的房屋。不知为什么，有些山谷就是备受青睐，即使你远远地眺望着，也会让你觉得心旷神怡。山谷的远处是一座青翠的小山。我正在给它命名呢，想把它叫作"风暴王"还是"激情弥漫"等等。

当我一个人想静一静时，这间小屋无疑是理想之地。你也知道，偶尔独处一下是多么美妙啊。风儿是我的朋友。它们围着塔屋呼啸、悲叹、低吟——冬天刮着白风，春天刮着绿风，夏天刮着蓝风，秋天刮着红风，一年四季都有风儿做伴。"他的内心世界犹如狂风骤雨。"《圣经》里的这句诗令我心潮澎湃，仿佛风儿在触摸我的每一寸肌肤。在乔治·麦当劳的作品中，那个乘着北风飞走的男孩让我忌妒得要命。吉尔伯特，总有一天夜里，我会打开塔屋的窗，投入风儿的怀抱。至于那天晚上我的床上为什么没有睡过的痕迹，雷贝卡·迪尤将永远也不会知道。

亲爱的，我希望当我俩找到"梦中小屋"时，会有风儿陪伴着这间小屋。哦，我那可爱的梦中小屋，如今我还不知道它在何方。月光沐浴下的小屋，晨曦初升的小屋，我喜欢哪一个好呢？在我们未来的小屋里，我们将拥有爱情、友谊和工作，还会发生一些逸闻趣事，供我们年老时在朗朗笑声中慢慢回忆。变老！吉尔伯特，我们真会变老吗？我觉得这简直就是天方夜谭！

从塔屋左边的窗口，我可以看见镇上各种房屋的屋顶。这儿就是我至少要生活一年的地方。住在那些房屋里的人们将成为我的朋友，或许有些人会与我为敌，尽管现在我与他们素不相识。在这个世界上，像派伊那种类型的人比比皆是，在这儿，我得小心提防着普林格尔家族的人。明天就要开学了，天啊，我教的竟然是几何！当初，我学习几何学得那么辛苦，现在教起来肯定也不会轻松。上帝啊，但愿普林格尔家族中没有数学天才吧！

尽管我来到这儿才半天时间，可我觉得和两位寡妇以及雷贝卡·迪尤早就是老相识了。两位寡妇让我称她们为"大婶"，我则让她们叫我安妮。我起初把雷贝卡·迪尤称为"迪尤小姐"。

"你叫我什么来着？"她问道。

"迪尤小姐？"我温柔地说道，"难道称呼错了吗？"

"噢，没有。不过已经很久没人叫我迪尤小姐了，你这样称呼让我挺不习惯的呢。雪莉小姐，以后别这么叫了，我听了有点儿难为情。"

"我知道啦，雷贝卡·迪尤。"我说。看来，我竭力想把她的姓省去，却以失败告终。

布雷达克太太说过查蒂大婶天性敏感，此话千真万确。吃晚饭的时候，我亲眼见识了这一点。凯特大婶偶尔提到"查蒂大婶快过六十六岁生日了"。这时，我无意瞥见查蒂大婶正在黯然落泪，她不是在痛哭流涕，用"痛哭流涕"这个词来形容太夸张了。她眼泪汪汪，泪水从那双棕色的大眼睛里夺眶而出。

"你这是怎么啦，查蒂？"凯特大婶担忧地问道。

"哪里是……是六十六岁，明明是六十五岁生日嘛。"查蒂大婶委屈地说。

"噢，对不起，查蒂，请原谅。"凯特大婶向她道歉。不一会儿，查蒂大婶就雨过天晴了。

家里那只猫是一只可爱的大公猫，有着金黄色的眼睛，蓝银灰色的毛皮极其漂亮。凯特大婶和查蒂大婶叫它"灰毛米勒"，而雷贝卡·迪尤则叫它"该死的猫"，她对它厌烦透顶。每天早晚她都得喂它一块猪肝；每当它溜进起居室时，她不得不用一把旧牙刷把它掉在扶手椅座上的毛刷干净；如果它夜不归宿，她还得出门到处找它。

"雷贝卡·迪尤一向都不喜欢猫。"查蒂大婶告诉我说，"她尤其讨厌灰毛米勒。坎贝尔老太太曾经养过一条狗，两年前，那条狗用嘴把这只猫叼到这儿来的。"

"我想，那条狗大概认为把这只猫叼到老太太那里也没用吧。当时这只可怜的猫浑身湿漉漉的，又冷又饿，瘦得只剩下皮包骨。就算是铁石心肠，看见它这副可怜兮兮的模样儿，也会心生怜悯，于是我和凯特收养了它，雷贝卡·迪尤为此耿耿于怀。这件事情我们处理得不够巧妙，我们应该装出不想收养的样子。我不知道你是否注意到——"她说着小心翼翼地转过身去看了看餐厅和厨房之间的那道门，"注意到我们是怎么设法应付雷贝卡·迪尤的。"

我早就注意到了，这个方法多么高明啊。萨默塞镇上的人甚至连雷贝卡·迪尤本人都认为这里是雷贝卡·迪尤当家做主，可是两位大婶彼此都心知肚明，那不过是一个假象。

"我们不愿意把房子租给那位银行家，青年男子总是不大安分，如果他不按时去做礼拜，我们肯定会替他担忧的。于是，我们假装同意把房子租给他，雷贝卡·迪尤这时就站出来表示强烈反对。亲爱的，我真心欢迎你住进来。我相信你是一个极易相处的人，希望你也喜欢我们这几个人。雷贝卡·迪尤身上也有一些好的品质，十五年前她刚到这儿来时并不像现在这样爱干净。有一次，凯特不得不把她的名字'雷贝卡·迪尤'写在客厅的镜子上，好让她看见上面蒙着的厚厚一层灰，没想到这一招还挺管用的，雷贝卡·迪尤从此判若两人。但愿你对卧室感到满意，亲爱的。晚上你可以开窗通风。凯特虽然不赞成夜间开窗通风，可这没关系，她知道尊重房客的权利。我和她睡在一起，所以我们两人就达成了协议，轮流开关窗，今夜若为她关着窗户，明晚就该替我打开窗户。人们往往可以为这类小争执找到解决办法，对吧？只要下定决心就会有办法的。如果夜里你听见雷贝卡老是走来走去的声音，不要害怕。她只要听见一点儿动静，就要起床四处察看。我想这就是她为什么不愿意接纳那个银行家的原因。她或许担心穿着睡衣撞着他了吧。凯特是一个沉默寡言的人，希望你不要介意，她就是这种性格。照理说，她应该健谈才对，因为她年轻时跟着阿玛沙·麦库伯船长一起周游了世界各地。我倒希望自己有那么多阅历可谈，可是我这辈子不曾离开过爱德华王子岛半步。我常常纳闷，上帝为什么要这么安排啊？像我这种没多少谈资可言的人，整日里却喋喋不休，像凯特那样阅历丰富的人，却惜字如金。这或许就是所谓的天意吧。"

查蒂大婶说起话来滔滔不绝，不过这番话也不是一口气说完的。在她说话的过程中，我也曾不失时机地插上几句，不过那些话都无关紧要。

她们养了一头奶牛，这头牛养在詹姆斯·汉密尔顿先生家的牧场里，雷贝卡·迪尤到那儿去帮着挤奶，因此家里的牛奶很多。每天早晚，雷贝卡·迪尤便会把一杯鲜奶从旁门的开口处送给坎贝尔太太的女佣，听说这杯奶是给"小伊丽莎白"喝的，医生嘱咐喝鲜奶有益于她的身体健康。不过，我还不知道那个女佣是谁，那个小伊丽莎白又是谁。坎贝尔太太是隔壁那幢房子的主人，那堡垒一般的大宅子名叫"常青树山庄"。

今天夜里，我肯定又要失眠了，第一次睡在陌生的床上我总会失眠，而这张床又是我见过的最古怪的床，不过睡不着也没关系。我喜欢躺在床上夜深人静时睁大眼睛浮想联翩，想一想过去的事、眼前的事和未来的事。特别是未来的事更让我心醉神迷。

吉尔伯特，这封信长得有点儿近似残酷，我保证下次再也不会写这么长的信啦。我恨不能把这里的一切都告诉你，让这里的一切在你眼前活灵活现地展现出来。好啦，就此停笔吧。远处港湾上方的月亮渐渐"沉入幻境"，我还得给玛莉拉写一封信呢。给玛莉拉的信后天就可以抵达绿山墙，戴维将会把信从邮局带回家。到时候，玛莉拉打开信封，戴维和朵拉依偎在她身旁，林德太太则会把两只耳朵凑过来……唉，我又开始思念她们了。晚安，亲爱的。

你的一往情深的

安妮·雪莉

二

（摘自若干封书信，写信人与收信人同前。）

九月二十六日

你知道我每次到哪儿去读你的来信吗？是去对面的小树林里。树林里长满了蕨类植物，阳光洒在蕨类植物上显得斑驳陆离。那儿有一条小溪谷，小溪谷从树林中蜿蜒而过，小溪旁长着一排亭亭玉立的幼年白桦树，其中有一棵树的树干扭曲着，上面布满了青苔，我就坐在那棵弯曲的树干上。我在这儿做着各种各样的美梦，有鹅黄般嫩绿的梦，有玫瑰般斑斓的梦，有非比寻常的梦。我会幻想这些美梦来自我那长着白桦树的秘密溪谷，是这些婀娜多姿、修长纤细的小白桦树与潺潺吟唱的小溪秘密结婚后的爱情结晶。我喜欢坐在那儿聆听小树林的宁静。吉尔伯特，你曾注意到有许多种不同形式的宁静吗？树林的宁静、海滨的宁静、牧场的宁静、夜晚的宁静、夏日午后的宁静……所有的这些宁静各有千秋。如果有一天我的眼睛看不见了，对热冷也失去知觉了，我仍然可以凭借我对周围宁静氛围的把握，轻而易举地分辨出我身在何处。

学校已经开学两个星期了，我把工作安排得井井有条。不过布雷达克太太对我的提醒是对的，普林格尔家族的人的确对我心怀不满。尽管有那几株幸运三叶草的庇护，可迄今为止我还是不知道怎么解决这个问题。正如布雷达克太太所说他们表面上对我彬彬有礼，可实际上却是居心叵测。

普林格尔家族明争暗斗，他们互相监视，内讧不断，然而在对外方面却是沆瀣一气。在我看来，萨默塞镇上就只有两种人，普林格尔家族的，以及非普林格尔家族的。

我任课的班上有不少姓普林格尔的学生，还有相当多的学生虽然姓别的姓，却和普林格尔家族有血缘关系。这帮学生的领头人似乎是珍·普林格尔，一个长着绿眼睛的调皮鬼。珍·普林格尔的那副模样让我忍不住想起了十四岁时的佩姬·夏普①，她们实在是像极了。我相信是她在暗中教唆学生捣乱，有意蔑视我的存在，对此我却束手无策。她喜欢扮各种滑稽的鬼脸，逗同学们开心。当我在教室里听到身后响起一阵压抑的笑声，我就知道这是怎么回事了，可是至今我也没当场抓住她的任何把柄。这个捣蛋鬼狡猾极了！她的文笔还不错，在数学方面也挺有天分。我真是不幸啊！她举手投足间透出几分机灵，说话不乏幽默感，如果她不是一开始就对我抱有成见，说不定我们还会成为好朋友呢。现在，既然事已至此，恐怕我们短时间内很难走到一起。

珍的堂妹迈拉·普林格尔是学校里的校花，可是却有些笨，时不时地闹出一些笑话。比如今天在历史课上，她说印第安人把法国的探险家和殖民者尚普兰及其部下当成神仙，即超人。

用雷贝卡·迪尤的话来说，普林格尔家族的人在萨默塞镇的社会地位"十分显赫"。已经有两户姓普林格尔的家庭邀请我去吃过晚饭。邀请新来的老师吃晚饭是这里的传统，普林格尔家族的人也只好遵从。昨天晚上，我应邀到詹姆斯·普林格尔家吃

---

① 佩姬·夏普（Bechy Sharp），英国作家萨克莱小说《浮华世界》中的人物，一个以自我为中心的女孩。

饭，詹姆斯·普林格尔是珍的父亲，他的模样像一位大学教授，实际上却愚昧无知。他大谈其"纪律"，甚至激动地用手指使劲敲击着餐桌上的台布，可是他连"纪律（discipline）"的发音也弄错了，居然漏掉了其中的"cip"，言谈中还有不少语法错误。他的手指甲也未曾修剪。他说萨默塞中学一直需要一位作风强硬、经验丰富的老师，最好是一位男教师。他担心我太年轻了。"这个缺点，时间很快就会将其纠正的。"他有些伤感地说。我唯恐自己出言不逊，给自己招来麻烦，所以我只好像任何一个普林格尔那样，表面上装出一副态度谦恭的样子，可心里却在不满地嘀咕："你这个蛮不讲理满脑子偏见的家伙！"

珍的聪明一定是从她妈妈那儿遗传来的，我发觉自己挺喜欢她妈妈的。在父母面前，珍表现得中规中矩。虽然她说话彬彬有礼，可语气却十分傲慢。每当她称我"雪莉小姐"时，都好像对我怀着一腔深仇大恨，极不情愿地吐出了这几个字。每当她的目光轻蔑地掠过我的头发，我的心一下子就凉透了，总觉得我的头发颜色就像胡萝卜一样平淡无奇。我敢说，普林格尔家族的人谁也不会承认我的头发是漂亮的红赭色。

相对而言，我更喜欢莫顿·普林格尔一家。虽然莫顿·普林格尔从来不会认真倾听你说什么。他对我说过一番话后，等我开口回答他时，他已经心猿意马，开始琢磨下一句话了。

斯蒂芬·普林格尔太太（即寡妇普林格尔，萨默塞镇有很多寡妇）昨天给我写了一封信，信写得客客气气，但却绵里藏针。信上说，米丽的家庭作业太多了，米丽身子娇弱，不宜做过多的功课，以前的贝尔老师就从未给她布置过家庭作业。她是一个敏感的孩子，请一定要体谅她。贝尔老师就特别体谅她！斯蒂芬太太相信如果我有心那么做，也一定会做得和贝尔先生一样好。

今天上课时亚当·普林格尔流鼻血了，不得不提前回家，我想斯蒂芬太太一定会认为这是我一手造成的。昨夜我深更半夜就惊醒了，后来再也没法入睡，因为我突然想起白天的一个疏忽，我在板书时忘了在字母"i"上面加那个点了。我深信我的这一失误一定被珍·普林格尔注意到了，她一定会把这件事四处传播的。

雷贝卡·迪尤说除了枫林山庄的那两位老太太，普林格尔家族每户人家都会请我去吃饭，随后就会对我不理不睬。因为他们在镇上影响力极大，他们把我晾在一边，这就意味着我在萨默塞镇孤立无援。好吧，走着瞧吧。战斗才刚刚开始，胜负还难以预料呢。不过这种情况仍让我感到不痛快。一旦带有偏见，就很难客观地去处理问题。我仍然像童年时一样，如果别人不喜欢我，我会感到闷闷不乐的。想到这儿有一半的学生家长对我心怀憎恨，我的心里真的很不是滋味啊，更何况错不在于我！这种不公平的待遇深深地刺伤了我。

除了那些普林格尔，我的确很喜欢我的学生。有些学生聪明伶俐，志向远大，肯下功夫，对学习抱有浓厚的兴趣。刘易斯·艾伦在他的寄宿处做家务，以此来支付食宿费，并且一点儿也不以此为耻。索菲·辛克莱每天骑着她父亲那匹无鞍的老灰马，上学放学来回要走十二英里。这些学生给了我莫大的勇气与鼓励！如果我能教好像索菲·辛克莱那样的女孩，那些普林格尔对我的不满又算得了什么呢？

但问题在于如果我不能赢得普林格尔的支持，就很难开展教学工作。

可是我爱白杨山庄，它不仅仅是我的寄宿处，而是我的家！

查蒂大婶她们特别喜欢我，就连灰毛米勒也喜欢上了我，尽管它有时候会和我闹闹意见，故意背对着我坐着，偶尔还会扭过头来，用那双金黄色的眼睛扫我一眼，看看我有什么反应。雷贝卡·迪尤在场时，我就尽量不去逗它，否则她会生气的。白天这只猫表现得安静而乖巧，而晚上它却变得有些古怪，雷贝卡·迪尤说这是因为天黑之后从不让它出门的缘故。她讨厌站在黑黢黢的后院一声又一声地呼唤着猫，她说邻居们肯定都会笑话她。她说，她扯开喉咙喊"猫……猫……猫"的时候，在静悄悄的夜晚，她的声音一定会传遍整个小镇。两位大婶若临睡前没看见猫，就会大发脾气。"没人知道为了那该死的猫，我遭了多少罪。"

两位寡妇一点儿也不显老。随着时间的推移，我越来越喜欢她们。凯特大婶不爱读小说，但是她告诉我，她绝不会干涉我的阅读。查蒂大婶喜欢小说。她悄悄从镇上图书馆把书借回家，然后把它们藏在一个隐秘处，她还在那儿藏了一副供单人玩的纸牌，以及其他一些她不想让凯特大婶看见的东西。这个隐秘处设在一个椅子的椅座里，除了查蒂大婶，谁也不知道这其中的奥妙。但她把这个秘密告诉了我，我猜想她这样做是希望我帮她从图书馆里偷偷借书回来。在白杨山庄，其实根本就不需要什么隐秘处，因为这幢房子里有太多神秘的橱柜。不过对雷贝卡·迪尤来说，这些橱柜一点儿也不神秘，因为她经常毫不客气地清理擦洗它们。若是两位大婶中有哪一位对此表示反对，她会抱歉地说："谁叫房子不会自己保持干净呢？"我敢肯定要是她在橱柜里发现小说或纸牌，会毫不犹豫地把它们清除掉。她的思想极其保守，在她眼里，小说和纸牌都是邪恶的东西。她把纸牌看作是魔鬼的账本，小说比纸牌更可怕。除了《圣经》之外，雷贝卡·迪尤只读《蒙特利尔观察报》中的社会新闻版。她喜欢研究百万富翁的住宅、家具和逸闻趣事。

"哇，雪莉小姐，泡在金浴缸里洗澡，那种感觉不知有多么奇妙啊！"她无限向往地说。

不过，她的心地特别善良。不知道她从哪儿弄来一把旧高靠背安乐椅，椅子上蒙着的锦缎已经褪色了，她告诉我说："这是你的椅子，我特意给你找的。"我的后背常常有些酸疼，这把椅子真是雪中送炭！她是那么细心，从不让灰毛米勒趴在上面睡觉，生怕我的衣裙上沾上猫毛，给普林格尔家族的人落下话柄。

她们三个都对我的珍珠项链特别感兴趣，很想知道它里面是否蕴涵着什么特殊含义。凯特大婶给我看了她的镶着绿松石的订婚戒指（她的手指已经变粗没法戴上这枚戒指了）。可怜的查蒂大婶眼里噙着泪水，伤心地告诉我说，她根本就没有订婚戒指，因为她丈夫觉得那是"不必要的花费"。她在我的房间里用脱脂牛奶洗脸时提起了这件事。她每天晚上都要用这种方法来保养自己的皮肤。她让我替她保守这个秘密，她不想让凯特大婶知道。

"她会认为像我这个年纪的女人还美容是贪慕虚荣，我敢肯定，雷贝卡·迪尤也会这么认为，她一向觉得基督教的女信徒不应该刻意追求漂亮。以前，我总是趁凯特睡着后悄悄溜进厨房去美容，我心里紧张得要命，生怕雷贝卡·迪尤闯进厨房来。她呀，就算是睡着了，耳朵还像猫一样灵敏呢。要是我每天晚上都能偷偷溜到这儿来美容的话……哦，亲爱的，真是太感谢你啦。"

关于隔壁的常青树山庄，我渐渐了解了一些情况。坎贝尔太太（她也是普林格尔家族的一个成员！）已经八十高龄了。我还从未见过她，据说她是一位非常严厉的老太太。她有一个女佣，几乎和她一样年纪一样刻板，名叫玛莎·蒙克曼，人们通常都称她为"坎贝尔太太的女伴"。跟她生活在一起的是她的外曾孙女，名叫小伊丽莎白。尽管我来到这儿已经有两个星期了，可是从来没见过这个小姑娘，听说她今年八岁了，在公立小学上学。平时上学她总是抄后院的那条近道走，因此我从未在上学途中遇见过她。她妈妈是坎贝尔的孙女，已经去世了。她妈妈因为自己的父母早年去世，所以也是由坎贝尔太太抚养长大。她妈妈嫁给了一个名叫皮尔斯·格雷森的人，若是按照雷切尔·林德太太的说法是嫁给了一个"美国佬"，她生下伊丽莎白便撒手人寰。后来，皮尔斯·格雷林要到巴黎去掌管他所属公司的一个子公司，所以就离开了美国，把婴儿送回家交给了坎贝尔老太太。据说皮尔斯·格雷一直认为是这个婴儿夺走了他妻子的生命，他再也不想看见这个婴儿了。当然，这也可能是谣传，因为不管是坎贝尔太太还是她那位女伴对这件事从未透露过只言片语。

雷贝卡·迪卡说她们对小伊丽莎白要求实在是太苛刻了，她跟她们在一起毫无快乐可言。

"她跟别的孩子不一样，就八岁的年龄来说，她显得太老成了。有时候她说的话让人瞠目结舌！有一天她对我说：'雷贝卡，假若你上床睡觉的时候，突然有人抓住你的脚踝，你该怎么办？'难怪她害怕在黑暗的屋子里睡觉，可是她们却非要她这么做。坎贝尔太太说她家里绝不允许有胆小鬼。她们对她严加看管，就像两只猫无时无刻不虎视眈眈地监视着老鼠一般，就差没把她的手脚捆绑起来了。如果她不小心弄出一点儿声响，她们就会勃然大怒。她们整天对她'嘘，嘘，嘘'，从不让她大声说话，我看那孩子都快被她们的'嘘嘘'声折磨死了。这该怎么办呢？"

是呀，该怎么办呢？

我特别想见见那个孩子。我觉得她挺可怜的。凯特大婶说从物质方面来讲，她得到了很好的照顾。言下之意，她们给她吃得很好，穿得也很好。可是，一个孩子不仅仅需要面包，还需要许多其他东西！我永远也没法忘记自己到绿山墙之前的生活，那是多么糟糕啊！

下周星期五的下午我要回家一趟，在安维利度过愉快的两天。唯一有点儿美中不足的是，每一个见着我的人都会关切地问我在萨默塞镇教书感受如何。

不过，此刻让我想象一下绿山墙附近那些迷人的地方吧，吉尔伯特。笼罩着一层蓝色薄雾的"阳光水湖"，小溪旁树叶渐渐染红的枫树，"闹鬼的树林子"中金棕色的羊齿草，"情人之路"上的落日余晖……我真希望此时此刻正同……同他在那条小路手挽手散步，你能猜到他是谁吗？

知道吗，吉尔伯特，有时候我强烈地感觉到我是多么爱你！

十月十日

尊敬的先生：

这个称呼挺有趣吧！查蒂大婶的祖母在一封情书里称她的祖父为"尊敬的先生"，想必他的祖父一定会感到无比骄傲吧！比起"亲爱的吉尔伯特"这一称呼来说，你是否更喜欢"尊敬的先生"呢？不过我很高兴你不是那位祖父，或者说不是一位祖父。想到我们都还青春年少，想到我们将一起携手共创未来，那种感觉是多么美妙，对吧？

（有几页的内容省略。显而易见，安妮的笔尖现在不太尖也不太粗了，而且也不会刮纸面了，已经适合写情书啦。）

我坐在塔屋窗台的椅子前，眺望着窗外琥珀色天空映照下的摇曳的树影和远方的港湾。昨天晚上，我独自去散步，感到神清气爽。我的确需要出门透透气，因为白杨山庄的气氛有点儿压抑。查蒂大婶在起居室里哭哭啼啼，因为她的感情受到了伤害；凯特大婶在卧室里泪流满面，因为昨天是阿玛莎船长的忌日；雷贝卡也不知道遇着什么伤心事，躲在厨房里失声痛哭。当我试图打探事情的原委时，她却气冲冲地告诉我，她想哭就哭，这是她的权利。我碰了一鼻子灰，只好灰溜溜地出门来，让她享受哭的权利。

我走出白杨山庄，沿着港口路漫步。空气里弥漫着新犁过的田野的清香，十月的空气令人心旷神怡。我漫不经心地走着，暮色渐浓，直到夜幕降临，一轮明月悬挂在空中。虽然我是独自一人散步，可我一点儿也不觉得孤独。我和我幻想中的同伴在想象中海阔天空地畅谈，还创作出了许多讽刺短诗。我如此才思敏捷，连我自己都感到惊讶呢。尽管普林格尔们给我带来了很多烦恼，可我过得还是挺愉快的。

在这种情境下，我情不自禁地发泄了对普林格尔们的不满，说了几句脏话。虽然我不愿承认，但是事实的确如此，我在萨默塞中学并不顺利。毫无疑问，学校里已经形成了一个专门与我作对的小集团。

比如说吧，姓普林格尔的学生或者与之沾亲带故的学生从来不做家庭作业。我向家长反映也无济于事。那些家长表现得倒很客气，可却总是找出各种借口为小孩开脱。我知道，那些不属于普林格尔家族的学生喜欢我，可是普林格尔小集团散布的要与我作对的言论已经在班上占了上风。一天早晨我发现我的桌子被倒扣着，里面的东西撒了一地。当然没人知道这是谁干的。还有一天，我的桌子上放着一只盒子，我随手打开盒子，里面突然蹿出一条假蛇，班上的每一个普林格尔都冲着我哈哈大笑，我想我当时一定是被蛇吓坏了。那个盒子究竟是谁放在我桌子上的，我至今无从知晓。

珍·普林格尔经常上学迟到，每次她编出的借口都无可指责。她说起话来倒是挺有礼貌的，可是嘴角却流露出傲慢之色。上课的时候她常当着我的面传纸条。今天早上，我穿外套时，竟然发现我的口袋里装着一只剥了皮的洋葱，我恨不得把这个捣蛋鬼关闭在一间屋子里，只给他面包和水，直到他懂得规矩才把他放出来。

到目前为止，最令我气恼的是，一天早晨我竟然发现黑板上画着一幅我的漫画。整幅画用白粉笔勾勒，我的头发却异常显眼地被涂成了鲜红色。谁也不愿意承认是自己画的，珍也不例外。但是我非常清楚，班上只有珍才能画出这种水平的画。这幅画画得不错。我的鼻子，你知道，我一直引以为傲的鼻子，被画成了酒糟鼻，我的嘴巴被画成了尖酸刻薄的老处女的嘴巴，画中人这副备受压抑的神情，好像在充满了普林格尔家族学生的学校里从教了三十个春秋。然而，很显然，这幅漫画画的就是我。那天晚上，我半夜三点钟惊醒过来，被白天的漫画事件弄得心烦意乱，再也难以入眠。晚上搅得我们心神不宁辗转反侧的，往往是那些让我们感到丢脸的事，而不是那些邪恶多端的事，你说这个现象奇怪不？

各种诋毁如潮水般向我袭来。有人说我故意把海蒂·普林格尔的成绩评得很低，我这样做的原因仅仅因为她是普林格尔家族的人。有人指责我，说学生出错时，我总是嘲笑他们。（是的，我是笑过一次。当弗雷德·普林格尔把古罗马军团中的百人队队长"centurion"解释成"活了一百岁的老人"时，我忍不住笑了。）

詹姆斯·普林格尔到处传言，说："学校里没有纪律，（他念纪律'discipline'这个词时照样漏掉了其中的'cip'）一点儿也没纪律。"

同时，他还到处传播我原本是一个"弃儿"。

在其他方面，我也备受普林格尔们的冷落。在萨默塞镇，无论是教育方面，还是在社交方面，一切尽在普林格尔家族的掌控中。难怪他们被称为"皇族"。上周星期五，艾丽丝·普林格尔举办了一场徒步旅行聚会，我并没有接到邀请。当弗兰克·普林格尔为支持教堂修缮工程而举办茶话会时（雷贝卡·迪尤告诉我妇女打算筹钱盖一个新的塔尖），我是长老会教徒中唯一没被邀请参加这项活动的姑娘。我听说刚来萨默塞镇不久的牧师夫人推荐我加入唱诗班，可是却有人威胁她，如果她让我加入唱诗班，那么，唱诗班里所有的普林格尔人就将集体退出。果真那样的话，唱诗班就没法运转了。

当然，为学生的种种事而头疼的老师并不止我一个。当其他老师把那些调皮捣蛋的学生送到我这儿来让我训导时，我真是厌烦透顶！那些学生中有一半是普林格尔家族的孩子。尽管有那么多学生惹是生非，可普林格尔家族的人却从不敢去指责其他老师。

两天前的那个傍晚，放学后，我把珍·普林格尔留下来，让她补做她故意没完成的作业。十分钟后，一辆从枫林山庄驶来的马车停在学校门口，原来是艾伦小姐来了。艾伦小姐是一位精心打扮、面带微笑的老妇人，她戴着优雅的黑色蕾丝手套，长着精致的鹰钩鼻，看上去像是从一八四〇年的小剧场里走出来的贵妇人。她说很抱歉，她可以把珍带走吗？她要到洛瓦尔去拜访一位朋友，她曾答应要带珍一同前往的。于是珍趾高气扬地走出了校门，我再一次领教了这股与我处处作对的势力的厉害。

当我感到郁闷时，我甚至觉得普林格尔家族比斯劳尼家族和派伊家族更可恶，但我知道这有些夸大其词。要是他们不兴风作浪，我或许会喜欢上他们。他们当中的绝大多数都很率直、开朗、忠诚。我甚至会喜欢上艾伦小姐。我还从来没见过莎拉小姐，她已经有十年没迈出枫林山庄的大门了。

"太娇贵了，自以为自己是金枝玉叶呢，"雷贝卡·迪尤不屑一顾地说，"不过她的傲慢显得也很正常。普林格尔家族的人个个骄横傲慢，那两位老姑娘更是傲慢得离谱。她们总是对自己的先辈津津乐道。比如说她们的父亲亚伯拉罕·普林格尔船长。那位船长倒不错，不过他的弟弟迈隆姆就要逊色多了，所以你很少听到这个名字，普林格尔们才不愿提到他呢。我担心你和他们打交道不会有好日子过呢。他们一旦下定决心处理某件事或对付某个人时，就会一意孤行顽固到底。不过，拿出勇气，雪莉小姐，千万别垂头丧气！"

"要是能得到艾伦小姐做磅饼的秘方就好啦。"查蒂大婶叹了一口气说，"她曾多次答应给我，可一直未兑现。那是英国家族的古老配方。他们对自己的烹饪技术守口如瓶。"

我的梦光怪陆离。在梦中，我迫使艾伦小姐跪着将做磅饼的配方双手交给查蒂大婶，我命令珍要循规蹈矩，不要为所欲为。而最令人恼火的是，如果没有整个家族为她撑腰，我会轻而易举让珍对我言听计从。

(略去两页)

你忠实的仆人

安妮·雪莉

附注：查蒂大婶的祖母在她的情书上也是这么落款的。

十月十五日

今天我们听说昨天夜里镇上那头有一户人家失窃了。小偷潜入室内，偷走了一些钱和十二个银勺。因此，雷贝卡·迪尤打算去汉密尔顿家，借一条狗回来。她准备把狗拴在屋后的阳台上，她还建议我把订婚戒指收好锁起来。

顺便告诉你，我已经弄明白雷贝卡·迪尤哭泣的原因了。家里似乎闹了一点儿纠纷。灰毛米勒"再次行为不端"，雷贝卡·迪尤对凯特大婶说她一定要好好处置那只猫。它已经让她忍无可忍。一年之中它已经出现三次这种情况了，它一定是在故意作弄她。而凯特大婶说，那只猫只不过是在叫春，只要一听见它叫，便把它放出去，这样就不会有事了。

"噢，这真是让人忍无可忍。"雷贝卡·迪尤伤心地说。

所以，她就躲在厨房里放声痛哭了一场。

普林格尔家族的学生上演的恶作剧可谓花样百出。昨天有人在我的书上写了一句很无礼的话。霍默·普林格尔放学时，在走廊上翻了一连串跟斗。最后我还收到了一封匿名信，信中对我极尽挖苦嘲讽。不过，在书和匿名信这两件事情上，我并不想怪罪珍。虽然她有些顽皮，但做事还是挺有分寸的。雷贝卡·迪尤听说这事后勃然大怒。若这帮普林格尔学生落在她的手上，不知她会采取什么法子狠狠收拾他们一顿。想到这儿，我不由得打了个寒战。说不定她的手段比罗马时代的暴君尼禄还要狠毒呢！其实我并不是责怪雷贝卡·迪尤，因为有好几次我的脑海里也闪过一些狠毒的念头，恨不得让普林格尔们统统吃下阴谋家博尔吉亚调制的毒药呢！

我还没有给你介绍学校里的其他教师吧。你知道，学校还有两位教师，一位是副校长凯瑟琳·布鲁克，她负责低年级教学；另外一位是乔治·麦凯，他负责预科班的教学。关于乔治·麦凯我没什么可说的。他是一位二十岁的小伙子，有些害羞，脾气温和，说话带点悦耳的苏格兰口音，这种口音常让人联想到苏格兰的牧场和薄雾笼罩的岛屿。他的祖父是苏格兰斯凯岛人。他把预科班管理得井井有条。迄今为止，我还是蛮喜欢他的。可是对于另一位同事凯瑟琳·布鲁克，我就很难做到这一点了。

凯瑟琳看上去像是有三十五岁的样子，但据我猜测，她实际上只有二十八岁。我听说她曾对她自己能被提拔为校长信心百倍，没想到最后希望落空。因此我想她对我这个新校长极为不满，尤其是看到我资历比她浅时，更是怒火中烧。凯瑟琳是一位好老师，对学生要求甚严，却没人喜欢她。可是她毫不在乎！她好像没什么亲朋好友，寄宿在肮脏逼仄的教堂街上一幢阴森森的房屋里。她穿着邋遢，从不参加什么社交活动，据说她很"吝啬"。她说话尖酸刻薄，学生们都怕挨她训斥。

据说她训斥学生时，两道浓黑的眉毛高高地扬起来，声色俱厉，学生们吓得失魂落魄。要是我对普林格尔家族的那些学生有这种威慑力就好啦。让学生因为对老师心怀畏惧而被迫服从，这种教学方法我并不赞同，我希望我的学生打心眼儿里喜欢我。

尽管她可以轻而易举地让那些学生服从管教，可她却经常把一些学生送到我这儿来，尤其是普林格尔家族的子女。我知道她是故意给我难堪，想让我出丑，她的行为让人感到悲哀。

雷贝卡·迪尤说没有人愿意和她成为朋友。两位大婶曾经好意邀请她来共度礼拜晚餐。善良的大婶们常邀请孤独的人来一起吃饭，并常常准备好美味可口的鸡肉色拉来款待他们。可是凯瑟琳从不肯赴宴。于是她们就只好放弃了，用凯特大婶的话来讲，就是"凡事都有限度"。

据说她天资聪明，擅长唱歌和朗诵——用雷贝卡·迪尤的话来说是"会演说"，但是她却从不愿公开展示这方面的才艺。曾经有一次，查蒂大婶盛情邀请她在教堂的礼拜晚餐上朗诵。

"她很没礼貌地拒绝了。"查蒂大婶说。

"简直就是咆哮。"雷贝卡·迪尤说。

凯瑟琳有着男人般浑厚的声音，当她心情不好的时候，声音听起来就像在咆哮。

她长得并不漂亮，不过她可以把自己打扮得更可爱一些。她的皮肤黧黑，额头高高的，乌黑的头发总是梳到脑后，在脖颈处随意绾成一个笨重的发髻。浓黑的眉毛下是一双清澈的淡琥珀色眼睛，其颜色与头发的颜色有点儿不协调。她的耳朵长得很漂亮，只可惜她的头发却把耳朵遮住了。她的那双手是我见过的最美丽的手。此外，她嘴唇的轮廓也十分迷人。然而，她穿的衣服实在是太糟糕了，她似乎有意和自己过不去似的，专门挑那些与她格格不入的颜色与款式。她的皮肤本来就不白，可她却特别偏爱暗绿色和银灰色。她的个子高挑，却偏偏穿着竖条纹衣服，这样使她的身材越发苗条。而且她的衣服总是皱巴巴的，好像她总是穿着衣服睡觉。

她的举止总是叫人反感，就如雷贝卡·迪尤所言，她好像总有满腔怨气想找人发泄。每当我在楼梯上同她擦肩而过时，我总是隐隐约约感觉她在心里诅咒我。每当我给她说话时，她总是表现出一副无动于衷的样子，让我觉得我说的话愚蠢透顶。我真为她感到悲哀，虽然我知道我对她的怜悯只会招来她更多的不满。我一点儿也帮不了她，她根本就不需要任何人的帮助。她对我充满了敌意。有一天，我们三个教师都在教室里，我做了一件事，与学校不成文规定有一点儿出入，她立刻逮住这个机会，尖刻地盘问我："雪莉小姐，或许你认为你有权违反这个规定？"还有一次，我建议采取一些有利于学校发展的改革措施，这时她轻蔑地笑着说："我对一些童话故事不感兴趣。"还有一次，我表扬她工作负责，教学方法卓有成效，没想到她却毫不留情面地反问我："在这么一大堆动听的言辞背后，你居心何在？"她的这句话惊得我瞠口结舌。

不过，最令我气愤的是，有一天在教研室，我随手拿起她的一本书，瞅了一眼书的衬页，高兴地对她说："我很喜欢你的名字用'K'来开头，'Katherine'比'Catherine'更迷人，因为'K'这个字母比呆板的'C'更活泼可爱。"

她一声不吭，可是后来她呈上来的第一张便条上的签名却是"Catherine Brooke"（凯瑟琳·布鲁克）！

在回家的路上，我气得七窍生烟。

不知为什么，直觉告诉我，她的无礼和冷傲其实只是一种假象，她的内心深处其实对友谊充满了渴望。否则，我早就放弃和她做朋友的念头了。

面对凯瑟琳对我的蔑视，普林格尔家族的处处作对，我多亏有了亲爱的雷贝卡·迪尤，多亏有了你的来信，多亏有了可爱的小伊丽莎白。要是没有你们，我真不知道该如何摆脱这些烦恼呢。

我已经见过可爱的小伊丽莎白了。

三天前的傍晚时分，我端着一杯鲜奶来到常青树山庄的旁门前，令我惊喜的是，来取鲜奶的不是那个"女伴"，而是小伊丽莎白。她的头刚好露出门上半截的开口处，她的脸蛋就像是镶嵌在了郁郁葱葱的常青藤里似的。她个子不高，脸色苍白，有着一头金黄色的头发，眼神有点儿忧郁。在秋天的暮色中，她的那双金褐色的大眼睛好奇地注视着我。金黄色的头发从中间往两边分开，一把半圆形的梳子将头发束起来，柔顺的鬈发像波浪一般披在肩上。她穿着淡蓝色的条纹连衣裙，脸上的表情宛如精灵王国的小公主。雷贝卡·迪尤说她"娇小玲珑"，看来一点儿也不假。她给我的印象就是营养不良，不是身体上的，而是在精神上的。在她身上，有着月光一般的柔和，却缺乏太阳一般的热情。

"你就是伊丽莎白吧？"我问道。

"今天晚上不是。"她一本正经地回答道，"我今晚叫贝蒂，因为我今晚热爱着这世界上的一切。昨天晚上，我叫伊丽莎白，明天晚上，我可能会叫贝思，我叫什么名字，得看我的感觉如何。"

她的这番话一下触动了我，让我产生了惺惺相惜的感觉，心中不由得有些激动。

"你可以自由地把名字换来换去，而且还一点儿不觉得陌生，这是多么奇妙啊！"

小伊丽莎白点了点头。

"我可以用伊丽莎白这个名字变出好多名字来呢。埃尔西、贝蒂、贝思、伊丽莎、丽莎贝诗、贝诗……不过我不能叫莉兹①。因为莉兹的意思是破旧的汽车。"

"是啊，谁会喜欢那样的名字呢？"我说。

"雪莉小姐，你觉得我这样想是不是太傻了？外曾祖母和她的女伴都觉得我傻里傻气的呢。"

"你一点儿也不傻，相反，你很聪明，很可爱呢。"

小伊丽莎白透过她的玻璃杯，睁大眼睛看着我。我感到她正在用她心灵深处的神秘天平来衡量我，我欣喜地发现我顺利地通过了她的测评，因为她这时让我帮她个忙，对于她不喜欢的人，她从来不会开口请求相助的。

"你可不可以把那只猫抱起来，让我摸一摸好吗？"她害羞地问道。

这时灰毛米勒正在我的脚边磨蹭，我把它举起来，小伊丽莎白伸出一只小手，兴致勃勃地抚摸着它的脑袋。

"和婴儿相比，我更喜欢小猫。"她看着我，语气中带着几分挑衅，仿佛她知道我听了会吃惊，但她必须告诉我实情。

"我想，这是因为你没有接触过婴儿，所以你不知道他们有多么可爱。"我微笑着说，"你有属于自己的小猫吗？"

伊丽莎白摇了摇头。

"噢，没有。外曾祖母讨厌猫，她的女伴也不喜欢猫。今天

---

① 莉兹：lizzie，廉价的破旧汽车。

傍晚女伴出去了，所以我才能自己来拿奶。我喜欢自己来拿，雷贝卡·迪尤可讨人喜欢了。"

"她今天晚上没有来，你不会感到失望吧？"我笑着问道。

"不。你也很讨人喜欢。我一直想认识你，心里好担心，害怕在'未来'到来之前没有这种机会呢。"

我们站在那儿聊天，伊丽莎白一边津津有味地喝着鲜奶，一边向我绘声绘色地谈起有关"未来"的一切。女伴告诉她"未来"永远不会到来，伊丽莎白压根儿也不相信。她知道，未来总会在某一时刻来临的。也许在某个美好的清晨，她刚一睁开眼，"未来"就来到了她身边，"昨日"已经远去。接下来，各种奇妙的事就会发生。她甚至可以获得一天的自由，随心所欲做着自己喜欢做的事，没人来监视她的一举一动。然而，在伊丽莎白看来，这样的事情实在是太幸福太美妙了，也许在"未来"也不可能发生。或许，她会弄明白港口路的尽头是什么。那条路就像一条优雅的红蛇蜿蜒前行，伊丽莎白心想，它一定会通向天涯海角。或许"幸福岛"就在那里。伊丽莎白确信，在世界的某个地方一定有一座"幸福岛"，那些出航后再也没有回来的船，便停泊在那儿。等"未来"到来时，她就会找到这座岛。

伊丽莎白说："等未来到来时，我要养一百万条狗，四十五只猫。雪莉小姐，外曾祖母不让我养猫的时候，我曾对她说过这样的话。她当时气得要命，板着面孔告诉我说：'我不习惯你用这种语气给我说话，没礼貌的小姐。'她还罚我不吃晚饭就去睡觉，可是我并不是故意要气她的啊。女伴还告诉我，曾经有一个小孩因为说了不礼貌的话，结果睡在床上就死了，我害怕极了，躺在床上不敢睡觉。"

伊丽莎白喝完牛奶，从那些云杉后面某个看不见的窗口传来了"啪啪"的敲打声。我猜想一定有人在暗中监视我们。我眼前的小精灵拔腿就往家里跑，她那头金灿灿的头发在幽暗的云杉小径上一闪一现，直到最后完全消失。

"伊丽莎白是个爱幻想的小家伙。"当我把这次奇遇告诉雷贝卡·迪尤时，她这样评价道。吉尔伯特，不管怎么说，这也算得上一种奇遇吧。雷贝卡·迪尤还对我说，"有一次，伊丽莎白问我：'你害怕狮子吗，雷贝卡·迪尤？'我回答说，'我从来没遇见过狮子，所以我不知道。'她说，'未来有数不清的狮子，不过它们对人都特别友好。'我说：'孩子啊，看你这个样子，你会成为预言家的。'她的眼神好像穿透过我的身体，看见了她那些所谓的'未来'的东西。她一本正经地说，'雷贝卡·迪尤，我正在想未来的事儿。'可怜的孩子，她的问题就在于她笑得太少了。"

经雷贝卡·迪尤这一说，我倒想起我们在聊天的过程中伊丽莎白的确从未笑过。也许她还没有学会笑。那幢大房子太寂静太寂寞了，似乎从未有过欢声笑语。即便在这个五彩缤纷秋意盎然的季节，那幢房子依然阴沉忧郁，了无生机。伊丽莎白生活在那儿，她能听到的全是死气沉沉的絮絮细语。

看来，我在萨默塞镇的任务之一，就是设法教会伊丽莎白开怀大笑。

你的最温柔忠实的朋友

安妮·雪莉

附注：仍然是从查蒂大婶老祖母情书中学来的落款！

三

亲爱的吉尔伯特:

枫林山庄的人竟然邀请我去吃晚饭!这真是出人意料吧?

请柬是艾伦小姐亲笔书写的。雷贝卡·迪尤兴奋极了,她简直难以置信,那两位老姑娘居然会这么做。她坚信,这里面一定有什么名堂。

"她们一定别有用心,我敢肯定!"她大声说道。

其实,我也有同样的感觉。

"一定要穿上你最漂亮的衣服!"雷贝卡·迪尤叮嘱道。

于是我穿上了自己那件漂亮的绣满了玫瑰花蕾的乳白色连衣裙,还梳了一个前额留有刘海的新发型,穿着打扮十分得体。

枫林山庄的两位老小姐也有可爱的一面。如果她们愿意接纳我,我会喜欢上她们的。枫林山庄是一座大宅院,掩映在苍翠树木中,看上去十分孤傲,仿佛不屑与其他普通房屋为伍。它的庭院里矗立着一尊高大的木制白色女人雕像,那原是老亚伯拉罕船长著名的"去问她"号船的船头装饰。门前的台阶四周长着一大片茂密的青蒿,那是一百多年前,移民到此的第一代普林格尔家族从故乡带来的纪念物。她们曾有一位祖先参加过明登战役,他的剑就挂在客厅的墙壁上,位于亚伯拉罕船长的肖像旁。亚伯拉罕船长是她们的父亲,显而易见,她们为拥有这样一位父亲而倍感骄傲。

在凹槽状的黑色古老壁炉上,悬挂着一面明晃晃的大镜子。一只玻璃箱子里摆放着蜡制的花朵。各种古老船只的照片展示着昔日的风采。由普林格尔家族所有知名人士的头发编织成的毛发花环异常醒目。此外，客厅里还陈列着巨大的海螺壳。客房床上铺着一床绘有许多小扇子的被褥。

我们坐在客厅里有着汤姆斯·雪里顿[①]风格的红木椅子上。客厅的墙壁上贴着银色的条纹壁纸。窗前挂着厚厚的织锦窗帘。几张桌子都是大理石台面，其中一张桌子上摆着一只帆船模型，鲜红的船体，雪白的帆，看上去异常精美，这就是"去问她"号船的模型。天花板上挂着一盏巨大的玻璃吊饰枝形灯。屋里还有一面圆镜，中央镶着一只时钟，这是亚伯拉罕船长从"外国"带回来的东西。这面镜子真是太奇妙了，要是我们未来的"梦中小屋"也有这样的摆设，那该多好啊。

在这儿，每一件物什似乎都在展示这个家族悠久的历史和昔日的荣耀。艾伦小姐拿出数百张普林格尔家族成员的照片，一一向我展示，其中许多照片是用达盖尔银版法拍摄的，被小心翼翼地珍藏在一只皮箱里。一只花斑猫跑进来，猛地一下跳到我的膝盖上，艾伦小姐赶紧把它抱进厨房里。她向我道歉。不过，我猜测她肯定在厨房里也向猫表示了歉意。

大部分时间都是艾伦小姐在说话。莎拉小姐身材瘦小，穿着黑色的丝绸外衣、一条浆洗过的挺括的裙子，她满头银发，眼珠乌黑发亮，青筋凸显的纤细双手叠放在大腿上，手边恰好是外衣下摆上精美的褶边。她看上去是那么忧伤、那么高贵、那么弱不禁风，或许她是太娇弱了，所以不愿开口多说。不过，吉尔伯特，别看她这个样子，她给我的感觉却恰好相反，我觉得她才是

---

① 汤姆斯·雪里顿，Thomas Sheraton，著名的工匠及成功的商人，他设计的家具风格典雅高贵，细腻优美。

普林格尔家族真正的当家人，连艾伦小姐都得听从她的指挥。

晚餐丰盛可口，饮料清凉宜人，台布精美漂亮，瓷碟和玻璃器皿都很精致。一个女仆站在餐桌旁伺候我们进餐，这位女仆也像主人一样冷漠，派头十足。每当我和莎拉小姐说话时，莎拉小姐总是装出一副耳聋的样子。这种氛围极其压抑，令人窒息，我小心翼翼地吃着东西，生怕被噎死。我的勇气一点点儿消失，就像是粘在捕蝇纸上的可怜苍蝇。吉尔伯特，我恐怕永远、永远也无法征服或者说战胜镇上这家"皇族"。我甚至已经预料到了自己在新年那天被迫辞职的一幕。与这样一个家族抗争，我注定会输得一败涂地。

可是当我四下打量这个住宅时，我又情不自禁地为这两位老人感到哀伤。这儿也曾充满了生机与活力，有人曾在这儿出生，有人曾在这儿离世，有人曾在这儿快快乐乐地生活。这儿目睹了睡眠、绝望、恐惧、欢乐、爱情、希望、憎恨。然而昔日的一切已成过眼云烟。如今，这里只剩下她们对往事的回忆，以及回忆往事而产生的自豪，除此之外，这里一无所有。

查蒂大婶今天看上去焦虑不安，因为她为我换床单时，发现展开的干净床单中央有一处钻石形的折痕。她确信这是一个不吉利的征兆，家里将有人命丧黄泉。凯特大婶十分讨厌这种迷信。不过我倒是挺喜欢迷信的人。他们给生活增添了缤纷的色彩。如果人人都很理智聪慧，都很一本正经，那么这个世界将会多么枯燥乏味啊！那么，我们还有多少有趣的话题可谈呢？

前天晚上，我们的猫遭遇了一场劫难。尽管雷贝卡·迪尤在后院扯破喉咙没完没了地喊叫"猫啊，猫啊"，可是灰毛米勒却彻夜未归。当它早晨露面时，哦，它简直是面目全非！一只眼睛完全睁不开了，下巴肿得像一只鸡蛋那么大，浑身沾满了泥巴，身上的毛变得硬邦邦的，一只脚爪被咬伤了。然而，另外那只毫发未伤的眼睛却流露出胜利者的骄傲、无悔的光辉！两位大婶吓得魂飞魄散，雷贝卡·迪尤却乐得眉开眼笑，她笑呵呵地说："这只该死的猫以前从来没有好好地干过一架。我敢打赌，它的死对头一定比它更狼狈！"

今夜港口起雾了，把小伊丽莎白想探寻的那条红色小路遮掩了起来。小镇上，到处都有人在花园里燃烧杂草和树叶，烟雾缭绕，把幽灵巷装扮成一个魔幻般的世界。天色已晚，我的床儿已在向我召唤，催促我快点上床睡觉。我现在已经习惯了利用活动台阶上下床了。哦，吉尔伯特，有一件事我从来没有向别人说起过，它实在是太可笑了，我还是忍不住想把它说出来。我在白杨山庄醒来的第一天早晨，把那台阶忘得一干二净了。径直一跳就跳下床，结果呢，就像雷贝卡·迪尤所形容的那样，就像"千万块砖头从头顶上轰炸下来似的，"我重重地摔在了地上。幸好，我没有摔断骨头。只不过身上到处都是青一块、紫一块的，直到一个星期后，这些瘀青才消失。

如今我和小伊丽莎白成了好朋友。由于女伴病倒了——按照雷贝卡·迪尤的说法患的是"呼哧症"，小伊丽莎白每天傍晚都亲自来取牛奶。我总是看见她在旁门那儿等我，暮色中她的一双大眼睛闪闪发光。我们隔着那道门聊着天，那道门已经有好多年不曾打开了。伊丽莎白总是一小口一小口地喝着牛奶，以尽可能争取多一点时间和我待在一起。每当她喝完最后一滴牛奶时，敲打窗沿的"啪啪啪"声就会如期而至。

我想，在伊丽莎白的"未来"里，她将会收到她爸爸的来信。

她还从未收到她爸爸的信。我真弄不明白她的爸爸是怎么想的。

"雪莉小姐，你也知道他不想看见我。"她说，"不过，他也许会给我写信的。"

"谁告诉你他不想看见你啦？"我气愤地问道。

"女伴。（每当伊丽莎白提到'女伴'时，就像是提到有所禁忌的东西一样，语气里总是透着胆战心惊。）这一定是真的，否则他一定会抽时间回来看我的。"

那天晚上她说她叫贝思，只有叫这个名字时，她才会思念自己的爸爸；当她变成贝蒂的时候，她会躲在曾外祖母和女伴的身后扮鬼脸；当她变成埃尔西的时候，她会为自己的行为作一番自我检讨，她觉得应该向曾外祖母和女伴主动承认错误，可是她又无法鼓足勇气开口。她很少变成伊丽莎白，当她是伊丽莎白时，她喜欢听梦幻音乐，还听得懂玫瑰与三叶草的窃窃私语。吉尔伯特，她是一个古怪的小精灵，敏感得就像白杨山庄的一片树叶，我很喜欢她。听说那两个可恶的老女人让她睡在漆黑的屋子里，我真的是义愤填膺。

"女伴说我已经是大姑娘了，睡觉时不用点灯，但是雪莉小姐，我觉得我还很小，因为黑夜显得又大又可怕。而且我的房间里有一只制成标本的乌鸦，我很怕它。女伴还说要是我哭的话，那只乌鸦会把我的眼睛啄走。雪莉小姐，我当然不相信这话，可是我仍然怕得要命。一到晚上，各种东西就开始交头接耳，叽叽喳喳说个不停。不过到了'未来'，我就什么也不用害怕了，甚至也不用害怕被绑架了！"

"没有人敢来绑架你，伊丽莎白。"

"女伴说如果我独自一人到处乱跑，或者和陌生人说话，就有可能被绑架。不过你不是陌生人，对吧，雪莉小姐？"

"我当然不是啦。在'未来'的世界里，我们早就相识了。"

四

亲爱的：

以前在这个世界上我最痛恨的人莫过于那些把我的笔尖弄得不好使的人，但是我却对雷贝卡·迪尤恨不起来，尽管我在学校上课的时候，她常常私自挪用我的钢笔来抄食谱。这次，她居然又这么干了，看来我这封信没法写长了，也不会是一封情书了。（不过，你仍然是我的最爱。）

蟋蟀已经唱完了秋日的最后一首歌，夜晚清凉如水。雷贝卡·迪尤在我的房间里放了一只小火炉，炉子中间凸出，呈椭圆形，所以，关于钢笔的事，我只好原谅她了。雷贝卡·迪尤是一个干活的能手，什么事情都难不倒她。当我从学校回来时，她总是在我的房间生起炉火。那个炉子像一个小不点儿，我可以双手把它托起来。它看上去像一只可爱的小黑狗，四只铁炉脚就像小狗伸展开来的四条腿。当你在炉子里添足细木柴时，它就燃起红彤彤的火苗，散发出宜人的温暖，真是舒服极了。此时此刻，我正坐在这只炉子边，把脚放在炉旁，伏在膝盖上给你写信。

今天傍晚萨默塞镇上几乎所有的人都去参加了哈蒂·普林格尔家的舞会。他们并没有邀请我，为此雷贝卡·迪尤替我打抱不平，把一腔怒火发在了灰毛米勒身上。哈蒂的女儿叫迈拉，人长得很漂亮，但是脑子愚笨。她在一次考试的试卷上竟然要去证明等腰三角形底边的两个"天使 (angels)"而不是两个"底角（ angles）"相等。想到他们有这么一个糊涂女儿，我也就原谅普林格尔家族了。上个星期，她还郑重其事地把"绞刑架"

（gallowstree）看作是一种树种呢！不过，平心而论，并不是只有普林格尔家族的学生才出这样的差错。最近，布莱克·范顿就把鳄鱼解释为"一种巨大的昆虫"。在我的教学生涯中，这些点点滴滴，趣味盎然，令人回味无穷。

今天夜里好像要下雪。我喜欢这种大雪降临前的黄昏。风在塔屋和树间呼啸，让我的小屋子显得更加温暖和舒适。今晚，白杨树上的金色残叶将随风而去。

如今差不多每家每户都请我去吃过晚饭，我的意思是说我所有的学生家，包括镇上的和周围乡村的学生。哦，吉尔伯特，我已经吃腻了南瓜酱！在我们未来的"梦中小屋"里，可千万千万别有这种食物啦。在过去的一个月里，不管我到哪家去吃饭，他们的餐桌上都少不了一道南瓜酱。第一次吃南瓜酱时，我觉得味道还不错，它的颜色金灿灿的，我感觉自己好像吃进了躲藏在酱里的阳光呢，于是便随口夸赞了几句。谁知，大家纷纷传言我特别钟爱南瓜酱，它顺理成章成为晚餐桌上的一道必备菜。昨天傍晚，我应邀去汉密尔顿先生家吃饭，雷贝卡·迪尤胸有成竹地告诉我，这次不必硬着头皮吃南瓜酱了，因为汉密尔顿家谁也不喜欢这个了。然而，当我坐下来吃饭时，我发现他家餐具柜里摆放着一只雕花玻璃罐，里面装着满满一罐南瓜酱，顿时我惊诧万分！

"我家没做南瓜酱，"汉米尔顿太太一边解释一边给我盛了满满一大盘摆在面前，"可是我听说你特别喜欢吃。所以，上个星期五我特意去了一趟洛瓦尔的表姐家，告诉她，'我下个星期要请雪莉小姐在我们家吃晚饭，她特别喜欢吃南瓜酱，你要是能借我一罐就好了。'于是她就给我装了一罐。请你慢慢享用，剩下的全都送给你啦。"

当我提着一大半罐南瓜酱回到家，雷贝卡·迪尤当时的表情真是夸张极了，要是你能看到她的那副模样就好啦。白杨山庄的人都不喜欢吃南瓜酱，我们只好趁夜深人静的时候悄悄把这罐南瓜酱埋在花园里。

"你不会把这写进小说里去吧？"雷贝卡·迪尤焦虑地问道。自从雷贝卡·迪尤发现我偶尔给杂志写点小说后，她就一直担心，或者说是一直希望，我把白杨山庄发生的一切写进小说里（我也弄不明白她到底是担心呢，还是希望）。她想让我把"普林格尔家族的人写进去，狠狠地臭骂他们一顿"。哎，事实上，背地里使坏的正是那些普林格尔们。我每天要忙着应付这些普林格尔们，还要辛勤工作，哪里抽得出时间来写小说啊。

现在花园里只剩下一些残枝败叶和染上一层霜的花茎了。雷贝卡·迪尤用稻草和装土豆的袋子把一棵棵玫瑰包起来，在朦胧的夜色下，这些玫瑰看上去就像一群拄着拐杖的驼背老人。

今天我收到了戴维寄来的明信片，上面印着他的十个吻。我还收到普里西拉的一封信，她在信里说，这封信的信纸是她一位在日本的朋友寄给她的。那信纸如丝一般薄，上面印着樱花，那些花像幽灵一般如梦如幻。据我猜测，普里西拉的这位朋友或许对她别有用心。今天最令我开心的是，我收到了你寄来的这封厚厚的信，这真是一份珍贵的礼物啊。我从头到尾读了四遍，一遍又一遍地品味着其中的甜蜜，贪婪得就像一只狗儿想把盘子舔得一干二净！当然，这个比喻一点儿也不浪漫，可是我的脑子灵光一现，忽然就蹦出了这一句来。然而，单单是读你的来信，哪怕是最让人着迷的信，也让人觉得有些美中不足。我多想见见你！再过五个星期，就是圣诞节了，真是让人值得期待！

五

十一月下旬的一天傍晚，安妮坐在塔楼小屋的窗前，手中的笔抵着嘴唇，眼神有些迷离。她眺望着窗外黄昏时的景致，突然想去古老的墓园走一走。她还从未去过那儿，平日里，她一般都去桦树林和枫树林散步，有时候也去港口路上溜达溜达。然而，在十一月里，树林里的树叶都掉光了，安妮觉得这时候贸然闯入显得有些无礼。因为树林已经告别郁郁葱葱生机盎然的年华，此时此刻，它需要安心静养，以迎接下一个银装素裹的时刻。于是安妮去了墓园。她当时心灰意冷、茫然无助，觉得墓园是个快乐自由的王国。此外，她听雷贝卡·迪尤说，一大帮普林格尔家族的人长眠于此。他们的先辈都埋葬于此，直到再也容不下才去了新墓园。安妮心想，看见这么多普林格尔们在此沉睡，再也不能为所欲为、无事生非，心情会愉快一点吧。

如今普林格尔家族的学生们已经把安妮逼得走投无路。接连不断的不愉快像噩梦一般困扰着她。由珍·普林格尔为首的小集团处处与安妮作对，战势愈演愈烈，最终达到白热化。上星期的一天，她给高年级布置了一篇作文，题目是"这个星期最重要的事"。珍这次的作文写得相当漂亮。这个调皮鬼很聪明，她在作文里含沙射影，污蔑师长，其所指非常明显，安妮再也不能坐视不管了。安妮让她回家反省，要求她必须向老师道歉才能回学校来上课。这件事无疑是火上浇油。安妮和普林格尔之间的暗战终于演变成了公开的决战。可怜的安妮早已预料到这场较量的结果。学校董事会将站在普林格尔家族一边，她只有两种选择，要么让珍回来上课，要么被迫辞职。

这让安妮不胜其苦。她已经竭尽全力了，没想到结局是这么惨然。如果她能争取到作战的机会，她决不会对普林格尔们俯首称臣。

"这并不是我的错，"安妮自我安慰道，"与这么大的一个集团作战，面对这么多强有力的对手，谁又能取得胜利呢？"

难道就这样灰溜溜地回到绿山墙？无可奈何地去忍受林德太太的愤慨不满，去忍受派伊家那些人的幸灾乐祸吗？她想，即使朋友们会同情她，那也会让她痛苦不堪。她在萨默塞镇的失败经历一旦传开，她就很难在其他学校找到工作了。

不过，至少在那次戏剧演出中，他们的阴谋并没得逞。想到这事，安妮就得意地笑了笑，眼里流露出一丝顽皮的喜悦。

为了筹集一些资金，购置几幅精美的版画来装饰教室，安妮组织成立了一个"中学戏剧社"，并且指导俱乐部彩排了一出小剧目，剧目准备时间十分仓促。无论做什么事，凯瑟琳总是被人们晾在一边，所以这一次安妮经过反复考虑，特意请凯瑟琳帮她一把。可事后，安妮后悔不迭，原因是凯瑟琳比平时更暴躁更尖刻。排练的时候，她总是横眉竖眼，尖锐地指出人家的不是。更糟糕的是，她坚持让珍·普林格尔来扮演苏格兰的玛丽女王。

"学校里除了珍·普林格尔能演好这个角色外，"她不耐烦地说，"其他的人根本就不具备这个角色所需的气质。"

安妮并不认同这一点。她倒觉得索菲·辛克莱更合适一些。索菲·辛克莱身材高挑，眼睛呈淡褐色，一头栗色的头发，可是她并不是戏剧社的会员，也从没参加过戏剧表演。

"我们排戏绝不能选用毫无经验的生手，我可不想干一些毫无把握的事儿，把事情搞砸了。"凯瑟琳态度强硬，安妮只好妥协了。不可否认，珍把这个角色扮演得惟妙惟肖。她颇有表演的天赋，并且排演十分投入。他们每个星期排练四次，从表面看，进展十分顺利，珍似乎对这个角色颇感兴趣，所以在排练时也很守规矩。在整个排练中，凯瑟琳负责对她进行指导，安妮从不横加干涉。不过，有那么一两次，安妮从珍的脸上读到了一种得意扬扬的表情，里面还含有一丝狡诈，这让她困惑不解。

一天下午，排练刚刚开始，安妮发现索菲·辛克莱正躲在女生衣帽间的角落里黯然落泪。起初她使劲地眨了眨她褐色的眼睛，不承认自己在哭，可是眼泪还是不争气地掉下来了。

"我好想参加演出，想扮演玛丽女王。"她呜咽着说，"可是我却没有机会。因为要交会员费，我父亲不让我参加戏剧社，在我们家，一分一厘都得派上大用场。虽然我没有演出的经历，可是我一直很喜欢玛丽女王，光是听她的名字就让我怦然心动。我做梦也不会相信，她是谋杀达恩利的凶手，我总是幻想着自己要是能够扮演她，哪怕只有短短的几分钟，那也该有多么幸福啊！"

事后，安妮认为这是索菲的守护者促使她做出如下的回答。

"索菲，我把玛丽女王的台词抄给你，并且亲自指导你演好这个角色。这对你来说是个难得的锻炼机会。如果这个剧在学校演出成功的话，我们还会到其他地方去表演。所以我们最好准备一位候补演员，要是珍临时有事不能演出，你就可以代替她。不过，这是我们之间的秘密，千万不能告诉其他人。"

第二天索菲就把台词背熟了。每天下午放学后，她便跟着安妮一起来到白杨山庄，在塔屋上排练节目。她们相处得十分愉快，索菲虽然言语不多但却不失风趣。这出剧目打算在十一月的最后一个星期五晚上在镇公所上演。他们为此做了大量的宣传，所有的入场券已经销售一空。安妮和凯瑟琳花了两个晚上的时间布置镇公所的礼堂，他们还请来了乐队，特意从夏洛特敦邀请了一位著名的女高音歌手在幕间演唱。最后一次彩排非常成功。珍表演得相当精彩，其他演员也配合得十分默契。但是到了星期五上午，珍竟然没有到学校来，下午她母亲捎来口信，说珍生病了，喉咙疼得厉害，恐怕是扁桃体发炎。大家的情绪一下跌落到了极点，很显然，珍没法来参加晚上的演出了。

安妮和凯瑟琳都愣住了，你看着我，我看着你，这场突如其来的变故让她们都措手不及。

"我们只好延期演出。"凯瑟琳一字一顿地说，"而延期演出则意味着失败。一旦进入十二月，各种事情会纷至沓来。我早就说过，在这个时候组织演出，实在是太愚蠢了。"

"我们不能延期。"安妮神情坚定地说，此刻，她气得眼睛也像珍的眼睛那样呈灰绿色了。虽然她并没有向凯瑟琳说破这一点，但她心里一清二楚，珍根本没有患什么扁桃体炎。这是他们精心设计好的一场阴谋，无论普林格尔家族的其他成员是否参与其中，其险恶用意都非常明显，他们就是想让这场演出毁于一旦，让这场活动的组织者——安妮·雪莉作茧自缚。

"哦，你想得倒轻松！"凯瑟琳不高兴地耸了耸肩，"那你打算怎么办？随便找个人念念玛丽女王的台词？你这样做同样会毁了这场演出。要知道，玛丽女王才是这场剧的灵魂啊。"

"索菲·辛克莱也能演好这个角色，服装她穿着也合身，噢，谢天谢地，服装是由你来缝制保管的，幸好没在珍的手上。"

当天晚上小剧按时演出，礼堂里人潮如织。索菲全身心沉浸在演出中，演得那么投入，那么忘我，仿佛她就是玛丽女王的化身。相比之下，珍·普林格尔的演出就要逊色一些。索菲穿着天鹅绒长袍，脖子上围着皱领，戴着闪闪发光的珠宝，俨然是一位如假包换的玛丽女王。过去萨默塞中学的学生看到的索菲总是穿着单调过时的浅黑色哗叽套装，外面罩着一件毫无样式可言的大衣，戴着一顶破旧的帽子。如今，眼前这位雍容华贵的玛丽女王让他们大开眼界！他们一个个都惊呆了。演出结束后，大家当场决定邀请索菲加入戏剧社，成为永久会员，安妮替她交了会费。从此，索菲在萨默塞中学声名鹊起，名噪一时。不过，包括索菲自己在内，谁也没有想到这次演出成为她日后步入明星生涯的第一步。二十年后，索菲·辛克莱已经是美国家喻户晓的明星，然而，面对台下一次又一次的掌声，最令她心潮澎湃、永生难忘的或许要数那天晚上在萨默塞镇公所礼堂来自观众那雷鸣般的掌声。

詹姆斯·普林格尔太太回家后，把当晚演出的情形原原本本告诉了珍，珍的眼睛里顿时迸射出一股怒火。用雷贝卡·迪尤的话来说，这叫罪有应得。后来，她恼羞成怒，就在《这个星期最重要的事》的作文里写了一些侮辱老师的内容。

安妮沿着一条深深凹陷下去的小径走到古老墓园。小路两旁筑着高高的防护石栏，石栏上面长满了青苔和一些结了霜的羊齿草。路两旁还稀稀疏疏地长着一些白杨树，这些白杨树纤细高挑，树冠像塔尖一般，十一月的寒风尚未刮净它们的枝叶。在远处紫色山丘的映衬下，这些高高的白杨显得分外引人注目。这片古老墓园里的大多数墓碑都立在一面斜坡上，这面斜坡如醉汉一般歪歪倒倒，斜坡四周种着一排排成正方形的高大挺拔、幽暗肃穆的冷杉。安妮本以为没人来这儿，所以当她走进墓园大门，迎面遇着瓦洛汀·考塔洛时，不由得大吃一惊。考塔洛小姐有着高高的鼻梁，薄薄的嘴唇，优雅下垂的双肩，颇有大家闺秀风范。她是镇上唯一的女裁缝。安妮当然认识她，镇上的每个人都认识她。她对当地的所有人，无论是活着的，还是死去的，个个了如指掌。安妮本想一个人四处走走，读一读那些古老而奇怪的墓志铭，猜一猜青苔下面埋葬着的情侣们早已被遗忘的姓名。可是考塔洛小姐不由分说就挽住了安妮的胳膊，这让安妮无法脱身。考塔洛小姐开始兴致勃勃地给她讲述墓园的光荣历史，在此长眠的考塔洛家族的人几乎和普林格尔家族的人不分上下。考塔洛小姐与普林格尔家族没有血缘关系，而且她的侄子又是安妮的得意门生，因此安妮与她交谈起来就比较轻松，无须设防。不过，安妮得格外留心一点，那就是在言谈中绝不能透露出她是"靠裁缝为生"的意思。听说考塔洛小姐对此十分敏感。

"很高兴今晚我碰巧在这儿。"考塔洛小姐说，"我可以告诉你埋葬在这里的每一位死者的过去。我相信，当你了解了这些死者生前的一切，你就会发现墓园是一个多么有趣的地方。与新墓园相比，我更喜欢到这儿来散步。只有那些古老的家族成员才能埋葬在这儿，而一般的汤姆啦、狄克啦、哈里啦等等，都葬在了新墓园。考塔洛家族的人葬在这个角落。天啊，我们家族举行的葬礼真多啊。"

"我想，凡是古老的家族都是如此吧。"安妮回应道。她知道考塔洛小姐希望她开口说点儿什么。

"别的家族举行的葬礼哪儿有我们家族这么多啊。" 考塔洛小姐说，"我们家族很多成员染上了肺结核，很多人因此而丧了命。这是我姑妈贝西的坟墓。如果世上真有圣人的话，我想她就是圣人。不过，毫无疑问，她的妹妹西西莉亚更值得一提。我最后一次见到她时，她对我说：'坐下，亲爱的，请坐下。我打算今天晚上十一点十分离开这个世界，这是我们最后一次聊天了。'不可思议的是，雪莉小姐，在当晚十一点十分，她便与世长辞了。你知道她为什么能够预知死亡吗？"

安妮无法回答这个问题。

"我的高曾祖父考塔洛埋在这座墓里。他是一七六〇年出生的，以制造纺纱车为生，据说他一生共制造了一千四百架纺纱车。他去世的时候，牧师引用《圣经》上的话说：'他一辈子所付出的心血都将随他而去。'老迈隆姆·普林格尔家族打趣地说，如果真是那样的话，通往天堂的路就会被我高曾祖父制造的纺纱车堵塞了。雪莉小姐，你认为这句话有品位吗？"

要是这句话出自别人之口，而非普林格尔家族的人之口，安妮也许会斟酌一会儿，一听说是普林格尔家族，她当时便不假思索地评价说："当然没有品位。"这时安妮打量着一块用头骨和两根交叉的骨头装饰的墓碑，仿佛也在质疑这种装饰是否有品位。

"我的堂姐多拉葬在这儿。她结过三次婚，婚后不久她的丈夫就死了，三位丈夫都是这样。可怜的多拉似乎总是运气不好，竟然挑选不着一个健康男人。她最后一任丈夫名叫本杰明·班尼，他没有葬在这儿，而是与他的第一位妻子一起葬在洛瓦尔。他临死前非常痛苦，多拉安慰他说，他要去一个更美好的世界，可怜的班尼口齿不清地说，'也许……也许是一个更美好的世界吧，不过我更愿意留在这个不完美的世界上。'他吃了六十一种药，又拖延了一段时间。我伯父戴维·考塔洛一家人都葬在这边。你看，每座坟墓后面都种了一株百叶蔷薇，哦，它们全开花了！每年夏天我都会到来这儿采摘一些花，带回家插在花瓶里，让它们在这儿等着凋零，那岂不是太可惜了吗？你觉得呢？"

"是……我想是吧。"

"我可怜的妹妹哈莉特就葬在这儿。"考塔洛小姐叹了一口气说，"她有一头秀丽的长发，头发的颜色和你的差不多，或许没有你的那么红，头发一直垂至她的膝盖。她去世前已经订了婚，听说你也订了婚了。我不怎么想结婚，不过我想订婚一定有意思吧。噢，我当然也有过几次机会，或许我太挑剔了。可是，身为考塔洛家族的姑娘，我可不能随便嫁给阿猫阿狗啊，你说对吗？"

看来，她在挑选结婚对象上还是非常郑重的。

"弗兰克·迪格拜……就埋在那几棵漆树的角落处，他当年想娶我为妻，可是我拒绝了他，说实话，我的确有点儿后悔。可是老天爷啊，我怎么甘心嫁给迪格拜那样的人家！后来，他娶了乔治娜·楚普。她上教堂经常迟到，为的是走进教堂好向大家炫耀她的一身衣服。哦，她可讲究穿着打扮了。她下葬时穿着一身漂亮的蓝色套装……我帮她缝制了这套衣服，她本来是穿着这套衣服去参加人家的婚礼的，谁知，这套衣服却成了她的寿衣。她留下了三个可爱的小孩。他们在教堂做礼拜时，总是坐在我前面，我喜欢给他们拿一些糖果。雪莉小姐，你觉得在教堂里给小孩拿糖果是不是有些冒失？我给他们的不是薄荷糖，要是薄荷糖就好啦。薄荷糖带有一点儿宗教色彩，是吗？可是，这些小孩不喜欢吃薄荷糖。"

当考塔洛小姐介绍完考塔洛家族的每座坟墓背后的故事后，

她的语气便变得有点儿刻薄，如果不是普林格尔家族的人，她也许不会是这种语气。

"这座坟墓里葬的是年老的拉塞尔·普林格尔太太。我常常在想，她现在是不是在天堂里？"

"为什么呢？"安妮有些惊讶地问道。

"她对她的姐姐恨之入骨，她姐姐名叫迈拉·安，早她几个月去世。她说：'如果迈拉·安进了天堂，我就决不愿意待在那儿。'亲爱的，她是一个说话算话的人，普林格尔家族的人都守信用。她出身在普林格尔家族，嫁给她表哥拉塞尔。这座墓里葬着丹·普林格尔太太，她在娘家时叫珍妮塔·伯蒂。她去世时刚满七十岁，《圣经》里记载人的生命限度是七十岁。人们常说，或许她认为超过七十岁哪怕多活一天也是一种罪过，人们总是喜欢拿一些事来说笑，是吧？我听说，她凡事都要请示丈夫，唯独死亡，她擅自做了一次主。有一次，她买回一顶帽子，结果她丈夫却不喜欢，亲爱的，你知道她怎么做的吗？"

"我猜不出来。"

"她把那顶帽子一口吃了。"考塔洛小姐神情严肃地说，"不过，那只是一顶小帽子，帽子上有花边和花，没有羽饰，想来还是很难消化吧。我听说她胃疼了很长一段时间。当然，我并没有亲眼看见她吃了帽子，不过我一直相信那一定是真的。你相信吗？"

"我相信普林格尔家族的人什么事情都做得出来。"安妮有点儿愤愤然。

考塔洛小姐颇有同感，紧紧地攥着安妮的手臂。

"我理解你的心情，我深有同感。他们那样对你真是太不仁慈了。不过，萨默塞镇上并不全是普林格家族的天下。"

"我有时候觉得这里就是普林格尔家族的天下呢。"安妮言语中夹杂着一丝苦涩。

"不，不是的，这儿有许多人对你满怀期待，期待你战胜他们。无论他们对你做了什么，你都不要屈服。他们是恶魔附体变了本性。他们狼狈为奸，莎拉小姐一心想让她那位堂弟掌控学校呢。"

"这里埋葬着那森·普林格尔。那森总是怀疑他妻子会毒死他，不过他却表现出一副满不在乎的样子，他说这样会让生活变得更加刺激。有一次，他怀疑他的妻子在他的燕麦粥里下了砒霜，他把粥端出去喂给猪吃了，结果，三个星期后，那头猪便死了。可是他却说这可能是一种巧合，而且他也拿不准死去的那头猪是否是吃了燕麦粥的那头猪。谁料，他的妻子死在了他前面，这时他又说她是一位温柔贤淑的好妻子，唯一让他遗憾的是她一直想毒死他。我想我们最好还是宽宏大量一些，相信他的想法仅仅是一种假象吧。"

"永远怀念肯西小姐，"安妮迷惑不解地读着一块墓碑上的碑文，"多么不寻常的碑文，难道她没有完整的姓名吗？"

"即使有，大概也没人知道。"考塔洛小姐说，"她来自诺瓦·斯科亚省，在乔治·普林格尔家当了四十年的用人。她让别人称她为肯西小姐，于是大家都叫她肯西小姐。她突然去世了，大家这才发现没人知道她的名字，他们也找不到她的任何亲戚，所以墓碑上的碑文只好那样写了。乔治·普林格尔厚葬了她，而且还花钱给她做了一块墓碑。她吃苦耐劳忠心耿耿，假如你见过她，你会觉得她天生就该叫作肯西小姐，肯西小姐这称呼非她莫属。詹姆斯·莫利夫妇葬在这儿，我参加过他们的金婚典礼。那场典礼真是热闹非凡啊，有好多的礼物，好多人演讲，好多的鲜花，他们的孩子全都赶回来了，他们这对老夫妻面带微笑，频频地对客人点头鞠躬，心里却彼此憎恨着对方。"

"彼此憎恨？"

"恨得咬牙切齿，亲爱的。大家都知道这件事。他们长年累月都是如此，事实上，几乎从一结婚就开始了。他们从结婚教堂一出来就闹得不可开交。我常常纳闷，如今他们躺在这儿，相安无事、和睦相处，这是怎么做到的啊？"

安妮听得有点儿心惊胆战，这是多么可怕啊。夫妻俩面对面地坐着吃饭，肩并肩地躺着睡觉，手牵手地带着孩子去教堂接受施礼，然而，心里却无时无刻不憎恨着对方！或许他们当初也曾相爱过吧。她和吉尔伯特会变成这样吗？别胡思乱想了！她告诫自己，那些普林格尔们已经把她弄得够烦的了。

"这座墓里埋葬着英俊的约翰·麦克特伯。安妮塔·肯尼妮投水自尽，人们怀疑约翰是罪魁祸首。麦克特伯家的人个个英俊潇洒，可是他们说的话没一句靠得住。从前这儿还为他叔叔山姆立了一块碑，五十年前，据说山姆已经在海上溺水身死。结果他突然有一天活着回来了，家里人只好把碑拿走，卖墓碑的人不愿意接受退货，山姆太太就把它当作做食品的石板，在这块石板上做小甜饼和面包！山姆太太说那块墓碑做石板再也合适不过了，麦克特伯家的孩子们带到学校来的小甜饼上总印着凸出的字母和数字，那就是碑文啊，他们总是很慷慨地请同学们一起分享小甜饼，可是我从不敢吃。我有些忌讳。哈利·普林格尔葬在这儿。他有一次就选举的事与人家打赌，结果赌输了，不得不戴着一顶女式软帽，用手推车推着彼得·麦克特伯在大街上游行。萨默塞镇上的所有居民都跑出来看热闹，当然，普林格尔家族的人除外，他们都觉得颜面尽失。米莉·普林格尔葬在这儿，尽管她是普林格尔家族的人，我还是十分喜欢她。她长得可爱极了，就像仙女下凡一般，动作轻盈。亲爱的，我时常会想，像这么美丽的夜晚，她或许会按捺不住，悄悄溜出坟墓，像过去一样翩翩起舞。不过，我又时常谴责自己，作为一个基督教徒，本不该有如此想法。这是赫伯·普林格尔的墓。普林格尔家族的人天性乐观，赫伯·普林格尔更是如此，他总能让大家忍俊不禁。有一次，梅塔·普林格尔在低头做祷告，一只老鼠从花丛中跑出来掉在她的帽子上，尽管当时是在教堂里，可是赫伯仍然毫无顾忌地哈哈大笑起来。我并不觉得有什么好笑的，那只老鼠也不知道跑哪儿去啦。我用裙子紧紧地裹住脚踝，生怕老鼠钻进裙子里，直到礼拜结束才敢松开，结果弄得我根本没法集中精力听布道。赫伯就坐在我身后，他笑声如雷，大家都以为他发什么神经了呢。他那么爱笑，那么开心，我还以为他会长命百岁呢。如果他今天还活着，不管莎拉小姐对你如何，他一定会支持你的。这座碑，当然就是船长亚伯拉罕·普林格尔的。"

这座巍峨的墓碑俯视着整个墓地。石料砌成的四块倾斜的平台构成一个方形的底座，底座上竖立着一根巨大的大理石柱，石柱的顶端扣着一个不伦不类的带褶形花纹的缸形物，缸形物下面有一个吹喇叭的肥胖的小天使雕像。

"好难看哦！"安妮率直地评论道。

"哦，怎么，你认为它不好看？"考塔洛小姐似乎很吃惊，"它刚建起时，大家都觉得它非常漂亮。据说吹喇叭的天使就是加百利[1]。我觉得它给墓园增添了几分优雅。他们建这个石柱花了九百元。亚伯拉罕船长是位和蔼可亲的长者。他去世了真是让人遗憾。如果他还活着，他们就不敢如此为难你了。莎拉和艾伦处处以他为荣，我甚至都觉得她们做得有点儿过分了。"

走回墓地的大门时，安妮又忍不住回头看了看。一种奇怪而平和的肃静笼罩着这片苍凉的土地。清冷的月光穿过幽暗的冷杉，洒在重重叠叠的墓碑上，一道道阴影在墓碑间游移不定。然而，墓园并非一个伤心之地，听完考塔洛小姐的讲述，埋葬在这儿的人一下子鲜活起来。

"听说你在写小说。"她们沿着小路往前走时，考塔洛小姐有些担忧地问道，"你不会把我说的写进小说里去吧？"

"你就放心好啦，我不会的。"安妮信誓旦旦。

"你认为揭死人的短儿一定不对……或者是很危险的？"考塔洛小姐忧心忡忡地问道。

"我并不这样认为。"安妮说，"只是这样做，对他们来说，有点儿不公平，这就好像是和那些手无寸铁的人打架似的。可是，你并没有说他们的坏话呀，考塔洛小姐。"

"我对你说过，那森·普林格尔怀疑他妻子会毒死他……"

"可是，你认为并没有任何证据能证明他妻子做过此事啊。"安妮打消了考塔洛小姐的顾虑，考塔洛这才放心地回家了。

① 加百利，Gabriel，预言圣母玛利亚即将生下耶稣。

六

"今天晚上我到墓园去逛了逛。"安妮回到家，在给吉尔伯特的信中写道，"我觉得'逛'是一个可爱的词儿，凡能用得上的地方，我都尽量把它用上。我挺喜欢在墓园里闲逛，这听起来似乎有点儿可笑，可是我的确觉得在那儿散步十分有趣。考塔洛小姐讲的故事耐人寻味。哦，吉尔伯特，人生的悲剧和喜剧如此盘根错节地交织在一起。那对夫妻在我的脑海里始终挥之不去，他们共同生活了五十年，却彼此憎恨了五十年，这真是让人难以置信。有人曾说，'憎恨是迷失方向的爱。'我确信，憎恨只是表面现象，其实他们深爱着对方。就像我在以为恨你的那几年里，事实上是爱着你的。我想，他们在九泉之下一定会明白这个道理。我很庆幸自己还活着时就懂得了这一点。我也发现，普林格尔家族有一些人还是挺正派的，尽管他们已经长眠在墓园里。

"昨天晚上，我下楼去找水喝时，发现凯特大婶正躲在放食品的小房间用脱脂牛奶美容。她让我千万别告诉查蒂大婶，怕查蒂大婶认为这样做是愚蠢之举。我向她保证我一定会守口如瓶的。

"虽然女伴的支气管炎已经痊愈，可是伊丽莎白仍然每天来取牛奶。我很惊讶，她们怎么还肯让她来取奶，要知道坎贝尔老太太也是普林格尔家族的人啊。上个星期六傍晚，或许当天伊丽莎白把自己叫作'贝蒂'吧，她离开我时一边跑着一边兴致勃勃地唱起了歌，我清楚地听到躲在门廊那儿的女伴呵斥道：'快到安息日（星期日）了，你竟然还敢唱歌！'我敢肯定，不管什么日子，女伴都恨不得伊丽莎白像泥塑的菩萨一般一声不吭。

"那天傍晚，伊丽莎白穿了一件紫红色的新衣服，她们的确让她穿得很漂亮。伊丽莎白若有所思地说：'我觉得今天穿上这身衣服，我变得更漂亮了，雪莉小姐。要是我爸爸能回来看看该多好啊。当然"未来"到来的时候，他一定会回来看我的，可是我有时候我觉得"未来"太遥远了。雪莉小姐，要是我们能让时间变得快一些就好啦。'

"亲爱的，我现在必须去解几道几何习题。按照雷贝卡·迪尤的说法，我已经把用来进行'文学创作'的大量时间花在练习几何习题上了。几何常常令我惶恐不安，我生怕在课堂上突然冒出一道我无法解答的习题。哦，要是那样的话，那些普林格尔可就有话说了。哦，那也真够他们说的了！

"既然你爱我也爱猫，那就请你为一只惨遭虐待的可怜的公猫祈祷吧。前几天，在放食品的小房间里，有一只老鼠从雷贝卡·迪尤的脚上逃了过去，她气得火冒三丈。'那只该死的猫干什么去了，整天除了吃和睡，什么也不做，让老鼠如此猖狂，真是让人忍无可忍。'于是她气呼呼地把它撵得到处乱窜，不让它趴在它最喜欢的垫子上睡觉，狠心把它赶出家门，还用脚狠狠地踢了它一脚，我看见这一切，真是心如刀割啊。"

七

在十二月一个清朗的日子里,那天正好是星期五,傍晚放学后,安妮去洛瓦尔参加一次火鸡晚宴。维尔弗雷德·布莱斯的家在洛瓦尔,他和他叔叔住在一起。维尔弗雷德·布莱斯很害羞地问安妮放学后能不能和他一起去参加在教堂举行的火鸡晚宴,然后星期六在他们家做客。安妮只好答应了,她希望借此机会能说服维尔弗雷德的叔叔,让他侄子继续念中学。维尔弗雷德担心过完新年他就不能再上学了。维尔弗雷德是一个聪明、有抱负的男孩,安妮十分喜欢这个学生。

安妮此行并不是特别愉快,不过,维尔弗雷德却因为她的到来而感到特别开心,这让安妮感到一些欣慰。他叔叔和婶婶是一对古怪而粗暴的夫妻。星期六早晨,天色昏暗,北风呼啸,空中还飘着雪花。一开始安妮有些发愁,不知道如何打发这漫长的一天。昨天晚上的火鸡晚宴闹到很晚才结束,因此她早上起床后仍然感到又累又困。维尔弗雷德必须帮助家里打谷子;四下里又找不到一本书可以消遣。突然,她想起在楼上走廊的背角处放着一只船员用过的破旧木箱,斯坦顿太太对她的嘱咐又在耳旁响起。原来,斯坦顿太太正在写一部有关王子县历史的书,她曾经托安妮帮她找一些对她写作有帮助的旧日记或旧文件。

"当然,普林格尔家族有很多我用得上的资料,不过,我却没法向他们要,你知道,普林格尔家族和斯坦顿家族从来都不是朋友。"

"十分遗憾,我也没法向他们开口借。"安妮回答说。

"哦，我不是让你去向他们开口借。我只是希望你去拜访附近这些人家的时候，多多替我留意一下，看看有没有旧日记或者地图等，如果有的话，请你向他们借用一下。你不知道我在这些旧日记里发现了多少有趣的事呢！日记里虽然记载的是生活的一些点点滴滴，却能使早年拓荒者的生活栩栩如生。我的书中既需要一些统计数据和家谱，也需要类似的资料呢！"

安妮问布莱斯太太他们家是否有这样的一些旧资料。布莱斯太太摇了摇头。

"就我所知嘛没有。当然……"布莱斯太太说到这儿，突然眼前一亮，"楼上存放着安迪叔叔的一只旧箱子，说不定箱子里有一些东西你用得着呢。安迪叔叔曾经和老船长亚伯拉罕·普林格尔出海航行过。我去问问顿肯，看你能不能去翻翻那箱子。"

顿肯捎话来说，只要安妮喜欢，那只箱子她可以随便去翻，凡是用得着的资料她都可以带走。他本来打算把里面的东西烧了，把箱子拿来做工具箱。得到了许可，安妮便开始去翻腾那只箱子，可是翻来翻去，她只找到了一本泛黄的旧日记，或者说是"航海日志"，里面记载着安迪·布莱斯多年的航海生活。在这个风雪交加的上午，安妮一直津津有味地阅读着本日记。安迪的航海经验非常丰富，他对亚伯拉罕·普林格尔船长十分尊敬，曾跟随他多次出海远航。日记里虽然错字连篇，许多句子都有明显的语法错误，字里行间却充满了对船长的溢美之词，他称赞船长的勇气和足智多谋，特别是对他在狂风恶浪中巧妙行船，顺利绕过南美洲合恩角所表现出来的大无畏精神大加赞赏。然而，安迪似乎并不欣赏亚伯拉罕的弟弟迈隆姆。迈隆姆是另一艘船的船长。

"今天晚上，我去迈隆姆·普林格尔家了。他老婆把他惹火了，他气得跳了起来，端起一杯水就泼在他老婆脸上。

"迈隆姆回家了。他的船失火烧毁了，他们都逃生到小艇上，结果差点儿被饿死。船上的乔纳斯·塞尔扣克开枪自杀了，他们就吃掉了乔纳斯。他们靠乔纳斯的肉来充饥，直到'玛丽·G'号把他们救起来。这件事是迈隆姆亲口告诉我的，他似乎觉得这很有趣。"

安妮阅读着这最后一段记述，浑身忍不住颤抖起来，尤其是安迪提起这种残酷的生活竟然如此轻描淡写，更让人觉得毛骨悚然。随后，安妮就陷入了沉思中。日记中的内容对于斯坦顿太太来说，并没有多大用处，不过，里面记载了那么多有关莎拉小姐和艾伦小姐所崇拜的父亲的生活，或许她们会对这本日记感兴趣吧？如果她把这本日记寄给她们，结果会怎样呢？顿肯·布莱斯曾答应她，可以随便处理箱子里的东西。

不，她不能这么做。她为什么要去取悦她们，去迎合她们那种狂傲的自尊心呢？她们的傲慢已经达到了极致，已经不需要新的骄傲资本了。她们企图把她赶出学校，眼看她们的阴谋诡计就要得逞了。她们和她们背后的整个家族已经彻底击败了。

当天傍晚，维尔弗雷德把安妮送回白杨山庄，他俩都喜不自胜。安妮已经说服顿肯·布莱斯让维尔弗雷德完成中学的学业。

"中学毕业后，我就设法到奎恩学校去读一年书，然后边教学边自学。"维尔弗雷德说道，"雪莉老师，我如何才能报答你呢？别人的话我叔叔根本听不进去，但他却喜欢你。他在谷仓里告诉我，'红头发的女人总是能够支配我。'虽然你的红头发很漂亮，可是我却认为这并不是你的头发在发挥作用，而是因为你的缘故啊。"

那天夜里两点钟安妮从睡梦中醒来，决定把安迪·布莱斯的日记寄到枫林山庄。毕竟她还是有些喜欢那两位老小姐。更为重要的是，在她们的生命中，除了她们的父亲能给她们带来几分温暖，她们的生活实在是太凄清了。三点钟，她再次从睡梦中醒来，她决定不把日记寄给她们。上次莎拉小姐居然对她故意装聋作哑！四点钟，她又犹豫了。最后她终于拿定主意，还是把日记寄给她们好啦。安妮不是一个心胸狭窄的人，她害怕自己成为一个心胸狭窄的人，那样就和派伊家族的人没什么两样儿了。

下定了决心后，安妮终于可以安然入睡了。她心想，在半夜里醒来，倾听着塔楼外冬天的第一场暴风雪，而自己却躺在温暖的被窝里拥着被子慢慢地进入梦乡，这种感觉真是太惬意太舒服啦。

星期一早晨，她小心翼翼地包好旧日记本，连同一张便条寄给了莎拉小姐。便条是这样写的：

亲爱的普林格尔小姐：

不知道您对这本旧日记是否感兴趣。布莱斯先生把它送给我，我本打算把它送给斯坦顿太太的，她正在写一部有关县历史的书。但我觉得这日记对她没什么帮助，或许，我想您更想得到它。

您诚挚的
安妮·雪莉

"这个便条的措辞太生硬了，"安妮暗想，"可是我没办法写得自然得体一点。假如她们傲慢地把日记退还回来，我一点儿也不会感到惊讶。"

这天傍晚，初冬的晴空一片湛蓝。雷贝卡·迪尤第一次感到无比震惊。原来，枫林山庄的马车沿着幽灵巷驶来，车轮在粉状的积雪里奔驰，最后停在了白杨山庄的大门前。艾伦小姐从马车上走下来，更让人震惊的是，随后走出来的竟然是莎拉小姐，她已经有十年不曾离开枫林山庄了。

"她们来到大门前了！"惊慌失措的雷贝卡·迪尤气喘吁吁地说。

"除了大门，你以为普林格尔家族的人还会从其他地方走进来？"凯特大婶问。

"当然，当然……可是大门已经被卡住了。"雷贝卡·迪尤气急败坏地说，"的确是被卡住了，这你也是知道的。自从去年春天做了一次大扫除后，这门就再也没打开过。啊，这道破门，真把人急死了。"

大门果真被卡住了，雷贝卡·迪尤使出了九牛二虎之力，终于把它打开了，然后她惴惴不安地将两位小姐领进客厅。

"谢天谢地，我们今天在房子里生了火。"雷贝卡·迪尤暗自庆幸，"但愿那只该死的猫没把毛掉在沙发上。如果莎拉小姐的衣服在我们的客厅里沾上猫毛，那后果将不堪设想。"

雷贝卡·迪尤不敢再继续想下去。她到塔屋把安妮叫下来，因为莎拉小姐问雪莉小姐是否在家。然后雷贝卡·迪尤就躲进厨房里，她好奇得差点儿发疯，迫不及待地想知道到底发生了什么事，竟然惊动了两个老姑娘，让她们亲自跑上门来找雪莉小姐。

"她们是不是又要为难安妮啊？"雷贝卡·迪尤担忧地想道。

安妮忐忑不安地下楼来。她心想，难道她们盛气凌人地跑来退还那本日记？

安妮一走进客厅，瘦小、坚毅、满脸皱纹的莎拉小姐便站了起来。她说话非常直截了当。

"我们是来投降的。"她有些难堪地说，"我们别无选择。当你阅读到有关可怜的迈隆姆叔叔的那桩丑闻时，你就知道我们会跑上门来向你投降。那件事不是真的，绝不可能是真的。迈隆姆叔叔只不过想故意激怒安迪·布莱斯，而安迪·布莱斯却信以为真，但是，一旦这事传开，除了我们家族的人之外，其他人都会对此津津乐道。你也知道，如果这样的话，我们家族将成为人家的笑柄，说不定情况会更糟。哦，我们承认你非常聪明。珍会来向你道歉的，以后她会变得循规蹈矩。我，莎拉·普林格尔，向你担保。但你必须答应我，不要把有关迈隆姆叔叔的这事告诉斯坦顿太太，不要告诉任何人。我们愿意替你做任何事，任何事都行。"

莎拉小姐那只布满青筋的小手绞弄着一条精致的蕾丝手绢。她显然在发抖。

安妮惊奇地，甚至是惊恐地瞪大双眼。这两位可怜的滑稽的老家伙！她们以为她在威胁她们呢！

"啊，你们误解我的意思了。"她握着莎拉小姐那双楚楚可怜的手，解释道，"我……我做梦也没有料到你们会以为我想……哦，我之所以那么做，仅仅是因为我想你们也许愿意知道你们伟大的父亲那些有趣的点点滴滴。我从来没有想过要把日记中的内容传给别人，或者告诉任何人。我认为那些都无关紧要，我绝不会那么做的。"

随后大家沉默了片刻。莎拉小姐温柔地抽回了她的手，用手绢儿擦了擦眼睛，接着便坐在了沙发上，只见她那张虽布满皱纹却不失优雅的脸上掠过一丝羞愧。

"我们……我们误解你了，亲爱的。我们……我们对你一直不够友好。你能原谅我们吗？"

半小时以后，两位普林格尔小姐离开了，这期间可把雷贝卡·迪尤急坏了。其实这半个小时气氛还是挺友好的，安妮和两位普林格尔小姐谈论着安迪日记中那些无关痛痒的事。在谈话的过程中，莎拉小姐再也不装聋子了，她的听力十分正常。临别前，莎拉小姐在大门口转过身来，从她的手提袋里拿出一张纸片，纸片上写着工整秀丽、清晰流畅的文字，然后开口说道：

"我差点忘了，以前我曾答应麦克林太太要把做磅饼的配料方法告诉她。也许你不介意把这张纸转交给她吧？请你告诉她，加糖发酵的过程非常重要，这道工序必不可少。艾伦，你的帽子戴歪了，在我们出门前，你最好把它戴正。我们今天出门有些匆忙，穿戴上也没怎么讲究。"

安妮告诉两位大婶和雷贝卡·迪尤，她把安迪·布莱斯的旧日记送给了枫林山庄的两位老小姐，她们是特意来致谢的。她们一听这解释也就信以为真，尽管雷贝卡·迪尤觉得事情并不会这么简单。她们不可能为了区区一本泛黄的、沾了烟渍的旧日记来表示感谢，这么一丁点儿小事居然惊动了莎拉·普林格尔，让她亲自出面到白杨山庄。看来，雪莉小姐的嘴真是严啊！

"从今往后，我每天都要把大门打开一次。"雷贝卡·迪尤信誓旦旦地说，"这样它才不会生锈被卡住。刚才我哗啦一声打开门时，差点儿摔倒在地呢！好啦，不管怎么说，我们总算得到了磅饼的配方了。天哪，要用三十六个鸡蛋啊！如果你们把那只该死的猫打发走，让我多养几只母鸡，或许每年我们能做一次那样的磅饼。"

说完这番话，雷贝卡·迪尤大步流星走进厨房，向命运的安排开战——她明明知道那只该死的猫想吃猪肝，她却偏偏给它喂牛奶。

雪莉和普林格尔之间的较量终于结束了。除了普林格尔家族以外，没有人知道其中的原因。然而，萨默塞镇的人都知道，孤立无援的雪莉小姐用一种神秘的手段打败了整个普林格尔家族。从此以后，他们对雪莉小姐俯首听命。珍第二天就回到了学校，并且当着全班同学的面向安妮做出道歉。此后，珍成了大家学习的榜样，普林格尔家族的其他学生也变得循规蹈矩，不再惹是生非。至于那些成年的普林格尔们，他们对安妮的敌意，犹如雾霭遇上了太阳一下就消失殆尽。他们不再抱怨学校没有"纪律"，也不再抱怨安妮给学生布置的作业太多。他们家族的人再也不会想方设法与安妮作对了。他们都争先恐后讨好安妮，每场舞会、溜冰聚会都盛情邀请她前往，她要是不参加，聚会就会留下许多遗憾。尽管那本可怜的日记已经被莎拉小姐亲自烧毁，然而记忆是抹不去的。只要雪莉小姐想说出来，她就当然可以大肆宣扬。如果让那位什么都想打听的斯坦顿太太知道迈隆姆·普林格尔船长曾经吃过人肉，那后果将不堪设想！

八

（摘自给吉尔伯特的书信。）

我在塔楼的小屋里，雷贝卡·迪尤正在厨房里大声哼唱着《我怎能不往上爬？》。她的歌声让我想起了牧师的妻子邀请我参加唱诗班！这当然是普林格尔家族的人让她这么做的。要是我星期日不回绿山墙的话，我就会参加的。如今，普林格尔家族的人对我伸出了友谊之手，对我关照有加，处处示好，完全把我当成了自己人。真是不可思议的家族！

我已经参加了三次普林格尔家族举办的宴会。我觉得所有普林格尔家族的女生都在模仿我的发型，不过，我并不因此而瞧不起她们。是啊，"模仿是真诚的奉承。"吉尔伯特，我真的开始喜欢她们了。我一向觉得，只要她们给我机会，我就会喜欢上她们的。我甚至有一种预感，我迟早会喜欢上珍的。只要她愿意让自己变得讨人喜欢，她一定会变得十分可爱。现在，很显然，她正在努力让自己变得可爱起来。

昨天晚上，我深入虎穴去摸了摸老虎的胡须——我大胆地踏上常青树山庄前门的台阶，来到四个角落摆放着白色铁缸的方形门廊，按响了门铃。当蒙克曼小姐来应门时，我问她是否可以让我带小伊丽莎白出去散散步。我本以为会遭到拒绝，谁料，女伴回去跟坎贝尔太太商量后，回来阴沉着脸告诉我说，小伊丽莎白可以跟我出去散步，但是请不要在外面待得太久。我好奇地想，难道坎贝尔太太也接到了莎拉小姐的命令？

伊丽莎白蹦蹦跳跳地走下昏暗的楼梯，她穿着红色的外套，戴着一顶绿色的小帽子，看上去宛如一个可爱的小精灵。她高兴坏了，几乎连话都说不出来。

"我激动得都要发疯了，雪莉小姐。"我们刚一离开，她就小声地告诉我说，"今晚我是贝蒂，当我心情激动的时候，我就变成了贝蒂。"

我们朝着"通往海角天涯的路"一直走下去，直到担心时间太晚了才返回。傍晚时分，深红色晚霞映照下的港口朦朦胧胧，让人情不自禁想到了那些在地图上未标明的"神秘的海洋之岛"和"被人遗忘的仙境"，我被这梦幻般的美景深深震撼了，我用手拉着的小伊丽莎白同样也被震撼了。

"如果我们拼命地往前跑，我们能跑进晚霞里去吗，雪莉小姐？"她天真地问道。她这一问，让我回想起了保罗以及他的那些有关日落的奇思妙想。

"我们要等到'未来'才能办到。"我说，"伊丽莎白，你瞧，港口入口处的正上方有一朵金色的云彩，它多么像一座小岛啊，我们就把它当作你的'幸福岛'吧。"

"在那儿，有一座小岛，"伊丽莎白梦幻般地喃喃自语，"它的名字叫作'飞云岛'。这个名字是不是特别可爱？我想这个名字一定来自'未来'的世界。我从阁楼的窗户里就能看到它。一位波士顿先生占有了这座小岛，他还在这儿盖了一幢避暑山庄呢，不过，我把这儿想象是我的领地，我成了那儿的主人。"

在常青树山庄的门前，我俯下身子去吻了吻她的小脸蛋，然后目送着她走进屋。我永远忘不了她那忧郁的眼神，吉尔伯特，这个小女孩多么渴望有人去爱她。

今天傍晚，她来取牛奶时，我发现她竟然哭了。

"她们……她们让我把你的吻洗干净，雪莉小姐。"她伤心地哭着说，"我本来再也不想洗脸了。我发誓永远不洗脸，因为你看，我不想把你的吻洗掉，今天早晨我没洗脸就上学去了。可是到了傍晚，女伴硬拉着我，用力把我脸上的吻痕洗没了。"

我强忍着不让自己笑出声。

"宝贝，你总不能一辈子不洗脸啊。不过，别担心脸上的吻。以后你每天傍晚来取牛奶，我都会吻你！这样即使你第二天早晨把它洗掉，也不要紧啦。"

"你是世界上唯一爱我的人。"伊丽莎白说，"你给我说话的时候，我闻到了紫罗兰的香味。"

还有谁的赞美之词能让我如此心动的呢？不过，伊丽莎白的这一句话却在我耳旁挥之不去。

"伊丽莎白，你的外曾祖母也爱着你呢。"我及时地提醒道。

"她不爱我，她讨厌我。"

"宝贝，你这话有点儿傻。你的外曾祖母和女伴都是一大把年纪了，她们害怕别人的打扰，容易感到烦躁焦虑。你有时候当然会惹她们生气。而且，她们小的时候，大人对她们管教比现在还要严厉。所以她们习惯了过去的那套方法来管教你。"

然而，我觉得我并没有十足的把握去说服伊丽莎白。最致命的是，她们并不爱她，她对此一清二楚。她回过头仔细地瞧了瞧身后的房子，看看门是否关着。随后，她镇定自若地说：

"外曾祖母和女伴都是两位暴君，当'未来'到来时，我就会从她身边逃走。"

我看得出来，伊丽莎白以为这话会吓我一大跳。我有些怀疑，伊丽莎白说这话只是为了让我感到震惊。我笑着吻了吻她，满心希望躲在厨房窗子后面的玛莎·蒙克曼看见这一切。

透过塔楼小屋的左侧窗户，我可以俯瞰整个萨默塞镇。星罗棋布的白色屋顶尽收眼底，它们显得亲切友善。自从普林格尔家族和我成为朋友后，这些房子一下子让我倍感亲切。温馨的灯光从四处的山墙和屋顶的窗户里透出来，到处弥漫着若有若无的轻烟。镇子上空繁星闪烁。真是一个"梦幻小镇"啊。这个名称听起来很美，是吧？你还记得那句诗吗——

加勒哈德穿过一座座梦幻小镇

我感到特别开心，吉尔伯特。我回绿山墙过圣诞节时，不会再是一副残兵败将的样儿了。生活是多么的美好，多么美好的生活啊！

莎拉小姐的磅饼也很不错。雷贝卡·迪尤试着做了一次，她按照莎拉的制作方法，特别注意了加糖发酵这一工序。这道工序其实很简单，只需把调制好的面团用几层棕色的纸包起来，然后再包上几块毛巾，放上三天就可以了。如今，连我都可以向人们推荐这道制作方法了。"推荐"一词（Recommend），它到底是一个"c"呢，还是两个"c"，连我这个文科学士有时候也犯糊涂，幸好，在我找到安迪的日记之前，普林格尔家族的人没有抓住我的这个把柄！

九

二月里的一天傍晚，崔克丝·泰勒蜷缩在安妮的塔楼里，这时候狂风挟裹着雪花在窗外怒号，屋里的小火炉正呼呼地吐着蓝色的火焰，就像一只浑身发热的黑猫。崔克丝正在向安妮倾诉烦恼，安妮发现所有人都喜欢找她诉说心声。大家都知道安妮已经订婚了，因此萨默塞镇的姑娘都不会把她看作是潜在的情敌。而且安妮身上有着一种特殊的魅力，让你可以毫无顾虑地说出心事，而不必担心她会四处张扬。

崔克丝邀请安妮第二天傍晚去她家用餐。崔克丝面颊红润，宛若玫瑰，棕色的眼睛闪亮迷人，身材丰满，个子不高，看上去十分快活。在她二十来岁的生命里，似乎不大可能有什么烦恼。可是，她仍然有自己的烦心事。

"雷诺克斯·卡特博士明天晚上要到我们家吃晚饭，因此，我们希望你也能参加。他是新任的雷德蒙学院现代语言系的主任，人非常聪明，我们需要一个聪明的人陪他聊聊天。你也知道，我的脑子很笨，普林果也不行。至于艾丝米嘛，安妮，你也晓得，在我们家，艾丝米长得甜美可爱，可是她太害羞，胆小太小了，在卡特博士来访时，她的聪明才智一点儿也派不上用场。她痴迷地爱着他。哦，真是可怜啊。虽然现在我很喜欢约翰尼，但还不至于像艾丝米那样，一见着心上人浑身就瘫软如泥！"

"艾丝米和卡特博士订婚了吗？"

"还没有呢，"崔克丝沉吟了一会儿说，"不过，哦，安妮，艾丝米希望卡特这次是来向她求婚的。如果他不是来求婚的，干吗要在这一学期的中途从大老远跑到王子岛上，难道仅仅是为了拜访他的堂哥吗？站在艾丝米的立场，我真以为他是冲着这个来的。如果他再不提出来，艾丝米简直就活不下去了。不过，给你说句心里话，我并不是特别喜欢他来当我的妹夫。艾米丝说他眼界高，挺讲究，她担心他对我们家不满意。要是他不满意的话，艾丝米认为他绝不会向她求婚的。所以，你实在无法想象，她多么希望明天的晚餐一切进展顺利。在我看来，明天的晚餐并没什么问题。我妈妈是一位出色的厨师，我们还有一位能干的女佣。我还拿出了这一个星期一半的零用钱来贿赂普林果，让他守规矩点。当然他也并不喜欢卡特博士，说他自命不凡，不过普林果很在乎艾丝米的感受。我只希望我爸绷着脸不说话的毛病不要发作，这就万事大吉了。"

"你这种担心并没有用啊。"安妮说道。萨默塞镇人人都知道塞若斯·泰勒有绷着脸不说话的毛病。"谁也说不准他这老毛病什么时候发作。" 崔克丝悲哀地说，"今天晚上他的情绪特别低落，因为他找了半天也没有找到他的新法兰绒睡袍。艾丝米把睡袍放错了抽屉。也许他明天晚上情绪会有所好转，也许不会。如果他的情绪没有恢复正常，他就会让我们全家颜面尽失，卡特博士是不会和这样的家庭联姻的。至少，艾丝米是这样说的，我觉得她的话有几分道理。安妮，我认为雷诺克斯·卡特其实是很喜欢艾丝米的，认为她十分适合当他的妻子。可是他不想草率行事，不想有半点儿凑合。我曾听他对他的堂哥说，一个男人对岳父家庭的认定一定要慎之又慎。现在，任何一件小事都可能影响他最后的决定。在这紧要关头，爸要是绷着脸不说话的毛病发作了，那就不是一件小事了。"

"你爸爸喜欢卡特博士吗？"

"哦，喜欢。他觉得卡特博士是艾丝米的最佳人选。可是一旦我爸爸的病情发作了，他把谁也不会放在眼里。这就是普林格尔家族的怪脾气，安妮。你知道的，我们祖母的娘家就是普林格尔家族。你简直难以想象我们在家时是怎么忍受他这种怪脾气的。他从来不像乔治叔叔那样大发雷霆。乔治叔叔的家人并不在乎他发脾气。乔治叔叔一旦有什么不高兴，就会大吼大叫，隔着三条街都能听到他歇斯底里的咆哮，但是一旦他把一腔怒火发泄出来，他就会变得像只羊羔一样温顺，他还会给家里的每个人买上一件新衣服来求和。可是爸爸要是生起气来，他会紧绷着脸、瞪着眼睛，一言不发，吃饭的时候谁也不理。艾丝米说爸这样做毕竟比堂兄理查德·泰勒强多啦，理查德吃饭时，总是说些尖酸刻薄的话，对自己的妻子极尽挖苦嘲讽之能事。可是，在我看来，没有什么比爸那可怕的沉默更让人难以忍受的。他的沉默能把我们的心悬在半空中，大家都不敢开口说话。当然，如果只有我们一家人，情况也不会糟糕到哪儿去。可是越是家里来了客人，爸的老毛病就越容易犯。为了害怕造成误会，艾丝米和我不得不经常向人家解释爸爸这种让人难堪的沉默。艾米丝担心到明天傍晚爸爸还在为睡衣的事情耿耿于怀，所以她心急如焚。要是雷诺克斯看见爸爸还是板着一副面孔，他心里会怎么想？她拜托你穿上那套蓝色的套装，她的新衣服也是蓝色的，因为雷诺克斯喜欢蓝色。可是爸爸讨厌蓝色，如果他明晚看见你也穿上了蓝色衣服，也许他对蓝色就不会那么反感了。"

"她穿其他颜色的衣服会不会更好呢？"

"除了一件绿色的毛葛料子衣服，她再也没有其他适合在

076.

晚宴上穿的衣服了。那件绿色的毛葛料子衣服是爸送给她的圣诞礼物。它看上去很漂亮，爸也特别喜欢我们打扮得漂漂亮亮的，可是，你无法想象艾米丝穿上那件绿衣服有多么难看，普林果说她穿上这身衣服，看起来就像是得了肺结核而且是到了晚期的病人，卡特的堂哥告诉艾丝米，卡特绝不会娶一个体弱多病的女子。我真是暗自庆幸，幸好约翰尼没这么挑剔。"

"你把你和约翰尼订婚的事告诉你爸爸了吗？"安妮问道，她对崔克丝的恋情一清二楚。

"没有。"可怜的崔克丝唉声叹气道，"我总是没法鼓足勇气，安妮。我知道爸爸一定会暴跳如雷的。因为约翰尼是个穷小子，爸爸始终看不起他。爸爸已经忘了他开始做五金生意时比约翰尼还穷呢。当然，订婚的事得早点儿告诉他才行，不过我想等艾米丝的事情解决了再说。我知道，一旦我把这事告诉他，他会气得一连几个星期不说话，妈妈一定会担惊受怕，遭受爸的冷落。在爸面前，我们都胆小如鼠。当然，妈和艾米丝在任何人面前都很腼腆，可是我和普林果的胆子就要大得多，只有爸才能震慑住我们。有时候我想，要是有人出面为我们撑腰就好了，只可惜没有这样的人，我们只好乖乖听命于他。亲爱的，你简直无法想象，若是家里有客人，爸却板着面孔一声不吭，那会让人多么难受！不过只要他明天晚上表现正常，我就会彻底原谅他。如果他愿意的话，他其实是蛮讨人喜欢的。他就像朗费罗笔下那个小女孩——'当她好起来时，令人深深着迷；当她坏起来时，让人避之不及。'我曾经看见他在一些晚宴上相当活跃。"

"上个月我到你家吃晚饭，我发现他挺好的啊。"

"哦，我给你说过，他很喜欢你。这也是我们一定要请你参加的原因之一。他看见你，说不定心情会舒畅起来。凡是能讨他喜欢的事，我们一样也不敢忽略。然而，当他生闷气时，他似乎厌恶所有的人，所有的事。无论如何，我们已经精心准备了一次丰盛的晚宴，饭后还有美味可口的鲜橙蛋奶甜点心。妈妈本打算用馅饼来做饭后甜点心，她说除了爸爸以外，天底下所有的男人都喜欢饭后来点馅饼，即使是教现代语言的教授也不例外。可是爸爸却不喜欢馅饼，考虑到明天晚上这顿晚餐的重要性，我们决定不冒这个险。鲜橙蛋奶甜点心是爸最爱吃的点心。至于我和可怜的约翰尼，我想，总有一天我会和他一起私奔的，到时候爸爸永远也不会原谅我。"

"我相信只要你鼓足勇气向他讲明这一切，并忍受他生几天闷气，你可能会发现，他最终还是会接受这个事实，而且这样做也可以免去你们日后的烦恼不安。"

"你还不了解我爸爸。"崔克丝忧郁地说。

"俗话说，'当局者迷，旁观者清'，也许我比你更了解他。"

"什么'当局者迷，旁观者清'？安妮，亲爱的，别忘了我并不是文科学士。我只读过初中，我本想上大学，可是爸爸觉得女孩不需要接受高等教育。"

"我是说，你们生活在同一屋檐下，距离太近了，有时候反而对他不了解，而一个新来的人可能会更清楚地观察他……对他了解得更深。"

"可是，我知道，如果爸爸下定决心不说话，那这个世上什么也无法让他开口，什么也不管用。他还为此扬扬自得呢。"

"那么，你们为什么就不能装着无所谓的样子，继续聊天呢？"

"我们根本办不到。我给你说过，他已经把我们都震慑住了。明天晚上假如他还在为睡袍的事闹情绪，你将切身体会到他的这种威力。我不明白他为何要这么做，但是他就偏偏喜欢这么做。我想只要他开口说话，哪怕他胡言乱语，我们也不会在乎的。他的沉默不语彻底把我们击垮了。明天晚上至关重要，假如他的老毛病又犯了，我是绝不会原谅他的。"

"咱们都尽量往好的方面想吧，亲爱的。"

"我正尽量往好的方面想。我知道，你来了会帮上我们大忙。妈妈还打算邀请凯瑟琳·布鲁克，不过我明白她对爸爸并没有什么影响力。爸爸讨厌她，我得说，我并不会为此而责备他。我本人也不喜欢她。我真是弄不明白你为什么就能做到对她那么好呢？"

"我真为她感到难过，崔克丝。"

"为她感到难过！她不受大家欢迎，这都怪她自己啊。哦，好啦，人们常说世界上需要各种各样的人，不过萨默塞镇少了凯瑟琳·布鲁克这样的人也没关系。她整天就像一只快快不乐的老猫。"

"她是位优秀的教师，崔克丝。"

"哦，我怎么不知道呢？她曾经教过我。她把学习的内容硬往我的脑子里灌，还常常说一些含讥带讽的话，弄得我的心灵受到了伤害。还有，你看她那身穿着打扮！爸爸最不能容忍女人穿着邋遢。他说，他讨厌穿着邋遢的女人，他相信上帝也讨厌那样的女人。安妮，如果妈妈知道我把爸爸的这种说法告诉了你，她八成会吓晕过去。她原谅了爸爸这种粗鲁的说法，因为他毕竟是男人。要是我们不得不原谅他的事情只有这么一件就好了！可怜的约翰尼如今几乎不敢上我们家来，因为爸爸对他极其无礼。遇着天色晴朗的晚上，我就悄悄溜出去，我们绕着小广场散步，直到冻得半死才回家。"

崔克丝走后，安妮终于可以轻松地舒一口气。她溜下楼，哄着雷贝卡·迪尤给她弄一些吃的。

"你要到泰勒家里吃晚饭吗？好啊，我希望老塞若斯做一个像样的东道主。要是他的老婆孩子都不那么怕他绷着脸不说话的毛病，他也许就不会动不动就使这一招儿，这一点我敢肯定。雪莉小姐，我告诉你，他还以此为乐呢。好啦，我想我该去给那只该死的猫热牛奶了。这只被宠坏了的小畜生！"

十

第二天傍晚，安妮来到塞若斯·泰勒家，他刚进家门就觉得屋里的气氛有些不对劲。一位衣着整洁的女佣将她带到客房。上楼梯时，安妮看见塞若斯太太匆匆从餐厅走进厨房，塞若斯太太用手把脸上的眼泪抹掉，她的脸苍白、憔悴，有着几分凄美。很显然，塞若斯先生还在闹情绪。

崔克丝愁眉苦脸地溜进客房，紧张不安地对安妮小声说着话，她的话更加证实了安妮的猜测。

"哦，安妮，现在他的情绪简直糟透了。今天早上他的脾气还是挺温和的，我们都高兴极了。可是下午他下棋时输给了休·普林格尔，他一下子就受不了，怪脾气又发作了。真是倒霉透了，偏偏他今天就输了棋。他发现艾丝米正在房间里照镜子，他就把艾丝米从房间里轰了出去，并且一把把门锁上了。可怜的艾丝米只是想对着镜子瞧一瞧自己的打扮看上去能不能让卡特博士满意呢。她甚至还没来得及戴上珍珠项链。你再看看我，我根本不敢把我的头发烫成鬈发，爸爸不喜欢不自然的鬈发，可是我现在这个样子就像一个丑八怪。不过，这对我来说并没什么，倒是委屈了客人，让他们看到我这副不堪入目的样儿。不仅如此，爸爸还把妈妈摆放在餐桌上的花扔到了垃圾桶，让她感到……感到非常伤心，因为她好不容易才弄到那些花。此外，他还不准妈妈戴那副石榴石耳环。他已经很长一段时间没有像今天这样发作了。上次他大闹情绪的时候还是春天，他从西部回来，发现妈妈把起居室的窗帘换成了红色，而他却喜欢深紫红色。哦，安妮，如果吃饭时他不讲话，那就拜托你多说几句。如果你也不愿意多讲，那场面就太尴尬了。"

"我会尽力而为的。"安妮答应道。她还不曾发现自己找不到话说的时候，不过眼前这种难堪的处境，她倒是头一次遇着。

大家都围着餐桌坐了下来，尽管桌上没有了鲜花，但它仍然被布置得十分漂亮，餐桌上的器皿也很精致。胆小的塞若斯太太穿着一身灰白色的套装，她的脸色看起来比她的衣服还要灰白。家里的美人艾丝米也变成了苍白的美人，金黄色的头发显得有些苍白，粉红的嘴唇也显得苍白，迷人的眼睛也略有几分苍白，总之这位姑娘比平时苍白了许多，看上去随时都可能昏厥过去。普林果原本是一位快活顽皮的少年，他才十四岁，长得胖乎乎的，圆眼睛上戴着一副圆眼镜，淡黄色的头发淡得几乎发白，此刻这个淘气鬼看上去就像是只被拴住的小狗。崔克丝神色不安，就像是一位被吓坏了的女学生。

卡特博士仪表堂堂，相貌出众。他有着一头卷曲的头发，一双明亮的黑眼睛，戴着一副银色框架眼镜。当年他在雷德蒙学院任助理教授时，安妮觉得他既傲慢又拘谨。此刻，卡特博士明显觉察出屋里的气氛有些不对劲。瞧瞧这家主人的样子吧，只见他目中无人地走向餐桌的首席，一屁股坐在椅子上，板着一副面孔，既不答理卡特也不跟其他人打招呼，在场的人谁不会觉得这种气氛有些别扭呢？

塞若斯连饭前的祷告也抛到一边了，塞若斯太太显得十分难堪，用几乎听不见的声音喃喃说道："感谢上帝赐予我们食物。"晚餐刚一开始，过分紧张的艾丝米就把叉子掉到了地上，惊得大家都跳了起来，唯独塞若斯稳稳当当地坐着，大家的神经都绷得太紧了！塞若斯用他那凸出的蓝眼睛怒气冲冲地瞪着艾丝米，然后他又气呼呼地瞪着每个人，把大家瞪得背脊发凉。塞若斯太太舀了一勺辣根酱，他又狠狠地瞪了她一眼，以提醒她她的胃可不怎么好。塞若斯太太本来最喜欢吃辣根酱的，并且根本不相信那东西会伤胃，可是经他这一瞪，可怜的塞若斯太太什么也吃不下了，艾丝米一点儿胃口也没有了。他们就假装吃这吃那。晚餐笼罩在一片可怕的沉寂中，只有崔克丝和安妮偶尔聊一聊天气。崔克丝用恳求的眼神望着安妮，示意她开口说点儿什么。可是安妮有生以来第一次感到自己无话可说。她知道自己必须开口说话，她绞尽脑汁，拼命寻找话题，可是脑海里出现的都是一些愚蠢的话题，这些话题根本就说不出口。难道大家都中邪了？一个乖戾固执的人，竟然对别人能施加如此大的影响，这真是不可思议。在此之前，安妮无论如何也不会相信的。当塞若斯发现自己把餐桌上的每个人都弄得极不舒服时，他一定快活极了。他心里到底是怎么想的呢？假如有人用大头针猛地扎他一下，他会跳起来吗？安妮想把他看作一个被宠坏了的孩子，她恨不能扇他一耳光，打他的手板心，罚他站墙根儿。事实上，别看他有着刺猬一般的灰发和蓬乱的髭须，他的这副任性劲儿可真像个被宠坏了的孩子。

眼下，安妮觉得最重要的是让他开口说话。她本能地意识到当他下定决心不说话时，那么，对他最大的惩罚就是让他开口说话。

假如她站起身来，故意把摆放在墙角桌子上的那只又大又丑的花瓶打翻在地，情况会怎么样呢？那只老式花瓶装饰复杂，上面有凸雕的玫瑰花和叶子，它们组成一圈圈花环，擦拭起来相当麻烦，可是他们必须把它擦得一尘不染。安妮知道他们全家人都讨厌他，但是塞若斯不肯把它放在阁楼里去，因为那是他妈妈的遗物。安妮心想如果打碎那只花瓶能让他大发雷霆，她会毫不犹豫地打碎它的。

为什么雷诺克斯·卡特也不开口说话呢？如果他说话，安妮就有话可说了。兴许这样一来，崔克丝和普林果就能从那可怕的魔咒中挣脱出来，开口说点儿什么，渐渐地，大家就可以相互交谈了。可是，卡特只是坐在那儿，闷着头吃东西。也许他认为闷着头吃东西是最好的办法。也许他怕说错了话，反而会更加激怒这位怒目圆睁的家长。

"吃点腌黄瓜好吗，雪莉小姐？"崔克丝有气无力地说。

安妮突然冒出想搞恶作剧的念头。她开始吃腌黄瓜和桌上的其他东西。为了避免自己顾虑太多，她索性弯下身子，一双灰绿色的大眼睛显得清澈闪亮，她一字一句地说："卡特博士，就在上个星期塞若斯先生耳朵突然听不见了，也许你听说了这事一定会感到惊讶吧？"

安妮扔出"炸弹"后，立即挺直身子坐在了椅子上。她也说不清自己期待或者希望接下来出现什么。如果卡特博士得知主人是因为听不见，而不是赌气故意不说话的话，他也许会谈笑风生。她的话算不上撒谎，她可没说塞若斯·泰勒是一个聋子。安妮以为经她这一刺激，塞若斯一定会气得破口大骂。然而，安妮的激将法根本不管用，塞若斯仍然一声不吭，只是狠狠地瞪着她。

出乎安妮意料的是，她的话反倒刺激了崔克丝和普林果。崔克丝憋了一肚子火。在安妮抛出那句话之前，崔克丝看见艾丝米悄悄地拭去眼角的一滴眼泪，她的眼神是那么绝望。一切希望都化为泡影。雷诺克斯·卡特现在绝不会向艾丝米求婚了。现在，任何人再说什么或者做什么都无关紧要了。在彻底的绝望中，崔克丝变得毫无顾忌，她决定豁出去了，她要和这位顽固的父亲算算总账。安妮的话莫名的鼓舞着她。而天性活泼开朗的普林果却一直倍感压抑，有如火山蓄势待发，听了安妮的那句话后，他茫然地眨了眨他的眼睛，随即便大胆地效仿起来。在安妮、艾丝米、塞若斯太太的这一辈子里，她们对接下来这十五分钟发生的事情将永生难忘。

"这真折磨可怜的爸爸啊。"崔克丝隔着桌子对卡特博士说，"他毕竟才六十八岁啊。"

一听到自己的年纪一下子增加了六岁，塞若斯·泰勒鼻子两侧突然出现两道白色的凹痕，可是他仍然沉默不语。

"能吃上这么一顿像模像样的饭菜，真是格外的恩赐啊。"普林果毫不含糊地说，"如果有那么一个男人仅仅是为了追赶时髦，便让他家里人只吃水果和鸡蛋，不能吃别的，卡特博士，您觉得这个人怎么样？"

"你父亲……"卡特博士不解地问道。

"如果有一位丈夫不喜欢他妻子挂的窗帘，就故意咬她，你会怎么想？"崔克丝问道。

"直到把她咬出血了才松口。"普林果一本正经地补充道。

"你是说你父亲……"

"如果有一个男人仅仅因为他妻子穿的丝绸衣服的款式不合他的心意，就把衣服剪成碎片，你怎么评价这个男人？"崔克丝继续发问。

"要是有个男人偏不让他妻子养狗，你又怎么评价他？"普林果说。

"而她做梦都想养一条狗。"崔克丝叹了一口气。

"假如有一个男人，"尝到"讨伐"父亲乐趣的普林果继续说道，"送给他妻子的圣诞礼物只有一双橡胶套靴，你会怎么想呢？"

"橡胶套靴的确无法温暖人心。"卡特博士说。当他的目光与安妮的目光相遇时，他的嘴角竟然浮现出一丝微笑。安妮还是第一次看见他笑呢。笑容使他的面孔变得亲切和蔼多了。崔克丝在说什么？谁会想到她激愤的言辞竟然如此尖锐？

"如果烤肉烤得欠点儿火候，那人不问青红皂白抓起烤肉就朝女佣身上扔去。卡特博士，你不觉得和这样的人生活在一起很恐怖吗？"

卡特博士不安地看了看塞若斯·泰勒，似乎害怕他抓起桌子上的鸡骨架朝谁扔过去。随后，他想起这位主人的耳朵听不见了，心里才感到一丝欣慰。

"如果一个人相信地球是平的，你会怎么想啊？"普林果问道。

这时候安妮以为塞若斯要开口说话了。只见他通红的脸颊抽搐了一下，然而他仍旧一声不吭。不过安妮确信他的髭须没有先前那么神气了。

"如果一个人把他的姑妈，唯一的姑妈送到贫民收容所，你会怎么评价他？"崔克丝问。

"而且他竟然还在墓园里放牛。"普林果说，"萨默塞镇的人至今还对此记忆犹新呢。"

"如果一个人每天都把一日三餐的饭菜写进日记里，你又怎么看这个人呢？"崔克丝问道。

"伟大的文学家派普斯也这样啊。"卡特博士微笑着说。他的声音听起来似乎像是快要忍不住捧腹大笑了。安妮心想，或许他一点儿也不傲慢，他只是年轻、害羞、不苟言笑而已。然而安妮自己却是提心吊胆、忐忑不安，她从来没有料到自己的一句话会引起如此大的风波。她发现，点燃导火线比扑灭战火要容易得多。崔克丝和普林果既聪明又狡猾。他们并没有说出自己的父亲做过所列举的事情中的任何一件。安妮完全可以想象，普林果装出一副天真无知的模样，故意睁大好奇的眼睛，仿佛在对塞若斯·泰勒说："我只是想就这些问题请教一下卡特博士。"

"如果一个男人擅自拆开他妻子的来信，你会怎么评价这位男人？"崔克丝继续问道。

"如果一个人穿着工作裤去参加他父亲的葬礼，你会觉得这个男人怎样？"普林果问道。

他们接下来还会冒出些什么来？塞若斯太太不加掩饰地哭泣着，绝望中的艾丝米反倒显得异常冷静。一切都无所谓了。艾丝米转过头静静地看着卡特博士，她知道她将要永远失去这位意中人了。情急之下，她生平第一次说出了一番颇具智慧的话。

她平静地说道："如果一个人花了一整天的时间去寻找一窝小猫咪，这窝小猫咪的妈妈被射死了，他不忍心它们被活活饿死。你又怎么看待这个人呢？"

霎时，房间里出奇的安静。崔克丝和普林果突然有点儿羞愧。随后，塞若斯太太出声了，她觉得她作为妻子有责任支持艾丝米为父亲所做的出乎意料的辩护。

"他能用钩针编织出很漂亮的东西。去年冬天，他腰疼下不了床，还替客厅的餐桌编了一块漂亮的桌布呢。"

每个人的忍耐都是有限度的。此刻塞若斯·泰勒再也无法忍受了。他狠狠把椅子往后一推，椅子在光滑的地板猛地滑了出去，一下子撞上了放花瓶的桌子。桌子被撞翻，花瓶摔成了碎片。怒气冲冲的塞若斯·泰勒蹙起浓密的白眉毛，腾地站了起来，终于开始大发雷霆了。

　　"我不会用钩针编织什么东西，婆娘！难道一块破桌布要把一个男人的名声彻底毁了吗？那时我腰疼得厉害，根本不知道该做什么才好。雪莉小姐，我是聋子吗？我聋吗？"

　　"她并没有说你是聋子，爸爸。"崔克丝大声喊道。只要她父亲愿意开口说话，哪怕他大发脾气，她也一点儿不畏惧他。

　　"哦，是呀，她没有说。你们什么也没有说。你没把只有六十二岁的我说成六十八岁吧？你没有说我不让你妈妈养狗吧？噢，婆娘，如果你愿意，你可以养上四万条狗，也没有谁来拦你。这一点你难道不清楚？我什么时候拒绝过你想要的任何东西……什么时候？"

　　"从来没有，孩子他爸。"塞若斯太太泣不成声地说。

　　"我什么时候拆过你们的来信？我什么时候写过日记？写日记！我什么时候穿了工作裤去参加别人的葬礼？我什么时候在墓园里放过牛？我什么姑妈被我送到贫民收容所？我什么时候朝人家身上扔过烤肉？我曾经让你们只吃水果和鸡蛋活着吗？"

　　"从来没有，孩子他爸，从来没有。"塞若斯太太哭着说道，"你一直是家里的顶梁柱，对家族尽心尽职。"

　　"去年圣诞节你不是亲口告诉我，你想要一双橡胶套靴吗？"

　　"是的，哦，是的，我是对你说过这话，孩子他爸。整个冬天我的脚都舒适而温暖。"

"好啦，你们都听见了吧！"塞若斯·泰勒用胜利的目光环顾着四周。他的目光和安妮的目光竟然不期而遇。意想不到的事情突然发生了。塞若斯居然抿着嘴笑了起来。他的面颊出现了两个酒窝。这两个酒窝让塞若斯显得格外有亲和力。他把椅子拉到桌前，坐了下来。

"卡特博士，我有一个极其不好的毛病，那就是爱生闷气。人人都有坏毛病，我的坏毛病就是喜欢生闷气。好啦，好啦，孩子他妈，别哭哭啼啼的了。除了你说的用钩针纺织东西的那些鬼话，你们对我的其他指控我全都承认。艾丝米，我的好女儿，我不会忘记你是唯一站出来替我说好话的人。让玛吉来收拾碎花瓶吧！我知道这该死的东西打碎了，你们都很高兴吧。把布丁端上来吃吧。"

安妮难以相信，那天的晚宴一开始时气氛那么糟糕，结局竟然皆大欢喜。塞若斯竟然变得那么亲切，那么优秀，而且事后他也没有找他们算账的迹象，因为几天后的一个傍晚，崔克丝来到白杨山庄，她告诉安妮说，她终于鼓足勇气把她与约翰尼订婚的事告诉她父亲了。

"他没有暴跳如雷吧，崔克丝？"

"他……他一点儿也没有。"崔克丝羞怯地回答说，"他只是用鼻子哼道，约翰尼围着我转了两年了，弄得别的男孩子都不敢接近我，所以他也该考虑我们结婚的事了。我想，自从上次生了闷气后，他的坏毛病近期不会再犯。安妮，除了爱生闷气这坏毛病外，他倒真是一位挺可爱的父亲呢。"

"我觉得你的这位父亲对你可算是格外开恩了。"安妮学着雷贝卡·迪尤的口吻说道，"崔克丝，在那天晚上，你对你父亲可一点儿也不留情面啊。"

"噢，你晓得这可是由你引发的。"崔克丝说，"普林果也起到了推波助澜的作用。俗话说，结果好一切都好。噢，谢天谢地，我再也不用擦那个该死的花瓶了。"

十一

（安妮两个星期后写给吉尔伯特的信。）

艾丝米·泰勒和雷诺克斯·卡特订婚的消息已经公之于众。我从本地的一些闲言闲语中得知，就在那个关键的星期五晚上，卡特决定充当艾丝米的护花使者，把她从她的父亲、她的家人，也许还有她的朋友们那里拯救出来！显然艾丝米所处的困境激发了他骑士般的侠义心肠。崔克丝则坚持认为是我促成了这件好事，或许我是帮了一点儿忙，可是我再也不敢做这种尝试了，这就像揪住了闪电的尾巴一样危险。

吉尔伯特，我真不知道这是怎么一回事，我以前为什么会对与普林格尔家族有关的一切东西心怀厌恶？这种不愉快或许还残留在我身上。不过，与普林格尔家族的一切恩怨皆成过眼云烟，这些我都快淡忘了。可奇怪的是，有些人还念念不忘呢。据说瓦洛汀·考塔洛说我击败了普林格尔家族，她为此一点儿也不觉得惊讶，因为她相信我有一套"秘籍"。牧师太太说是她指引信徒走出困境的。好啦，谁知道会发生这些无聊的事情呢？

昨天下午放学回家时，珍·普林格尔和我共同走了一段路。我们一路上聊着船呀、鞋呀、封蜡以及其他一切话题。我们都绝口不谈几何。珍知道我的几何不怎么样，不过，我知道的那些关于迈隆姆船长的事足以抵消我几何上的不足。我把福克斯写的《殉道者列传》借给了珍。我不喜欢把我心爱的书借给别人，因为当它还回来时似乎就变得不一样了。不过我之所以喜欢福克斯

091.

的《殉道者列传》，仅仅因为它是多年前我上主日学校时阿伦太太送给我的。其实我不爱读有关殉道者的书，因为那些殉道者总是让我觉得自己很渺小，有一种自惭形秽之感，为自己在严寒的早晨不想起床而惭愧，为自己不敢去看牙医而惭愧！

好啦，艾丝米和崔克丝现在都过得十分幸福，我真的很欣慰。自从我的爱情之花迎春绽放后，我对其他姑娘的爱情也特别关注。你也知道，这是善意的关注，不是出于好奇，更没有恶意，我很高兴看到天下的有情人终成眷属。

眼下仍然是二月，"女修道院屋顶上的积雪在月光下闪耀"……其实那并不是女修道院，而是汉密尔顿先生家的谷仓。但是我已经开始浮想联翩了，再过几个星期春天就来了，再过几个星期夏天就到了，随后就放暑假了，到时就可以回绿山墙了，安维利镇金色的阳光照耀着草地，海湾在黎明时分呈现一片银白色，中午变成一片蔚蓝，黄昏时分染上绚丽的深红色……然后你便出现了。"

我和小伊丽莎白关于春天里的计划数不胜数。我们成了莫逆之交，我每天傍晚都会给她送牛奶，偶尔她还能获准跟我一起去散散步。我们惊讶地发现我俩的生日竟然是同一天，伊丽莎白当时激动得脸蛋通红，看上去可爱极了。平日里，她的脸色苍白，哪怕喝了鲜牛奶，她的脸色也很难红润起来。只有当我们傍晚乘着徐徐的晚风，愉快地散步回来时，她的脸颊上才会泛起可爱的玫瑰红。有一次，她一本正经地问我："雪莉小姐，如果我每天傍晚都往脸上涂脱脂牛奶，我长大后，皮肤会像你这样光滑细腻吗？"在幽灵巷里，脱脂牛奶已经成为最受欢迎的化妆品。我已经发现，雷贝卡·迪尤也在使用它。她担心两位大婶会认为她一大把年纪了，还这么轻浮爱美，所以叫我一定要替她保守秘密。在白杨山庄，我要保守的秘密太多了，这真会使我未老先衰呢。要是我用脱脂牛奶涂抹鼻子，不知道可不可以祛除鼻子上的那七颗雀斑呢？顺便问一句，先生，你是否觉察到我的肌肤"光滑细腻白皙"？如果是的话，你可从来没有告诉过我啊。还有，你是否觉得我"相比之下很漂亮"？因为我发现自己相比之下还挺漂亮的。

"雪莉小姐，怎样才算得上漂亮呢？"有一天雷贝卡·迪尤一本正经地问我。

"我也经常想知道这个答案呢。"我回答说。

"可是你就是很漂亮啊。"雷贝卡·迪尤说。

"真没想到你也会挖苦人呢。"我以责备的口吻说道。

"我并没有挖苦你啊，雪莉小姐。你很漂亮，相比之下很漂亮。"

"噢！相比之下！"我说。

"看着餐具架上的那面镜子，"雷贝卡·迪尤说，"跟我比一比，瞧，你多漂亮。"

不错，我是比她要漂亮一些。

好啦，还是继续说伊丽莎白的事吧。一个暴风雪的傍晚，风在幽灵巷怒吼，我们无法去散步。于是我们就来到塔屋，一起画一张仙境地图。伊丽莎白坐在我那蓝色的垫子上，以便把自己垫高一点。她弯腰对着地图的样儿，看上去就像一个严肃认真的小土地神。

我们的地图尚未完成，每天我们都会增添一些新东西。昨天傍晚，我们在地图上确定了白雪巫婆房子的位置，还在房子后面画了一座三峰山，山上遍地是盛开的野樱桃树。（顺便提一下，吉尔伯特，我以后要在我们的"梦中小屋"附近种上几棵野樱桃树。）当然，我们还在地图上画上了"未来"，"未来"的位置位于"今天"的东边，"昨天"的西边。在这张仙境地图上，有无穷无尽的时间。有春天的时间、长的时间、短的时间、新月的时间、美好夜晚的时间、下一次的时间。可是没有最后的时间，因为那样的时间在仙境里显得太悲伤了。还有年老的时间、年轻的时间，因为若有年老的时间，那肯定有年轻的时间。有山峦的时间，因为它总是让人产生无穷遐想；还有圣诞节的时间，如果没有这一年里仅有这么一次的时间，那也太伤感了；还有失去的时间，因为把它找回来是一件挺美的事。有日后的时间、欢乐的时间、匆匆流逝的时间、缓慢流淌的时间、亲吻的时间、回家的时间、房屋的时间——这该是世界上最优美的措辞之一了。我们还画了许多精巧的红色小箭头，它们分别指向各种不同的"时间"。我知道雷贝卡·迪尤一定会觉得我这样做太孩子气。可是，吉尔伯特，还是让我们永远都不要变得太老太理智吧。要是太老太理智，我们就没法进入仙境啊！

我确信，雷贝卡·迪尤有些怀疑我对伊丽莎白的影响全是正确的。雷贝卡·迪尤认为伊丽莎白在我的鼓励下变得越发爱胡思乱想了。有一天傍晚我不在家，雷贝卡·迪尤去送牛奶，发现她已经等在旁门那儿，正全神贯注地望着天空，一点儿也没听到雷贝卡·迪尤的脚步声。

"我正在倾听呢，雷贝卡。"她解释说。

"你总爱傻里傻气地听。"雷贝卡·迪尤不以为然地说。

伊丽莎白冲着她微微一笑，是那种淡淡的朴实无华的笑。(雷贝卡·迪尤其实并不是用这样的词来形容的，不过我很清楚伊丽莎白笑起来的样子。)

"雷贝卡，要是你知道我听到了什么的话，你一定会大吃一惊的。"她说，她说这话时的语气让雷贝卡·迪尤毛骨悚然——至少雷贝卡·迪尤是这样告诉我的。

不过伊丽莎白一直对仙境心驰神往，对此，我们又能怎么样呢？

你的一心一意的

安妮

附注一：我永远也无法忘记塞若斯·泰勒的妻子说他曾用钩针编织过东西时，他脸上流露出的那副惊慌失措的表情。不过，我会永远喜欢他，因为他去寻找过可怜的小猫咪。我还挺喜欢艾丝米的，因为她在所有的希望都化为泡影的情况下，竟然挺身而出，为父亲辩护。

附注二：我换了一支新笔。我爱你，因为你不像卡特博士那样自负；我爱你，因为你不像约翰尼那样有两只招风耳。然而最根本的原因是，我爱你，只因为你是吉尔伯特！

十二

幽灵巷
白杨山庄
五月三十日

最亲爱的：

春天来了！

或许你在金斯波特被各种考试压得都快喘不过气来，根本就没注意到春天已经到来了吧。在萨默塞镇，四处洋溢着春天的气息，春姑娘已经走进了我的心田。哪怕最丑的街道如今也换上了春装，旧篱笆上有迎风招展的花朵，人行道两旁的草地里蒲公英也探出了脑袋，大街上焕然一新。就连我房间里隔板上的白瓷淑女塑像也感受到了春的气息，如果我在哪天夜里突然醒来，我一定会发现这位穿着镀金鞋跟的粉红色鞋子的淑女在翩翩起舞呢！周围的一切仿佛都在向我大声呼喊："春天来了！"潺潺的小溪，云蒸霞蔚的"风暴王"山顶，我读你的来信时常去的枫树林，幽灵巷里的白花樱桃村，后院里常常当着灰毛米勒的面蹦来跳去的活泼可爱的知更鸟，小伊丽莎白取牛奶的半截门上垂挂的绿色藤蔓，古老墓园四周开出穗状小花的冷杉，甚至还有墓园本身，似乎都在向我发出邀请。一座座坟墓前种下的各种花，如今都长出了新叶和花蕾，它们似乎在诉说："即便在这儿，生命依然微笑着面对死亡。"就在前两天的一个傍晚，我在墓园里愉快地闲逛了一次。（我想，雷贝卡·迪尤一定会认为我这种嗜

096.

好有毛病，她会说："我简直无法想象，你竟然会对那个鬼地方如此感兴趣。"）在散发着淡淡幽香的月光中，我在墓园里闲庭漫步，心里时常想着，那森·普林格尔的妻子是否真要毒死他？他妻子的坟墓上绿草萋萋，百合绽放，看上去是那么清纯那么无辜，所以我敢断定，她完全是被冤枉的。

再过一个月我就要回家度假了！我想念绿山墙的老果园，眼下那果园里的果树一定是花满枝头；我想念架在"阳光水湖"上的那座老桥；想念在耳畔萦绕的大海的吟唱，想象"情人之路"上夏日的午后时光；我想念你！

吉尔伯特，今天晚上我的笔写起来是得心应手，所以……

（删去两页字）

今天傍晚，我拜访了吉伯森家。玛莉拉前些日子就让我去看看她们。因为她们在白沙镇居住时，玛莉拉和她们有过交往。照玛莉拉的嘱咐，我来到萨默塞镇后便找到了她们家，此后便每个星期去一次，因为波琳似乎非常欢迎我，而我也非常同情她。她母亲是一个可怕的老太婆，她简直就是她母亲的奴隶。

艾多奈拉姆·吉伯森太太已经八十高龄了，整天坐在轮椅上。她们是十五年前搬到萨默塞镇的。波琳今年已经四十五岁了，她是家中最小的女儿，她的哥哥姐姐们成家后，都不肯收留艾多奈拉姆·吉伯森太太。波琳料理家务，无微不至地伺候母亲。她脸色苍白，有一双黄褐色的眼睛，一头依然漂亮的金褐色头发。她们的家境还不错，如果没有母亲的拖累，波琳会过得十分轻松愉快。她喜欢参与教会的工作，参加妇女援助会、传教会的活动，还乐于帮忙准备教会的礼拜晚餐、迎新交谊会。她会因为培育出了镇上最好的吊竹而欣喜若狂。可是她却走不出家门，甚至连星期日上教堂的机会也少得可怜。我看她是逃不出这道沉重的枷锁了。年迈的吉伯森太太有可能会活到一百岁呢。虽然她的双腿不管用了，但她的嘴巴可厉害着呢。坐在她的旁边，听着她没完没了地挖苦可怜的波琳，我真是气愤填膺却又无可奈何。然而波琳却告诉我，她妈妈对我评价很高，所以我来做客时她妈妈对她会温和许多。如果真是这样，一想到我没在她们家时，吉伯森太太凶神恶煞的样儿，我就会浑身颤抖。

不请示她妈妈，波琳什么事都不敢私自做主。她不敢自己去买衣服，哪怕是一双袜子也不行。凡事都得征求吉伯森太太的意见，获得她的许可才可行事。每件衣服都要翻改两遍，直到再也不能穿为止。波琳头上那顶帽子已经戴了四年。

在家里，吉伯森太太害怕听到任何动静，害怕外面的新鲜空气跑进屋里。据说她这辈子从未笑过，至少我从来没有见过她笑。我看着她时，总会不由自主地想，她要是笑起来会是什么样子呢。波琳甚至连自己的房间也没有，她不得不跟她妈妈睡在同一个房间，夜里几乎每个小时都要起床，不是帮吉伯森太太揉背，就是给她喂药，或者给她换被窝里的热水袋，袋里的水必须是热水，不能是温水！或者给她换枕头，或者去后院察看是从哪儿发出的诡异声音。吉伯森太太总是在下午睡觉，到了晚上，她就给波琳派遣各种各样的任务。

可是波琳却从不抱怨。她总是那么温柔、那么无私、那么富有耐心。我真高兴她有一只心爱的狗。她唯一一件遂心的事便是养了这只狗，而这仅仅是因为镇上发生过夜里失窃的事儿，吉伯森太太认为养条狗可以保护她们。波琳从不敢让她的母亲看出她有多么喜欢这条狗。吉伯森太太讨厌它，总是抱怨它把骨头叼回了家。不过，为了保护自己的切身利益，她从未说过要把这条狗赶出家门的话。

我终于有机会帮助波琳做点事了，眼看就会付诸行动了。我打算给她一天自由，尽管这样做意味着我下个周末不能回绿山墙。

今天傍晚，当我走进波琳家时，发现她正在哭泣，不用我猜，吉伯森太太就把其中的原因告诉了我。

"雪莉小姐，波琳想抛下我不管，她真是我的好女儿啊，她多好的良心啊，你说是不是？"

"不过就一天嘛，妈妈。"波琳说道，她强忍着泪水，竭力想露出一丝笑容。

"她说只有一天！噢，你知道我的日子是怎么过的吗，雪莉小姐？每个人都知道我活着是活受罪，可是你不明白这一点，不明白，雪莉小姐。对于一个饱经病痛折磨的人来说，一天会有多么漫长，我想你永远也不会明白。"

我知道吉伯森太太此刻并没有饱受疼痛的折磨，所以我也不想表示同情。

"妈妈，我会找个人来陪你的。"波琳说。接着她又向我解释道："我表姐下个星期六在白沙要举行银婚庆典，她希望我能参加。当年她跟莫里斯·希尔顿结婚时，我是她的伴娘。要是我妈妈同意的话，我真想去。"

"要是我孤零零地死了，那我也只好认命了。"吉伯森太太说，"这件事就全凭你的良心了。"

我知道只要吉伯森太太让波琳的良心来做决定，波琳就只能乖乖地放弃自己的想法。这么多年来，吉伯森太太之所以能为所欲为，这在于她经常使用这个撒手锏。我听说多年前有人曾向波琳求婚，吉伯森太太从中阻挠，采用的手段就是让波琳的良心来决定，结果误了波琳的终身大事。

波琳擦干眼泪，勉强挤出一丝可怜的笑容，随手捡起正在翻改的衣服，那是一件难看的黑绿两色的格子服。

"别板着脸，波琳。"吉伯森太太说，"我见不得有人在我面前板着脸。别忘了给这件衣服安一个衣领。雪莉小姐，你相信吗？她居然想缝一件无领的衣服。要不是我管着她的话，她真的会穿一件低领衣服呢，就是她手里穿的那件。"

我看了看可怜的波琳，波琳的脖颈裹在一圈高高的由鲸骨架支撑着的硬衣领里，而她被遮住的脖子依然显得十分圆润。

"现在正流行无领衣服呢。"我说。

吉伯森太太反对说："无领衣服看上去一点儿也不端庄。"

（我当天就穿了一件无领衣服呢。）

"再说，"吉伯森太太继续说道，好像她在接着说同一件事似的，"我一点儿也不喜欢莫里斯·希尔顿。他妈妈是克里克特家族的人。他根本不讲什么礼节，总是在最不适宜的地方亲吻他的妻子！"

（吉尔伯特，你能保证总是在适宜的地方吻我吗？恐怕吉伯森太太会把诸如脖颈处的这些地方看成是最不适宜的地方。）

"可是，妈妈，你也知道那天情况有些特殊。哈维·威瑟的马受惊了，在教堂的草地上狂奔，差点儿踩死了露易莎。还好露易莎有惊无险，莫里斯激动得吻吻妻子也是很正常的啊。"

"波琳，别给我狡辩。现在我仍然觉得任何人在教堂的台阶上亲吻都是极不适宜的。不过，当然哟，我的看法对于任何人来说都无关紧要。所有的人都巴不得我早点进棺材，好吧，坟墓里已经有位置等着我，我知道我是你的一个大包袱，我还是死了算了，反正没人需要我。"

"别这么说，妈妈。"波琳恳求道。

"我偏要说给你听听。你明明知道我不愿意你去，可你偏偏要和我作对，执意要去参加那个银婚典礼。"

"亲爱的妈妈，我不去了，如果你不愿意我去，我就不去。你千万别激动……"

"哦，我甚至连激动的自由也被你剥夺了，难道我就不能激动，让自己乏味的生活变得有趣一点吗？雪莉小姐，你不会这么快就要走了吧？"

我觉得要是再待下去，我不是被逼疯，就是被她气得失去理智，要狠狠地扇她一耳光。于是，我只好找了一个借口，说回去要改试卷。

"好吧，一个年轻的姑娘怎么会乐意和我们这样的两个老女人待在一起呢。"吉伯森太太叹了一口气说，"波琳性格不是很开朗，对不对？波琳的确不是很开朗。难怪雪莉小姐不愿久留呢。"

波琳送我来到门口。月亮的银辉洒在她家的小花园里，照得远处的港湾闪闪发光。徐徐清风在盛开着白色花朵的苹果树间呢喃低语。春天到了，春天到了，春天到了！即便是吉伯森太太也无力阻挡这李子树繁花盛开。可是波琳那双温柔的灰蓝色眼睛里却噙满了泪水。

"我多想去参加露易莎的银婚典礼啊。"她说完便绝望地长叹了一口气。

"你可以去。"我说。

"哦，不，亲爱的，我不能去。可怜的妈妈绝不会同意的。

我不敢再想这件事了。今晚的月色真美啊！"她提高嗓门愉快地说道。

"我从来没有听说过望着月亮会有什么好下场的。"吉伯森太太在起居室里喊道，"别在那儿叽叽咕咕了，波琳。快点进屋来，把那双鞋面有毛的红拖鞋给我拿来。我脚上这一双太挤脚了，你们谁管我的死活啊。"

我觉得我根本不在乎吉伯森太太遭受的痛苦。善良而可怜的波琳啊！不过波琳肯定会获得一天的自由，去参加她表姐的银婚庆典。我，安妮·雪莉一定要办成这件事。

回到家后，我把这件事原原本本告诉了雷贝卡·迪尤和两位大婶。随后我们在一起设想我冲着吉伯森太太狠狠发泄一通，替波琳打抱不平，大家都觉得有趣极了。凯特大婶认为我说服不了吉伯森太太让波琳去，可是雷贝卡·迪尤却对我充满信心，她对我说："如果你都办不到，那就没人可以办到啦。"

前不久，我受邀到汤姆·普林格尔太太家吃晚餐，就是当初不肯把房子租给我的汤姆·普林格尔太太。（雷贝卡说我是她所知道的最受欢迎的寄宿者，因为我经常受邀外出用餐。）我十分庆幸她当初没把房屋出租给我，虽然她性格开朗、待人热情，做的馅饼满屋子飘香，可是她的家不是白杨山庄，她不住在幽灵巷，她不是凯特大婶、查蒂大婶，也不是雷贝卡·迪尤。我深深爱着她们三人，明年和后年我仍然会住在这儿。我坐的椅子始终被称作"雪莉小姐的椅子"。查蒂大婶告诉我，当我不在时，雷贝卡·迪尤照样会在餐桌上摆上我的餐具，这样"才不会显得寂寞"。有时候查蒂大婶的多愁善感会把一些事情弄得很复杂，不过她说她已经完全了解我了，知道我绝不会故意伤害她的感情。

现在我和小伊丽莎白每个星期可以有两次外出散步的机会，这已经得到坎贝尔太太的同意，不过次数不能再增加，哪怕是星期天也不行。春天里伊丽莎白的生活有了一些生气。甚至连那幢阴森森的老宅院也有了些许阳光，从外面看进去，树影婆娑，影影绰绰。然而，伊丽莎白只要一有机会，就想逃离这幢房子。我们偶尔穿过小镇的中心，好让伊丽莎白看看灯光通明的商店橱窗。不过我们通常都是沿着那条"通往天涯海角的路"尽量往前走，直到再也不敢往前走为止。暮色中远处的一座座绿色小山整齐地依偎在一起。每当转弯时我们总会有一种探险的感觉和企盼，仿佛我们即将找到路尽头的"未来"。伊丽莎白希望在"未来"能够去费城看看教堂里的天使。我并没有告诉她，也不想告诉她，圣约翰笔下的费城并不是美国宾州的费城。人们很快就会失去想象力，如果我们也能到"未来"去，谁知道我们会在那儿发现什么呢。也许在那儿，到处都是天使呢。

　　有时候，我们会来到港口，遥望着驶进港湾的一艘艘船，它们仿佛沿着海上闪光的小路，透过春天芬芳的气息翩然而至。伊丽莎白会想，她爸爸是否就在其中的某艘船上呢？她一直憧憬着他有一天会来看她。我不明白他为什么不来，如果他知道他有这么一位可爱的女儿天天在思念他，他一定会回来的。或许他根本就没意识到女儿已经是一个俊秀的小姑娘吧，恐怕在他的心目中她依然是那个夺去妻子生命的婴儿吧。

　　我在萨默塞中学执教的第一年很快就要结束了。第一个学期简直就像一场噩梦，可是接下来的两个学期却过得十分愉快。普林格尔家族的人其实都是挺可爱的人，当初我怎么会把他们与派伊家的人相提并论呢？今天斯德·普林格尔送给我一束百合花。

珍当选为班长，据说艾伦小姐曾经说过我是唯一真正理解珍的老师！不过，唯一美中不足的是凯瑟琳·布鲁克对我的态度仍然相当冷漠，极不友善。我已经不想再做任何努力争取和她成为朋友了。正如雷贝卡·迪尤所说，凡事都有限度。

哦，我差点忘了告诉你，莎莉·尼尔森邀请我当她的伴娘，她将于六月三十日结婚，婚礼将在美景别墅举行，美景别墅是尼尔森医生在幽静的海边修建的一幢避暑别墅。莎莉的新郎是戈登·希尔。等莎莉出嫁后，诺拉就成了尼尔森医生六个女儿中唯一一个待字闺中的女儿了。吉姆·威尔科克斯倒是和她交往了几年，雷贝卡说他俩总是分分合合，终究不会有什么结果。如今人们都不怎么看好这一对了。我喜欢莎莉，不过和诺拉却不是很熟。她大我好几岁，而且性格内向，感觉有点儿傲慢。不过我倒是很乐意和她成为朋友。尽管她不太漂亮，也不太聪明，不是很有魅力，不过她有自己的个性。我觉得她是一个值得交往的人。

说到婚礼的事，我顺便说一说，艾丝米·泰勒上个月和她的那位博士结婚了。由于婚礼是在星期三下午举行的，我没法抽出时间去教堂祝贺，不过人人都说她那天看起来漂亮极了，幸福极了。雷诺克斯·卡特喜上眉梢，那神情仿佛在告诉人们他终于如愿以偿，找到了自己的意中人。我和塞瑟斯·泰勒成了好朋友。他常常提起那场晚宴，认为那次晚宴跟在座的每个人都开了一个大大的玩笑。他告诉我："从那以后，我再也不敢生闷气了，否则孩子他妈说不定又会挖苦我能把碎布缝在一起做台布了。"随后，他让我务必要代他向"两位寡妇"问好。吉尔伯特，人们都可爱，生活真有趣。

你的永远的

安妮

　　附注：我们寄养在汉密尔顿家的那头老红牛产下一只有着斑点的小牛。因此这三个月，我们都从李·杭特那儿买牛奶。雷贝卡·迪尤说不久我们就有很多牛奶了。据说李·杭特家的水井里的水源源不绝，这回她终于相信了。不过，雷贝卡·迪尤一点儿也不希望母牛生下这头小牛。凯特大婶只好请来汉密尔顿先生做雷贝卡·迪尤的思想工作。汉密尔顿先生告诉雷贝卡，要是没有她的许可，母牛那么老了，根本就生不出小牛来了。

十三

"哦，等你老了，像我一样长年累月卧病在床，你就会更有同情心的。"吉伯森太太牢骚满腹地说。

"吉伯森太太，别以为我缺乏同情心。"安妮说，看到自己费了半个小时的口舌而毫无结果，她恨不得拧断吉伯森太太的脖子。要不是看见可怜的波琳那恳求的目光，安妮早就想放弃了："我向你保证，你绝不会孤独，也不会没人管，我将在这儿待一整天，悉心照料你的一切。"

"哦，我知道我这把老骨头对谁都没用了。"无论安妮怎么劝说，吉伯森太太只是一个劲儿地抱怨，"雪莉小姐，你没必要浪费唇舌了。反正我随时准备两腿一蹬就去见上帝。那时，随波琳到哪儿去逛都行。我也不会被扔在这儿可怜兮兮的没人管。现在的年轻人一点儿也不懂事，都太轻浮了，太轻浮了！"

安妮不清楚她嘴里所说的"既不懂事又太轻浮"的年轻人到底指的是谁，是她，还是波琳？这时她不得不使出最后一招。

"你知道，吉伯森太太，如果你不让波琳参加她表姐的银婚典礼，人们肯定会说闲话的。"

"说闲话！"吉伯森太太尖声叫道："他们会说些什么闲话？"

"亲爱的吉伯森太太（拜托，我可以不用'亲爱的'来形容吉伯森太太吗？），您都这么大把年纪了，肯定是见多识广，肯定知道那些闲得无聊的舌头会说些什么难听的话。"

"用不着你提醒我的年纪。"吉伯森太太怒气冲冲地说，

"不用你说我也知道这是一个流言蜚语的世界。我太清楚、太清楚这个世界了。而且我也知道这个镇子上到处都是乱嚼舌头的癞蛤蟆。我能猜到他们在背后对我净胡说八道些什么，说我是一个老暴君。我什么时候不让波琳去了？难道我不是完全让她凭良心去决定的吗？"

"很少有人会相信事情是这样的。"安妮小心谨慎地说着，语气里夹杂着几分抱歉。

吉伯森太太使劲地吮吸着一块薄荷糖，吮了一两分钟后说道："听说白沙镇正在闹腮腺炎。"

"亲爱的妈妈，你也知道，我已经得过腮腺炎了。"

"有些人会得两次的，波琳，你也可能得两次。什么流行病一来，你总会被传染上。我生下你的那天晚上，还以为你活不到天亮呢，喔，我这个做母亲的为你做出了多少牺牲，现在你把这些都忘得一干二净了。还有，你怎么去白沙镇？你有好几年都没坐过火车了，而且星期六晚上也没有回来的火车啊。"

"她可以坐星期六早晨的火车去，庆典结束后，詹姆斯·格雷戈尔会把她顺便带回来的。"

"我一直不喜欢詹姆斯·格雷戈尔，他妈妈是塔布什家族的人。"

"他驾着双人马车，星期五就要出发，不然他就可以带上波琳了。不过她坐火车也挺安全的，就在萨默塞镇上车，在白沙镇下车，中间用不着转车。"

"我总觉得这件事情有些不对劲。"吉伯森太太满脸狐疑地说，"你为什么这么卖命地鼓吹她去呢，雪莉小姐？你葫芦里卖的是什么药，请你还是老老实实告诉我吧。"

安妮看着吉伯森太太那疑神疑鬼的样子，不禁莞尔而笑。

"因为我觉得波琳对你既孝顺又体贴，她是一个好女儿，吉伯森太太。她跟所有人一样，偶尔也需要休息一天。"

大多数人都难以抗拒安妮发自内心的笑容。也许是安妮的微笑，也许是害怕人家的闲言碎语，吉伯森太太最终还是被说服了。

"恐怕从来没有人替我想过，如果可能的话，我也想摆脱这个轮椅休息一天。可是我却办不到，只能苦苦地忍受病痛的折磨。好啦，如果她执意要去，就让她去好啦。她这个人总是想干什么就干什么。如果她染上腮腺炎或者被毒蚊子咬了，那可别埋怨我。我就咬紧牙关硬撑着对付这一天吧。哦，想必你会来陪我吧，不过你不可能像波琳那样习惯我的生活方式。马马虎虎过一天应该没什么问题。如果实在不能凑合……噢，反正我已经活得够久了，多活一天少活一天又有什么关系呢？"尽管她的同意带着一点不快，可终究还是同意了。安妮激动不已，情不自禁地俯下身子，吻了吻吉伯森太太皮革似的脸，她根本未曾料到自己会做出如此举动。"谢谢你。"她说。

"用不着说甜言蜜语。"吉伯森太太说，"吃一块薄荷糖吧。"

"我该怎么感谢你呢，雪莉小姐？"波琳把安妮送到门前的路上时说。

"如果真要谢我的话，那就开开心心地去白沙镇，尽情享受每一分钟的快乐吧。"

"哦，我一定会照办的。你还不知道这次去白沙镇对我意味着什么呢，雪莉小姐。我想见的不仅是露易莎。她家隔壁的路克利家的旧宅院要出售了，在那座旧宅院卖给陌生人之前，我真想再去看看它。玛丽·路克利……现在是霍华德·弗雷明太太，她现在定居在西部，她是我小时候最好的朋友，我们情同姊妹，我经常到她家去玩，对那幢房子怀有深厚的感情。我时常梦想着有朝一日能回到那儿。妈妈说我这么大年纪了，不该有什么梦想了。你觉得对吗？"

"谁说年纪大了就不能有梦想呢。梦想并没有年龄之分啊。"

"听你这么说我真是太开心了。哦，雪莉小姐，想一想吧，我又可以看见海湾了。我已经有十五年没看见它了。这儿的海湾虽然也很美丽，可是它并不是我童年时的那个海湾。我兴奋得都快飘起来了。这多亏了你的帮助。正因为妈妈喜欢你，她才同意让我去的。你给我带来了多大的快乐啊，你总是能给大家带来快乐。啊，雪莉小姐，当你来到一个房间时，整个房间的人一下子都会变得快活起来。"

"波琳，你的这番话真是抬举我了。"

"还有一件事，雪莉小姐。我除了那件黑色的丝绸衣服外，就再也没有别的衣服可穿了。穿这件衣服参加银婚庆典显得太晦气了。还有，我这么瘦弱，这件衣服穿在身上太大了。你知道吗，这件衣服我已经穿了六年了。"

安妮满怀希望地说："那我们劝说你妈妈，让她同意你做件新衣服。"

但是事实证明安妮对此无能为力，吉伯森太太太顽固了，根本就听不进去。她认为波琳能穿上这件黑色的丝绸衣服参加露易莎·希尔顿的银婚庆典已经是相当不错了。

"六年前，我买下这衣服的料子，每码花了两元钱，还给裁缝简·夏普付了三元钱的手工费。简的手艺好极了，她妈妈是斯迈利家族人。你竟然想穿亮丽一点的衣服，波琳·吉伯森！雪莉小姐，要是我不管她，她巴不得从头到脚都披红挂绿呢，她就是这种人。她巴不得我早点死了好遂她的心意呢。啊，好啦，波琳，你很快就会摆脱我这个包袱了。到时候你想怎么穿就怎么穿。但是，只要我还有一口气在，你就得给我穿正派一点。你的帽子怎么回事？你为什么不戴无边帽？"

可怜的波琳最讨厌戴无边帽，她宁可一辈子戴这顶有边的旧帽子。

她们走出房门来到花园，准备采摘一些六月百合和荷包牡丹送给凯特和查蒂。"穿什么都没关系，最重要的是我心里高兴就行。"波琳对安妮说道。

"我有一个想法。"安妮一边说着，一边小心翼翼地回过头去看了看，吉伯森太太正从起居室的窗口监视着她们，安妮必须提防她听见，"你知道我那件银灰色毛葛衣服吧？我把它借给你去参加典礼。"

波琳一听兴奋极了，把篮子中的花撒落了一地，安妮的脚被埋在了粉红雪白相间的花丛中。

"啊，亲爱的，我不能……我妈妈是不会同意的。"

"她不会知道的。听着，星期六早晨你把我那件衣服套在你这件黑丝绸衣服里面。我知道你穿上会很合身的。它稍微有点儿长，明天我在上面打几个横褶，现在很流行打褶呢。它是无领的，所以穿在里面根本就看不出来。你一到海鸥湾，就把黑色丝绸衣服脱下来，等聚会结束后，你可以把我那件衣服留在那儿，下个周末我回家时把它取回来就行啦。"

"我年纪这么大了，穿那件衣服合适吗？"

"没问题。银灰色衣服适合任何年龄的人穿。"

"你认为……你认为……这么做算不算欺骗我妈？"波琳忐忑不安地问道。

"在这种情况下，根本算不上欺骗。"安妮毫无愧色地说，"波琳，你也知道，穿黑衣服去参加银婚庆典是很不吉利的，那会给那位妻子带来晦气。"

"哦，我可不想那样。当然这对妈妈也没什么伤害。我希望她平平安安地度过星期六，我真担心我不在她身边，她就什么东西也不肯吃。上次我去参加马蒂尔达表姐的葬礼，普劳蒂小姐替我陪着妈妈，过后她告诉我，妈妈一整天什么也没吃。可怜的妈妈，马蒂尔达表姐的葬礼使她深受刺激。"

"她会吃东西的，这一点我向你保证。"

"我知道你对她很有办法。"波琳说道，"亲爱的，记得按时给她吃药。哦，或许我根本就不该去呢。"

"你在外面摘的时候，足可以摘上四十束花了。"吉伯森太太怨声载道，"真不明白那两个寡妇要这么多花干吗，她们自己也种了很多花啊。如果要等雷贝卡给我送花来，还不知道要等到猴年马月。我快要渴死了，可是你们谁又会把我放在眼里啊。"

星期五傍晚，焦虑不安的波琳打电话告诉安妮，说她的喉咙有些痛，问安妮会不会是腮腺炎。安妮匆匆忙忙赶到她家，安慰她不用担心，并把包在棕色纸包里的银灰色毛葛衣服带给了她。波琳把纸包藏在丁香花丛中，等到深更半夜才冒着一身冷汗把衣服取出来，悄悄放在楼上存放衣服的小房间里。她妈妈从不允许她在这个小房间睡觉。波琳穿上这件衣服后浑身都不自在，或许喉咙痛就是对她欺骗行为的一种惩罚吧。可是她又不能穿着那件丧气的黑衣服去参加露易莎表姐的银婚典礼……那绝对不行。

星期六上午，安妮一大早就来到了吉伯森太太家。每逢遇上阳光如此明媚的夏日清晨，安妮总是精神焕发，仿佛她跟随着灿烂的阳光一起焕发出迷人的光彩。在金色的阳光中，她婀娜多姿，宛若希腊瓷缸上所画的窈窕淑女。她走进房间时，这间死气沉沉的屋子一下子生意盎然，满屋生辉。

"看你走路的快活样儿，好像你拥有整个世界似的。"吉伯森太太挖苦道。

"你说得没错。"安妮兴致勃勃地回答说。

"啊，那是因为你还年轻。"吉伯森太太有点儿神经质地说。

"我的心向一切欢乐敞开。"安妮引经据典地说道，"这是《圣经》上的原话呢。"

"'人一生下来就注定要受痛苦的折磨，就像火花总是向上飞舞。'这也是《圣经》上的原话。"吉伯森太太反驳道。能够与文科学士雪莉小姐你一句我一句的斗斗嘴让吉伯森太太的心情好了许多，"我从来不会阿谀奉承，不过你这顶带蓝花的草帽看上去和你蛮般配的。我觉得你戴了这顶帽子，你的头发也显得不那么红了。波琳，你羡慕像她这样水灵的年轻姑娘吗？你是不是也想成为水灵灵的年轻姑娘，波琳？"

当时波琳正沉浸在兴奋中，根本不想成为任何人。安妮陪她到楼上那个小房间里换衣服。

"雪莉小姐，一想到今天的事，我就心花怒放。我的喉咙已经不疼了，我妈的心情也相当好。你可能没有察觉，但是我明白，当她爱讲话时，哪怕是说一些带刺的话，那也说明她的心情相当愉快。要是她生气发怒，她就会板着面孔一声不吭。我已经把土豆削好了，牛排放在冷藏箱里，妈妈的牛奶冻在地下室。晚餐准备了鸡肉罐头，食品室里还有蛋糕。我现在还提心吊胆呢，生怕妈妈改变主意。如果她不让我去，我可真受不了。哦，雪莉小姐，你真的认为我穿那件银灰色衣服合适吗？"

"穿上它。"安妮以一副教师的口吻不容置疑地说道。

波琳乖乖地穿上那件银灰色的衣服，刹那间，她像变了个人似的，看上去漂亮极了。这件衣服非常合身，衣服无领，袖子只到肘部，袖口缀着精美的花边。等安妮给她盘好头发后，波琳简直不敢相信自己的眼睛。

"雪莉小姐，我真讨厌把那件难看的黑衣服套在外面。"

然而，她不得不这么做。黑色旧衣服把银灰色的衣服遮得严严实实。那顶旧帽子也戴在了头上，不过波琳一到露易莎家就会把它摘下来。波琳还穿了一双新鞋子，虽然吉伯森太太觉得那双鞋子的后跟"高得没法看"，不过最终还是同意让波琳买了一双。"我独自一人坐火车肯定会引起别人的好奇，但愿人们不要以为我去参加葬礼。我可不想让露易莎的银婚庆典和有关死亡的念头联系在一起。哦，雪莉小姐，你还准备了香水！苹果花香型的！多香啊，一点点就够了……我一直以为抹了香水就像贵妇人呢。妈妈根本不让我买。哦，雪莉老师，你不会忘了帮我喂狗吧？我把它的骨头放在食品室的盘子里。我希望……"她压低声音有些害羞地说，"你在这儿的时候，它不会惹出什么乱子来。"

出门之前，波琳必须接受她妈妈的盘查。一想到她就要到白沙镇了，她激动不已；一想到自己穿在里面的那件银灰色衣服，她又感到有些愧疚。这两种情绪交织在一起使她的脸涨得通红。

吉伯森太太不满地打量着她。

"喔，老天！你莫非要到伦敦去看女王？你的脸也太红了，人们会以为你抹了胭脂呢。你肯定没搽胭脂吗？"

"哦，没抹，妈妈，真的没抹。"波琳紧张地回答说。

"从现在开始就要注意自己的言行举止，坐下的时候要把腿并在一起。不要迎风坐着，也不要夸夸其谈。"

"我一定会注意的，妈妈。"波琳一边认真地保证道，一边不安地瞥了一眼钟表。

"把我存放的菝葜酒拿上一瓶，就算是送给露易莎的贺礼吧。我一直不喜欢露易莎，可她母亲是塔克贝瑞家族的人。记得把空瓶子带回来，如果露易莎要送你小猫，你可千万不能要。她老爱给人家送小猫。"

"我不会接受的，妈。"

"你确定没有把肥皂放在水桶里吧？"

"确定没有，妈。"她又看了看钟表。

"你鞋带系好了吧。"

"系好了。"

"你身上的味道有点儿不对劲……洒满了香水。"

"哦，不是的，妈妈……只是喷了一点儿。一丁点儿。"

"我说洒满了就是洒满了。你的袖子在腋窝那儿没有开线吧？"

"噢，没有，妈妈。"

"过来让我检查看看。"她冷冷地说道。

波琳吓得浑身哆嗦。她生怕举起手臂露出银灰色衣服的下摆。

"好吧，现在可以走了。"她长叹了一口气，"要是你回来后，我已经不在人世了，记住在我下葬前一定要给我围上那条带蕾丝花边的围巾，穿上那双黑缎子便鞋，再把我的头发烫一烫！"

"你是不是感到不舒服，妈妈？要是哪里不舒服，我就不走了。"

"你要是不去，那双鞋子岂不是白买了吗？你当然得去，注意不要把楼梯扶手当滑梯。"

听到这话，连温顺的小绵羊也站起来反抗了。

"妈，你觉得我会吗？"

"在南希·帕克的婚礼上你就那么干过。"

"那已经是三十五年前的事了！你认为我现在还会顺着楼梯的扶手滑下去吗？"

"你该走了，还在这儿啰唆什么？你想错过火车吗？"

波琳只好急匆匆地走了，安妮如释重负地叹一口气。她一直担心吉伯森太太在最后关头大发脾气，害得波琳赶不上火车。

"好啦，现在终于可以清静一点儿。"吉伯森太太说，"雪莉小姐，这幢房子简直乱得不像话了，我希望你平时看见的并不是这个样子，波琳这几天像是丢了魂似的。请你把那只花瓶往左挪一英寸吧。噢，还是把它放回原处好啦。那个灯罩歪了，好，这样就正过来一点儿。那扇百叶窗比其他的低了一英寸，请你把它拉好。"

不幸的是，安妮猛地用力一拉，百叶窗"嗖"的一声全都卷了上去。

"哦，你看着办吧。"吉伯森太太气冲冲地说。

安妮只好小心翼翼地调整着百叶窗。

"我给你泡壶茶好吗，吉伯森太太？"

"我的确想喝点儿什么，这些乱七八糟的烦心事把我折磨得筋疲力尽。我的胃里空荡荡的，一点儿也不舒服。"吉伯森太太无限哀怨地说，"你可以泡杯像样的茶给我吗？有些人泡的茶难喝得要命，我宁肯喝泥浆也不喝那种茶。"

"玛莉拉·卡斯伯特教过我泡茶，我等一会儿就给你露一手。我把你推到门廊外面，让你去享受享受阳光。"

"我好多年都没去门廊那儿。"吉伯森太太抗议说。

"哦，今天的天气实在是太棒了，去门廊那儿待一会儿并不会伤害你的。我想让你看看盛开的山楂花。不出去的话你就看不到。今天吹的是南风，你还能闻到从诺曼·约翰逊的牧场上吹来的苜蓿的清香。我会把茶端到你手里，咱们一起慢慢品茶，然后我就绣绣花，我们还可以坐在那儿，对门前经过的路人品头论足呢。"

"我可不喜欢对人家说长道短。"吉伯森太太严肃地说，"基督徒从不会这么做。顺便问一句，你的头发又浓又密，不会是假发吧。"

"每根头发都是真的。"安妮被这句话逗乐了。

"只可惜是红色的，尽管如今红头发越来越受欢迎。我挺喜欢你朗朗的笑声，波琳怯生生的笑声让我极不舒服。好啦，如果我非得出去的话，那就去吧。也许我会因为着凉而一命呜呼，那可是你一手造成的，雪莉小姐。别忘了我已经八十高龄了，足足活了八十个春秋了。尽管我听说老戴维·阿克哈姆在萨默塞镇到处传言我只有七十九岁。他妈妈是瓦特家族的人，瓦特家族的人总是爱忌妒他人。"

安妮迅速地把轮椅推到外面，她调整好轮椅的靠枕，把茶端了出来，吉伯森太太也就不那么挑剔了。

"不错，这茶还能喝。哎哟，我有整整一年的时间只能喝点儿稀的东西，人们都以为我快不行了。我常想那时要是咽了那口气儿，说不定躺在地下要好得多。那就是你说的山楂花吗？"

"是的，湛蓝的天空中映衬着雪白的花朵，很漂亮吧？"

"没你说的那么漂亮。"吉伯森太太评论道。不过喝了两杯茶后，她一下子变得温和多了。一上午很快就过去了，转眼就到了该准备午饭的时间了。

"我去准备午餐，然后把午餐端来摆在小桌子上。"

"哦，小姐，那可不行。这么胡闹我可受不了！人们要是看见我们在这儿当众吃饭，一定会认为我们俩都疯了。我承认外面还是不错的，虽然苜蓿草的香味熏得我发吐，不过上午的时间倒是比平时过得要快一些。我绝不能在外面吃饭，我可不是吉卜赛人。做饭前一定要把手洗干净。天哪，斯托瑞太太家肯定要来客人了，瞧，她把客房里的所有被褥都拿出来晾在绳子上了。她并不是热情好客，只是做做样子给人们看看罢了。她妈妈是凯瑞家族的人。"

安妮做的午餐让吉伯森太太非常满意。

"没想到耍笔杆子的人还会做饭，当然啦，这多亏了玛莉拉·卡斯伯特调教有方，她母亲是约翰逊家族的人。我看波琳在庆祝聚会上非撑破肚皮不可。她跟她爸爸一样，是个贪吃的家伙，不知道什么时候才吃得饱。我曾看见他一个劲地吞吃草莓，他明明知道一个小时后会胀得直不起腰来，可他还是满不在乎地照吃不误。雪莉老师，我给你看过他的照片吗？去那个没人睡的房间把相片拿出来吧，照片放在床下的。你在那个房间里可别乱翻抽屉，不过替我看看镜台下面有没有灰尘。我不相信波琳……哦，不错，这就是他。他妈妈是沃克家族的人。当今，再也找不出像他这么优秀的人了，这真是一个堕落的年代啊，雪莉小姐。"

"荷马在公元前八百年就说过同样的话了。"安妮说。

"写《旧约》的人当中有几个总喜欢发牢骚。我敢说，你听我说出这样的话一定会感到震惊，我丈夫的视野开阔。我听说你已经和一个学医的学生订婚了。学医的人都要喝酒吧，我想这是肯定的，他们为了给自己壮胆，因为他们要进解剖室。雪莉小姐，千万不要嫁给喝酒的男人，也绝对不能嫁给不能养家口的男人，风花雪月是不能当饭吃的。注意把洗碗槽好好刷一刷，把擦盘子的毛巾清洗干净。我很讨厌油腻腻的毛巾，恐怕你还得喂一喂那条狗。那狗太肥了，可是波琳还是拼命给它东西吃，有时候我恨不得把它赶走。"

"哦，吉伯森太太，要是我的话，我绝不会这么做的。你也晓得夜里有盗贼，而你这里又是单家独户。你确实需要一条看家狗啊。"

"哦，好吧。你可以保留你的看法。我最不愿意和人辩解了，尤其是我的后颈无缘无故蹦蹦跳的时候，我更不愿意与人争论。恐怕这不是一个好兆头，我有可能要中风了。"

"你需要睡一会儿午觉，睡醒后就没事了。我给你盖一床毯子，把椅子给你调低一点儿，你愿意在门廊这儿睡觉吗？"

"当着众人的面睡觉！这比当众吃饭更让人无法忍受。你的脑子里总会冒出一些稀奇古怪的想法。你只需把我推到起居室里，把百叶窗拉下来，把门关上就行了，千万别让苍蝇飞进来了。我敢说你需要一道咒语，把你的舌头封起来，一开始到现在，你的舌头一直没停过呢。"

吉伯森太太这一觉睡得又香又长，可是醒来的时候她情绪却变得十分糟糕。她不允许安妮再把她推到外面的门廊上。

"你想让晚上的风把我吹死吧。"她大发牢骚，其实这时才下午五点钟。什么都不合她的心意。安妮端给她的饮料她嫌太冷了，重新换上一杯又嫌不够凉。其实，她本来是可以将就着喝的。狗怎么不在家？毫无疑问又跑出去胡闹了。她的后背痛……她的膝盖痛……她的头痛……她的胸骨痛。没有人同情她，没有人知道她受的痛苦。她的轮椅太高了……她的轮椅太低了……她的肩膀需要一条披肩，她的膝盖需要一条毛毯，她的脚需要一个垫子。雪莉小姐，能不能看一看这股可怕的冷风是从哪儿吹来的？她只需要一杯茶就足够了，她不想给任何人增添麻烦，反正她也没几天活头了。或许只有等她躺在坟墓里人们才会把她当回事儿。

"不论这一天是长还是短，迟早都会迎来傍晚。"安妮恍惚中觉得不会到来的时刻最终还是到来了。傍晚时分，吉伯森太太开始念叨波琳为什么还不回来。眼看暮色越来越浓，依然不见波琳归来的身影。夜晚来临，月光如水，波琳仍然没有回来。

"我早就知道了。"吉伯森太太神秘地说。

"你也知道，她必须和格雷戈尔先生一起回来，而格雷戈尔先生不管参加什么活动，总是习惯最后一个离开。"安妮劝说道，"我把你扶上床躺下好吗，吉伯森太太？你一定累了吧，我知道你身边站着一个不大熟悉的人，这会让你很不习惯，甚至还有些紧张。"

吉伯森太太倔强地噘着嘴，嘴角边的皱褶更加明显了。

"只要那个死丫头不回来，我就不会去睡觉。如果你急着要回家，你回去好了。我可以独自一人等她，即使孤零零地死去也不要紧。"

九点半的时候，吉伯森太太断定詹姆斯·格雷戈尔不到星期一是不会回来的。

"詹姆斯的想法总是变来变去，干什么事儿都没个准儿。他肯定认为明天是星期天，不应该赶路，就算是为了赶路回家也不行。他是你们学校董事会的成员吧？你对他这个人以及他的一些教育观念有什么看法呢？"

安妮已经忍受了吉伯森太太一天的折磨，她决定用隐晦的语言捉弄一下吉布森太太。她神情严肃地说："我觉得他生错了年代。"

吉伯森太太惊得目瞪口呆。

"我同意你的看法。"她说。然而说完这句话，她便假装打起了瞌睡。

十四

十点钟，波琳终于回来了。虽然她回来的时候再度穿上那件黑衣服、戴上那顶旧帽子，可是她的双颊绯红、两眼闪亮，看上去比平时要年轻十岁。她带回来一束漂亮的花，进门后赶紧把花献给坐在轮椅上的面若冰霜的吉伯森太太。

"妈妈，这是那位银婚的新娘送给你的花，很漂亮吧？二十五朵白玫瑰呢。"

"见鬼的玫瑰！居然没想到给我送一块婚庆蛋糕，哪怕是蛋糕渣儿也好哇。现在的人啊，一个个都是势利眼。啊，想当年……"

"他们送了一块大蛋糕给你呢，喏，就在我的包里。大家都非常关心你，纷纷问你的身体状况如何，还让我代他们向你问好呢，妈妈。"

"你过得开心吗？"安妮问道。

"很开心。"她小心翼翼地回答说，"庆典很热闹，海鸥湾的牧师弗雷曼先生再次为露易莎和莫里斯证婚……"

"那简直是胡闹。"

"接着摄影师为我们照了相。那些花漂亮极了，客厅布置得就像一个凉亭。"

"跟葬礼差不多。"

"哦，妈妈，玛丽·路克利也从西部赶回来了，她现在是弗雷明太太了，这你是知道的。你一定还记得当年我和她是多么要好的朋友。那时候我管她叫莫丽，她叫我是波丽。"

"好蠢的名字！"

"我们久别重逢，一起回忆着童年的那些往事，心里别提有多高兴了。她妹妹耶恩也来了，还带着一个香喷喷的婴儿。"

"瞧你这是怎么说话的，好像那婴儿是个好吃的东西似的。"吉伯森太太哼了哼，"不过就是一个普普通通的小孩子。"

"不，婴儿绝对不是普普通通的小孩子。"安妮端来一碗水，帮吉伯森太太浇白玫瑰，她郑重其事地说，"每个婴儿都是一个奇迹。"

"算了吧，我生了十个婴儿，怎么就没发现有哪一个与众不同。波琳，好好坐在那儿，别动来动去的，让我看了心烦。你还没有问我今天过得好不好，我根本就没指望你来过问我一下。"

"妈妈，我不用问就知道你这一天过得怎么样了。你看上去容光焕发啊。"波琳仍沉浸在白天的兴奋中，因此即便在她妈妈面前，也一改往日的唯唯诺诺，"我相信你和雪莉一起过得十分愉快。"

"我们相处得十分融洽。我让她想做什么就做什么，我承认这么多年来，今天还是第一次和别人谈论一些有趣的话题。事实证明，我并不像人们常想的那样大半截身子都埋进坟墓里了。谢天谢地，我这么大一把年纪还耳不聋眼不花，还没有一点儿孩子气。我想，你下次肯定想到月球上去看看吧。他们或许一点儿也不喜欢我那瓶菝葜酒吧？"

"哦，喜欢，非常喜欢，他们都觉得好喝极了。"

"你怎么不早说？把瓶子带回来了吧？或许指望你记起这事太难了吧？"

"瓶子……瓶子摔破了。"波琳结结巴巴地说，"有人在食

122.

品室里不小心把它打碎了，不过，露易莎已经给了我一只一模一样的瓶子，所以你就不用担心了，妈妈。"

"打我持家起就有了那只瓶子，露易莎的那只瓶子怎么可能和我的那只一模一样？如今早已没人生产那种瓶子了。给我拿条披巾来吧，我老想打喷嚏，恐怕是感冒了。你们两个似乎都已经忘了我不能吹晚风这回事，我想我的神经炎又要发作了。"

这时街那头的一位老邻居过来串门，波琳于是抓住这个机会送安妮出门。

"晚安，雪莉小姐。"吉伯森太太挺有礼貌地说，"我很感谢你，如果镇上有更多像你这样的人就好啦。"她咧开没牙的嘴笑了笑，把安妮拉到自己的身边悄悄说，"不管人们怎么议论，我都觉得你很漂亮。"

波琳和安妮沿着街向前走着，晚风清凉，夜色阑珊，波琳当着妈妈的面不敢得意忘形，直到这时才打开了话匣子。

"哦，雪莉小姐，我真是太高兴了。我该怎么报答你啊？我还从来没有这么开心过。在以后的日子里，我一定会经常回忆起这美好的一天。有趣的是在这次银婚庆典上我又当了一次伴娘。伊莎克·肯特是伴郎。他……他以前追求过我。唉，其实也算不上追求，可能他并没真心想娶我，我们只是一起驾车出去兜过风。这次，他对我说了两句恭维话。他说，'我还记得你当年在露易莎的婚礼上穿了一件紫红色衣服，那时你不知道有多美。'他还记得我当年穿的衣服，这挺让人感动的，是吧？他还说，'你的头发依然没变，还是蜜制的太妃糖颜色。'他说这些话没什么不妥吧，雪莉小姐？"

"说得挺好的啊。"

"等大伙儿散去后，露易莎、玛丽还有我一起吃了顿美味可口的晚餐，我当时饿坏了，似乎很多年都没有过那种饥肠辘辘的感觉。我想吃什么就吃什么，没人在旁边警告我哪些东西会刺激肠胃，那种随心所欲的感觉真是太舒服了。吃过晚饭，我和玛丽去了她的旧宅院，我们在花园里漫步，一边走一边聊起了往事。我们看见多年前我们亲手种的那丛丁香花。我们还是小姑娘时，曾在一起度过了无数个夏天。日落时分，我们去看了昔日常去的海边，默默地坐在一块礁石上。古老的钟声从港口那边传来，海风吹拂着我们的脸颊，看着灿烂的星光在海面上随波荡漾，我们都陶醉了。我早已忘了海湾的夜色原来是如此迷人。直到天色很晚了我们才离开海边，回去后正巧遇着格雷戈尔准备出发。"波琳笑着总结道，"于是我这个老女人当天晚上就赶回来了。"

　　"波琳，我真希望……希望你在家里过得轻松点儿。"

　　"哦，雪莉小姐，我现在已经不在乎了。"波琳十分爽快地回答，"毕竟可怜的妈妈需要我。被人需要也是一种幸福，亲爱的。"

　　是的，被人需要也是一种幸福。安妮回到塔屋里仍然回味着这句话。灰毛米勒因为要避开雷贝卡和两位大婶，偷偷地跑到塔楼，在她的床上蜷缩成一团。波琳又匆忙回到了那种奴隶般的生活中，不过令安妮欣慰的是，这"美好而难忘的一天"将永远陪伴着波琳，温暖着她的心房。

　　"我也多么希望别人需要我，灰毛米勒，"她对猫咪说道，"能给别人带来快乐是多么幸福。能让波琳拥有如此快乐的一天，能为她做点什么，我一下子觉得自己特别富有。但是，哦，灰毛米勒，即使我活到八十岁，也不会像艾多奈拉姆·吉伯森太太那样吧？"

灰毛米勒的喉咙里发出咕噜咕噜的声音，好像在告诉安妮：

"你一定不会的。"

十五

星期五傍晚，安妮来到美景别墅参加婚礼。尼尔森一家将在这里设晚宴招待亲朋好友。这幢宽敞开阔的别墅是尼尔森医生的避暑别墅。它修建在地势狭长的岬角上，掩映在一片云杉中，两旁都可以看到海湾，云杉后面是绵延不绝的金黄色沙丘，海风长年累月吹拂着这些沙丘。

安妮一见到这幢别墅，立马就喜欢上了它。这是一幢老式石砌宅院，看上去威严又不失庄重。它不怕风吹雨淋，也不担心过时。在这个六月的黄昏，别墅里一派热闹非凡的景象，充满了朝气和活力。姑娘们开心地嬉闹着，老朋友们互相寒暄着，轻便马车进进出出，孩子们到处跑来跑去，前来送礼的客人络绎不绝。总之，即将举行的婚礼让大伙儿变得异常兴奋。尼尔森医生的两只黑猫，一只叫巴拿巴，另一只叫梭罗，蹲坐在走廊的栏杆上，像两尊威严的黑色人面狮，好奇地注视着眼前的这一切。

莎莉从人群中脱出身来，把安妮匆匆带到楼上。

"我们把靠北山墙顶楼的这个房间留给你。当然你至少得和其他三个人一块儿睡在这儿。家里到处都是乱糟糟的。我爸爸在云杉林子里搭了一个帐篷，让男孩子晚上睡在那儿，稍后我们还可以在用玻璃封好的后阳台上放几张折叠床。当然我们可以把大多数小孩子塞进干草棚里。哦，安妮，我太激动了。婚礼能让人体会到其中的无限乐趣。我的结婚礼服刚从蒙特利尔取回来。礼服是用乳白色的棱纹丝绸做的，蕾丝花边领，绣着珍珠图案，真是漂亮极了。收到的礼物十分有趣。安妮，这张床是你的。其他三张床分别是玛米·格莱、多特·弗莱泽、斯丝·帕尔默的。我妈妈想把艾米·斯图尔特安排在这儿，可是我阻止了她。艾米有些讨厌你，因为她本想当我的伴娘，但我总不能找个肥胖臃肿的人来当伴娘吧？她还总是喜欢穿淡绿色衣服，脸色看上去像是晕船似的。噢，安妮，猫奶奶来了，她几分钟前刚到这儿，见到她我们都惊呆了。当然我们不得不邀请她，可是没想到她今天就到了。"

"谁是猫奶奶啊？"

"我爸爸的婶婶，詹姆斯·肯尼迪太太。哦，我们应该称呼她格雷斯奶奶，但是汤米给她取了一个绰号，叫她'猫奶奶'。因为她总是像猫捉老鼠般地对周围的一切高度警惕，冷不防就知道了我们根本不想让她知道的事。没有什么事能逃过她的火眼金睛，她甚至会早早起床，生怕漏掉一些重要事，晚上她总要挨到最后才肯上床睡觉。但这还不算最糟的。最糟的是，她不该说的话也要说，不该问的事也要问，从来就不会考虑权衡一下。我爸爸把她的话称作'猫姐姐的金玉良言'。我知道她一来肯定会破坏晚会的气氛。瞧，她来了！"

门打开了，猫奶奶走了进来。她是一个矮胖的小个子，皮肤黧黑，棕色的眼睛有点儿凸出，脸上挂着一副忧虑的表情，走起路来怪怪的。除了这副表情，她看上去真像是一只四处探访的猫。

"想必你就是雪莉小姐吧，久仰你的大名。你一点儿也不像我过去认识的一位雪莉小姐。她的那双眼睛可漂亮啦。喂，莎莉，你终于要结婚了。现在就剩下可怜的诺拉了。你妈妈能摆脱你们五个女儿真是幸运。早在八年前，我就对她说，'简，你有信心把你的女儿都嫁出去吗？'好啦，在我看来，男人就是个麻烦，在所有不可靠的事情中，婚姻是最不可靠的，可是女人活在这个世上除了把自己嫁出去还能做什么呢？我刚才就对诺拉说，'诺拉，记住我说的话，在家里当老姑娘可不是一件好玩的事。你的那位吉姆·威尔科克斯心里究竟是怎么想的？'"

"哦，格雷斯奶奶，真希望你没这么说！今年一月吉姆和诺拉吵了一架，从那以后他就再也没来找过诺拉了。"

"我想到什么就说什么，事情还是说出来比较好。他们吵架的事我也听说了。所以我才向她问起吉姆。我对她说，'你应该也清楚，人们到处传言说吉姆正在追求艾琳诺·普林格尔。'她听了这话气得满脸通红，转身就走了。维拉·约翰逊跑到这儿来干什么？她又不是我们的什么亲戚。"

"维拉是我的好朋友，她来演奏婚礼进行曲，格雷斯奶奶。"

"噢，她来演奏，她行吗？但愿她别出什么差错，不要像汤姆·斯科特在朵拉·贝斯特的婚礼上那样演奏起了葬礼进行曲。那实在是太不吉利了。我真不知道你们叫这群乱七八糟的人睡在哪里，恐怕有些人得挂在晾衣绳上吧。"

"哦，我们会给每个人安排好地方的，格雷斯奶奶。"

"哦，好吧，但愿你别像海伦·萨姆斯那样，在最后关头改变主意，把事情搞得一团糟。你爸爸精神太亢奋了，不是我多嘴，但愿那不是中风的前兆。我曾见过类似的事情发生。"

"噢，我爸爸身体很好，猫奶奶。他只不过有些激动罢了。"

"噢，莎莉，你太年轻了，根本不明白什么事情都可能发生。你妈妈告诉我婚礼将在明天正午举行。婚礼的时俗跟其他东西一样在变来变去，只不过并没有朝好的方面发展。我当年结婚的时候，婚礼是在傍晚举行的，我爸爸为婚礼准备了二十加仑酒。哎呀，时代与过去真是大一样了。玛西·丹尼尔怎么了？我在楼梯间遇着她时，她看上去一副痛苦不堪的样子。"

"慈悲不该受管制。"①莎莉咯咯地笑着，费劲地穿着衣服。

"别引用《圣经》的话来威胁我。"猫奶奶反驳道，"雪莉小姐，她有什么不对的地方，你要原谅她，她还不习惯结婚这回事呢。但愿新郎别表现出一副畏畏缩缩的样子，即使被这么多人吓着了，也应该藏在心里，不应该表现出来。但愿他不要忘了带戒指。阿柏顿·哈迪结婚时就忘了，他和弗洛拉只好从窗帘上取下一个铁环当戒指。好啦。我要再去看看那些结婚礼品。莎莉，你收到了一大堆礼品，但愿你把汤匙擦得更亮一点。"

晚餐是在用玻璃封起来的后阳台上举行的，后阳台相当宽敞，张灯结彩十分热闹。四周吊挂着中国式灯笼，柔和的灯光倾泻在姑娘们华丽的衣裳、闪亮的秀发、白皙细腻的面颊上。巴拿巴和梭罗蹲坐在尼尔森医生那张椅子宽大的扶手上，宛如一对用乌木雕刻出来的假猫。尼尔森医生则忙着轮流给它们喂食。

"你跟帕克·普林格尔一样不像话。"猫奶奶说，"帕克吃饭时让他的狗坐在了餐桌上，还给它们围上了餐巾呢。这迟早会遭报应的。"

晚宴上高朋满座。除了负责招待的人和女伴娘外，尼尔森医生所有出嫁的女儿以及她们的丈夫全都赶回来了。场面非常热闹，尽管猫奶奶时不时会冒出一两句"金玉良言"，可是谁也不把猫奶奶的话当真，或许正是因为有了这些"金玉良言"，才让

①　玛西和慈悲的英文词同为"mercy"，此句出自莎士比亚的作品《威尼斯商人》。

晚宴的气氛更加活跃。猫奶奶置身于一大群年轻人当中，他们都爱拿她开玩笑。当有人把新郎戈登·希尔介绍给她时，她说："哎哟，哎哟哟，你跟我期待中的完全不一样。我一直以为莎莉要挑一个高大英俊的小伙子呢。"大家听了这话都忍不住笑起来。戈登·希尔个子不高，连他最好的朋友也顶多认为他"长得不错"，恐怕他很不情愿听到这样的话。猫奶奶遇着多特·弗莱泽时，不由得感慨道："哎哟，哎哟哟，每次见到你，你都穿着一件新衣裳！但愿你老爸的钱包在今后几年里不会被掏空。"多特恨不得把猫奶奶扔进油锅里，可是其他的女孩子却觉得这很有趣。谈到晚宴的事情，猫奶奶十分沮丧地说："我只希望婚宴结束后，每个人的银匙都还留在餐桌上就好。格蒂·保罗的那次婚礼就有五个银匙不见了，而且后来再也没找到。"尼尔森太太向她的弟媳借了三打钥匙，听了这话，尼尔森太太和她的弟媳都流露出担忧之色，可是尼尔森医生却哈哈大笑起来。

"格雷斯婶婶，那么我们就让每位客人离开时把衣服口袋翻出来好啦。"

"啊，山姆，亏你还笑得出来，家里发生了这种事情可不是闹着玩的。一定是有人顺手牵羊拿走了那些银匙。我虽然没有四处去寻找，可是每到一个地方都把眼睛睁得圆圆的，以便留意那些银匙。如果让我发现了，我一眼就能认出来，虽然那些钥匙已经不见了二十八年了。那时可怜的诺拉还是一个婴儿呢。简，你还记得你当年带着她去参加格蒂婚礼的情景吧？你给她穿了一件白色绣花衣服。二十八年了！哦，诺拉，你的年纪也老大不小了，虽然在这么暗的灯光下，你看上去并不显老。"

大家都笑了起来，唯独诺拉板着面孔，满腔怒火一触即发。

尽管她穿着嫩黄色的衣服，头发上装饰着珍珠，可是她的这副模样却让安妮想到了一只黑蛾。诺拉和莎莉形成鲜明的对比。莎莉是一个性格文静、皮肤雪白的金发美人儿，诺拉却有一头浓密的黑头发，一双灰蓝色的眼睛，两道粗黑的眉毛，面色红润，鼻子稍微带点儿鹰钩，从来没有谁称赞过她漂亮。尽管她看上去有些郁郁寡欢，可安妮却莫名其妙地对她产生了好感。甚至与招人喜欢的莎莉比起来，安妮更愿意和诺拉做朋友。

晚宴结束后，接下来是一场舞会，在这幢古老的石头房子里，大家尽情地载歌载舞，欢声笑语像洪水一般漫向了窗外。十点钟的时候，诺拉从舞池里消失了。舞池的喧哗让安妮感到有一点儿厌倦，于是她也悄悄地溜了出来，穿过一扇朝着海湾的后门，轻快地跳下岩石阶梯，经过一片长着冷杉的小树林，来到海岸边。在闷热的房子里待了这么久，现在出来透透气，吹吹混着咸味儿的海风，让人一下子感到神清气爽！海湾上的银色月光倾泻而下，真是如梦如幻！在月牙儿升起时出航的船只现已抵达港湾，帆船点点，就像梦幻中的画面。在如此美妙的夜晚，说不定还能与翩翩起舞的美人鱼邂逅呢。

诺拉蜷缩在水边一块岩石的暗影里，好似一朵乌云。

"我可以陪你坐一会儿吗？"安妮问道，"我跳舞跳得有点儿累了，要是错过这么美好的夜色，真是可惜啊。这里的整个港湾就像是你们家的后花园，真是令人羡慕啊。"

"在这样的夜晚，如果你的心上人还像水中的影子、镜中的花，你会有什么感受呢？"诺拉突然闷闷不乐地问道，"或者连个影子也没有。"她又幽幽地补充了一句。

"我认为是你的要求太高了。"安妮说着在她的身旁坐了下来。诺拉不由得向安妮敞开了心扉。安妮身上仿佛总有一种魔力，总能让人放心地说出自己的心里话。

"我知道你这么说是出于礼貌，这并不是你的真心话。你和我一样清楚，我并不是那种招男人喜欢的姑娘。我是尼尔森家里相貌最普通的女子。我没有男朋友，这并不是我的错。我无法忍受待在房子里的那种滋味，只好跑到这儿来，独自舔舐心中的痛苦。我在每个人面前都要强作欢颜，当他们嘲笑我嫁不出去时，我还得装出一副满不在乎的样子。我不想再这样忍气吞声了。我不想再这样装模作样了。谁说我不在乎？我很在乎，非常在乎！我们姐妹当中已经有四个出嫁了，还有一个明天就要出嫁了，现在就剩下我一个人还没着落。你也知道猫奶奶在餐桌上老是说我年纪不小了，而且打去年开始她就对妈妈说我变老了许多。我敢肯定我的确变老了。我已经二十八岁了，再过十二年，我就四十岁了。安妮，如果我到四十岁还没有自己的家，我的日子怎么过啊？"

"要是我的话，我才不会在乎一个粗俗的老太婆说了些什么呢。"

"哦，你不会在乎？那是因为你没有我这样的鹰钩鼻，再过十年，我的鹰钩鼻会弯得像爸爸的鼻子一样厉害。要是你等一个男人向你求婚，等了那么多年，而他却始终不肯开口，你还会不在乎吗？"

"哦，要是遇上这种情况，我当然会在乎的。"

"好吧，这就是我眼下的处境。哦，想必你已经听说了我和吉姆·威尔科克斯的事了吧，这早就不是什么秘密了。我们谈了几年的恋爱，可是却从来没有提到过结婚的事。"

"你真的很在乎他吗？"

"当然在乎，可是我却一直装着不在乎的样子。我刚才已经对你说过了我再也不会这么装模作样了。从一月份到现在他从未找过我。一月份我俩吵了一架，我们之前也经常吵吵闹闹，恐怕吵了几百次，每次吵了架他都会主动找我和好，可是这一次他却不肯来，也许他永远都不会来了。瞧，他家就在海湾对面，在月光下闪着亮光呢。我猜他一定在家里……可是我却在这儿……我们中间隔着一条港湾，这件事情以后再也不会有什么转机了。想起来真让人肝肠寸断啊！可是我却一筹莫展！"

"如果你请他来，他会来吗？"

"请他来？你觉得我会这么做吗？那不如让我死了算了。他要是想来，没有什么能阻拦他。如果他不想来，我是绝不会勉强他的。哦，不，我希望他来，真心希望他能来！我爱吉姆，我想嫁给他，我想有一个属于自己的家，我想成为吉姆的妻子，想堵上猫奶奶的嘴。噢，要是我眼下能变成巴拿巴和梭罗就好了，我真恨不得当面去痛骂她一顿！如果她再敢叫我'可怜的诺拉'，我就把煤斗扔到她的头上。可是说到底，她只是说出了大家的心里话。我妈早就对我出嫁的事不抱任何幻想，所以她也懒得过问了，但是其他人却常常嘲笑我。是的，我忌妒莎莉，我知道我这么做很荒唐，可是我还是忌妒她。她得到了一位体贴入微的丈夫，拥有了一个温馨幸福的家，可是我却一无所有，这对我来说实在是太不公平了。她并不比我出色，也不比我聪明，不比我漂亮，只是比我更幸运。可能你会觉得我不可理喻，不管你怎么看我，我都不会在意的。"

"我想，为了准备好这场婚礼，你连续几个星期都没休息好了。有时候，生活中不顺心的事突然全都凑在一起了，总会让人

133.

无法招架的。"

"哦，是的，你是这么理解我，安妮·雪莉，我一直想和你成为好朋友。我喜欢你笑的样儿，我多么希望自己也能像你那样开怀大笑，可我给人的感觉总是闷闷不乐，其实这并不是真实的我，这全怨我的眉毛，瞧，你没见过比我的眉毛更黑更粗的了吧？我觉得就是这两道眉毛把那些男人吓跑了。从小到大，我的身边都没有一个要好的朋友。当然我以前一直有男朋友吉姆，我们俩算得上是青梅竹马。啊，每当我特别想见到他时，只需在阁楼的小窗口放盏灯，他就会立马驾着船赶过来。我们一块儿到处去玩，其他的男孩子根本就没机会靠近我，也许其他人根本就没想过接近我。如今这一切都结束了。他终于感到厌倦了，趁这次吵架的机会终于可以甩掉我了。哦，也许明天我就会后悔把这些话告诉你，说不准还会讨厌你呢。"

"为什么？"

"我想，或许是我们都很讨厌那些知道我们内心秘密的人。"诺拉忧郁地说，"这场婚礼让我变得更加多愁善感。不过，我一点儿也不在乎，我什么也不在乎。哦，安妮，我实在是太痛苦了！我可以靠在你的肩膀上痛痛快快地大哭一场吗？明天一整天我的脸上都要挂着甜美的笑容，要装出一副高高兴兴的样子。我不想当莎莉的伴娘，莎莉觉得我是因为迷信才拒绝的。你肯定也听说过'三次当伴娘，无缘当新娘'的说法。其实我根本不是因为这个原因！而是因为站在她的身旁听她说'我愿意'时，我心里清楚我永远没有机会对吉姆这么说，那种滋味会让我受不了的，没准我会放声痛哭一场。我想当新娘，我想有自己的嫁妆，想有缀着自己婚后姓名的内衣，想收到亲戚朋友送来的各种结婚礼物，甚至还想得到猫奶奶的银制奶油碗呢。她总是给每位新娘送一只盛奶油的碗，那碗的样儿有点儿古怪，碗盖就像圣彼得教堂的圆顶。我们可以把它摆放在早餐桌上，供吉姆拿它来开玩笑。安妮，我快要疯了。"

安妮和诺拉手挽着手回到屋里时，舞会已经结束了。人们各自回房间休息了。汤米·尼尔森把巴拿巴和梭罗带到谷仓。猫奶奶仍然坐在沙发上，担忧着她不希望发生的那些糟糕的事。

"但愿明天不要有人站出来理直气壮地反对这门婚事。在蒂利·哈特菲尔特的婚礼上就发生过这种事。"

"戈登可没有这么好的运气。"伴郎说。猫奶奶用她那褐色的眼睛冷冷地瞪了他一眼。

"年轻人，婚姻不是儿戏。"

"当然不是儿戏。"这个说话大大咧咧的年轻人回敬道，"喂，诺拉，我们什么时候有机会在你的婚礼上跳舞啊？"

诺拉并没有开口回答，而是径直走上去，对准他的左脸狠狠地赏了一耳光，又照着他的右脸扇了一耳光。然后，她头也不回地上楼去了。

"这孩子心里太烦了。"猫奶奶说。

十六

星期六上午，大家忙碌地做着最后的准备。安妮系着尼尔森太太的围裙在厨房里帮着诺拉做凉拌菜。诺拉的脾气很大，言语里总是带着一股火药味。很显然，正如她所说的那样，她十分后悔昨天晚上倾诉了心中的秘密。

"我们会累得一个月都缓不过劲儿来。"她怒气冲冲地说，"这么大讲排场的婚礼，爸爸根本就负担不起，可是莎莉执意要办一场'漂亮的婚礼'，爸爸只好听她的了。他总是对她百依百顺。"

"你这是怨恨加忌妒。"猫奶奶突然从食品室探出头来说。在食品室那边，尼尔森太太都快被她的若干个"但愿"逼疯了。

"她说得没错。"诺拉愤愤然地对安妮说，"她说得对极了，我就是怨恨，就是忌妒，我就是见不得人们高兴的样儿。我一点儿也不后悔给了贾德·泰勒两耳光，我只后悔没狠狠地拧拧他的鼻子。好啦，沙拉做好了，看起来还不错。我心情不错的时候，喜欢把事情做得漂亮一些。哦，看在莎莉的分上，我真心希望婚礼一切顺利。我还是挺喜欢莎莉的，只不过现在每个人都让我心烦，尤其是吉姆·威尔科克斯。"

"但愿新郎别在即将举行婚礼时失踪。"猫奶奶不无忧虑的声音从食品室那边传来，"奥斯汀·克里德就是一个活生生的例子。他竟然忘记了自己结婚的日子。克里德家族的人总是很健忘，可是连自己的婚礼也搞忘了，那实在是太离谱了。"

听到这话，两位姑娘你看看我，我看看你，都不约而同笑起来。笑容让诺拉的脸变得生动了许多。然后，有人跑进屋来，告诉诺拉，巴拿巴生病了，躺在楼梯间一动不动，可能是鸡肝吃得太多了。诺拉赶紧跑过去医治那只猫。猫奶奶从食品室里跑出来，神色慌张地说，但愿别把结婚蛋糕搞忘了，她可不希望十年前在艾尔玛·克拉克的婚礼上发生那难堪的一幕今天重演。

时近中午，一切准备就绪，餐桌上摆好了餐具，床铺也装扮得十分漂亮，四处都摆放着花篮。在楼上那个宽敞的北屋里，莎莉和她的三位伴娘打扮得就像仙女一般。一身淡绿色装束的安妮对着镜子照了照，心想要是吉尔伯特能看到自己打扮得这么漂亮那该多好啊。

"你看上去真漂亮。"诺拉有些忌妒地说。

"你也很漂亮，诺拉。淡蓝色的薄纱礼服和宽边花式帽让你的黑发和蓝眼睛显得更加迷人。"

"没人在意我好看不好看。"诺拉悲哀地说，"好啦，检验一下我的笑脸合不合格，安妮。我可不想板着一副面孔让大家扫兴。维拉头疼得很，到头来我还得弹奏婚礼进行曲呢。我现在这心情，更想弹奏一曲丧礼进行曲，要是那样的话可真让猫奶奶说中了。"

整个上午，猫奶奶穿着一件不太干净的睡袍，戴着一顶皱巴巴的女棒帽到处走来走去，老是挡着人家的去路。可是现在她却换上了茶色的丝质衣服，看上去容光焕发。她对莎莉说，莎莉的袖子太长了，但愿没人把衬裙露到衣服外面，上次在安妮·克鲁森的婚礼上就有人出过一回丑。尼尔森太太也进来了。她看见光彩照人的莎莉，不禁喜极而泣。

"好啦，别难过了，简。"猫奶奶安慰她说，"别忘了你还有一个女儿没出嫁呢，说不定她会一直陪着你。这大喜的日子，哭哭啼啼可不吉利。唉，但愿婚礼上没有人倒地身亡，老克伦威尔叔叔在罗伯特·普林格尔的婚礼进行中就断气了。新娘因惊吓过度在床上躺了两个星期。"

听着猫奶奶的一番"吉利话"，新娘和伴娘等走下楼。诺拉弹奏的婚礼进行曲响彻大厅，莎莉和戈登的婚礼进行得十分顺利，并没有人中途一命呜呼，新郎也没忘记准备戒指。新娘新郎和伴娘伴郎成了一道亮丽的风景线，就连杞人忧天的猫奶奶也暂时把担忧抛到一边。事后她以希望的口吻对莎莉说，"哪怕你结婚不是很快乐，但是你如果不结婚，你会更加不快乐！"诺拉独自一个人闷闷不乐地坐在钢琴旁，过了一会儿，她走到莎莉身边，气呼呼地给了莎莉一个拥抱，动作有点儿粗鲁，连同莎莉的头纱和衣服一起抱住了。

吃过喜宴，照顾新娘的人和大多数宾客都离开了。诺拉心烦意乱地说："终于结束了。"她看了看一片狼藉的房间，这和所有的婚礼结束之后的情况没什么两样，椅子东倒西歪，地板上躺着踩扁的枯萎的胸花，一条撕坏了的蕾丝花边，两条掉落的手帕，孩子们撒落的面包屑，天花板上还有一道黑色的污渍，那是猫奶奶在楼上的一间客房里打翻了一只水壶，水从地板上渗下来所形成的。

"我必须把这乱七八糟的屋子收拾一下。"诺拉仍然十分烦躁地说，"有一些姑娘和小伙子还得住在这儿，他们要等搭乘船客的火车，其中还有一些要过了星期天再走。他们晚上要在海滩上举办篝火舞会，在月光下载歌载舞，你能想象我哪里有心情去跳舞，我恨不得躺在床上放声痛哭一场呢。"

"通常情况下，婚礼结束后屋子里都是这样乱。"安妮说，"我来帮你打扫一下，然后我们一起喝杯茶。"

　　"安妮·雪莉，你以为每杯茶都是灵丹妙药吗？看来当老姑娘的不应该是我而是你。你不用管我。我不想变得这么无礼，可是我天生如此。我讨厌死了海滩上的舞会，甚至比婚礼还讨厌！吉姆以前总是来参加我们的海滩舞会。安妮，我已经下定决心离开此地，去参加护士培训。要知道我是多么讨厌当一名护士，估计上帝都要为我将来的病人捏一把汗，可是我已经不想在镇上待下去了，我受够了人们的冷嘲热讽。好吧，我们来清洗这一大堆油腻腻的盘子吧，脸上还得装出一副挺喜欢干这种活儿的样子。"

　　"我真的喜欢呢，我一直喜欢洗碟子洗碗。把脏兮兮的东西清洗得光洁如新，挺有乐趣的啊。"

　　"哦，那你应该去博物馆上班。"诺拉气冲冲地说。

　　月亮升起来时，海滩舞会已经准备就绪。男孩子们在岬角上用海上漂来的木材燃起了熊熊篝火，海水在月光下变成了奶白色，闪烁着点点银辉。安妮正准备去痛快地玩一场，可是瞅了瞅诺拉的表情，她又变得犹豫起来。这时诺拉正提着一篮子三明治走下台阶。

　　"她这么心灰意冷的，我能替她做点什么呢？"安妮暗自想道。突然，她灵机一动，脑子里就冒出一个主意来。她飞快地跑进厨房，抓起一盏亮着的小提灯，匆匆地爬上后楼梯，又爬上一道阶梯，来到阁楼，她把灯挂在朝着海湾对岸的那个窗口上。由于有树的掩护，海滩上跳舞的人都看不见这盏灯。

　　"他也许会看见灯，划着船过来，或许诺拉会对我大发雷霆，不过这没关系，只要他能来就好。我不妨趁这个时候没事做去给雷贝卡包一块结婚蛋糕明天带回家。"

吉姆·威尔科克斯并没有来。安妮等了一会儿也不见他的身影，只好放弃了这个念头。海滩上处处洋溢着欢声笑语，安妮沉浸其中，索性把这事忘得一干二净。诺拉不知躲在哪儿去了，猫奶奶也出乎意料地早早上床睡觉了。狂欢的舞会直到十一点钟才收场，玩得尽兴的人们一边打着哈欠一边上了楼。安妮困得要命，早已忘记了阁楼上的那盏灯。半夜两点钟，猫奶奶蹑手蹑脚走进卧室，手里拿着蜡烛在姑娘们的脸上晃来晃去。

"老天，发生了什么事？"多特·弗莱泽吓得从床上一骨碌爬了起来，惊恐万状地问道。

"嘘——"猫奶奶制止道，她的眼睛瞪得老大，眼珠子都快从眼眶里掉出来了，"屋子里好像来人了，我能感觉到。听，那是什么声音？"

"听上去像是猫叫或者狗叫。"多特咯咯地笑着说。

"不是那种声音。"猫奶奶神情严肃地说，"我知道谷仓里有一只狗在叫，但是把我吵醒的不是狗叫，而是砰的一声，声音很大，清晰得很。"

"一定是鬼啊、怪啊，还有长腿野兽，还有那些在夜间走起路来砰砰响的怪物，噢，上帝，快来救救我们吧！"安妮嘟嘟囔囔地说。

"雪莉小姐，这可不是开玩笑的事。有盗贼进屋了。我马上去喊山姆。"

猫奶奶转身走了，留下四个姑娘面面相觑。

"是不是所有的结婚礼物都放在楼下的藏书室里？"安妮问道。

140.

"无论发生了什么，我都要起床瞧——瞧。"玛米说，"安妮，当猫奶奶低低地举着蜡烛，半张脸陷在阴影里，头皮一缕一缕地耷拉在脸上时，你说猫奶奶像什么？简直就像一个老巫婆！"

四个姑娘穿着睡袍溜出房间，悄悄地来到走廊上。猫奶奶也从走廊那头走了过来，身后跟着穿着睡袍、趿着拖鞋的尼尔森医生。尼尔森太太急得找不着她的睡袍了，从卧室里探出一张惊恐失色的脸。

"哦，山姆，不要冒险啊，如果是盗贼，他们可能会开枪的。"

"简直是胡扯！我根本就不相信有什么盗贼。"

"我告诉你，我的确听到了砰的一声巨响。"猫奶奶声音颤抖地说。

有几个男孩子也跑了出来，他们加入到尼尔森医生的擒贼队伍中，小心翼翼地走下楼梯，猫奶奶一手举着蜡烛，一手持着火钳，跟在了后面。

毫无疑问，藏书室里有些动静。尼尔森医生打开门走了进去。巴拿巴正蹲坐在沙发的椅背上，冲着大家兴奋地眨了眨眼睛。原来梭罗去守谷仓了，它却躲到藏书室来享受了。借着昏暗的烛光，只见藏书室的中央站着诺拉和一个男青年。男青年一手抱着诺拉，另一只手把一块白色大手帕举在诺拉面前。

"他想用迷魂药迷倒她！"猫奶奶尖声叫道，手中的火钳哐的一声掉在地上。

那男青年转过身来，手帕掉落在地上，一下子愣住了。不过他长得十分英俊，有着赤褐色的眼睛和卷曲的赤褐色头发，还有十分迷人的下巴。

诺拉弯下身拾起手帕，捂住了自己的脸。

"吉姆·威尔科克斯，这究竟是怎么回事？"尼尔森医生声色俱严地问道。

"我也不知道。"吉姆·威尔科克斯怒气冲冲地说，"我只知道诺拉给我发了信号叫我过来。我今天晚上去萨默塞镇参加共济会举行的晚宴了，直到半夜一点钟回到家才看见灯光信号。随后我就划着船赶来了。"

"我没给你发过信号。"诺拉愤然作色，"爸爸，求求你别用那种眼神看我。我刚才并没有去睡觉，一直坐在窗边，我还没来得及换上睡衣，便看见一个人从海边走过来了。当他走近房子时，我才认出他是吉姆，于是我跑下楼来。结果我……我不小心撞上了藏书室的门，撞破了鼻子，他刚才正帮我止血呢。"

"我从窗口跳进来时，撞翻了那条板凳……"

"我就说嘛，我的确听到了砰的一声巨响呢。"猫奶奶说。

"既然诺拉说她没有给我发过信号，那我就告辞了。诺拉，我真的很抱歉。"

"耽误了你晚上的休息时间，让你大老远划着船白跑一趟，实在是对不起。"诺拉一边竭力装出冷冰冰的样了，一边翻看着吉姆的手绢，寻找着上面的血迹。

"你说白跑一趟，是说对了。"尼尔森医生说。

"你最好用背后的钥匙打开门出去。"猫奶奶说。

"是我把灯放在那个窗口的。"安妮惭愧不安地说，"后来我把它搞忘了。"

"谁叫你这么做的！"诺拉咆哮道，"我一辈子都不会原谅你！"

"你们都疯了吗？"尼尔森医生不耐烦地说，"这样的事情值得大吵大闹吗？吉姆，看在老天的分上，快把那扇窗户关上，那股寒风刮进来冰冷刺骨。诺拉，你把头向后仰起来，鼻血就止住了。"

诺拉又羞又恼，泪流满面，眼泪和着鼻血，让她看起来可怕极了。而吉姆·威尔科克斯则恨不得一头钻进地缝里去。

"好吧，"猫奶奶得理不饶人地说，"吉姆·威尔科克斯，现在你只有一条路可走，那就是和她结婚。你是知道的，你和她深更半夜幽会的事一旦传出去，她就别指望嫁出去了。"

"和她结婚！"吉姆怒气冲冲地说，"这么多年来我一直盼望着和她结婚，这是我多年来的夙愿。"

"那你为什么从来没向我提起过？"诺拉猛地转过身来，直视着他。

"为什么没提？这么多年来你一直对我冷若冰霜，一次次地嘲弄我，挖苦我，想方设法向我表示你根本瞧不起我。既然这样，我向你求婚又有什么用？今年一月份，你说的那些话……"

"我是被你气昏了才那么说的……"

"被我气昏了？亏你说得出口！你分明是想故意和我吵上一架，好把我甩掉。"

"不是的……我……"

"仅仅因为我看见窗口摆着一盏灯，我就以为你想见我，深更半夜就兴冲冲地跑来见你，哦，我真是傻透了！向你求婚！好吧，为了结束这一切，我现在我就向你求婚，你可以当着大家的面堂而皇之地拒绝我并以此扬扬自得好啦。诺拉·伊迪斯·尼尔森，你愿意嫁给我吗？"

"哦，我愿意！我愿意！"诺拉无所顾忌地大叫起来，甚至连巴拿巴都替她害臊。

吉姆难以置信地看了她一眼，紧接着便向她扑了过去。她的鼻子或许不再流血了，或许还在流着血，不过这些都无关紧要了。

"我想恐怕大家都忘记今天是安息日(星期日)了。"猫奶奶说，她自己也是刚刚才想起呢，"如果有人想去泡茶的话，我也想喝上一杯，我不习惯这样的情景剧表演呢。但愿可怜的诺拉这次能真正把他牢牢抓在手中，至少有这么多人可以替她做证。"

接着一行人识趣地离开了，尼尔森太太下楼来给大家泡茶。吉姆和诺拉则留在了藏书室，巴拿巴陪伴着他们。直到第二天早晨，安妮才见到诺拉，此时的诺拉完全判若两人，面如桃花，好像一下子年轻了十岁。

"安妮，这多亏了你。如果你不去挂那盏灯……虽然昨天夜里我有两三分钟的时间气得恨不得把你的耳朵咬下来！"

"我竟然睡得那么死，错过了这场好戏，真是可惜啊。"汤米·尼尔森不无遗憾地感叹道。

"好啦，但愿你们不要'结婚匆匆，后悔无穷'。"猫奶奶不失时机地抖出了她的"金玉良言"。

十七

（摘自给吉尔伯特的信。）

这一学期结束了，接下来的两个月我可以待在绿山墙了。啊，小溪旁那些没脚深的羊齿草散发着清香，草叶上挂着晶莹剔透的露珠；"情人之路"上摇曳不定的婆娑树影；贝尔先生牧场上红彤彤的野草莓；还有"闹鬼的树林子"里幽深的可爱的冷杉！我的心已经飞回了绿山墙。

珍·普林格尔给我送来了一束山谷百合，并祝愿我假期愉快。假期里，她将到绿山墙来和我度一次周末。人生充满了奇迹，有多少意料不到的事情发生啊！

可是小伊丽莎白很伤心。我本打算带她去绿山墙玩玩，可是坎贝尔太太却认为这"根本不可取"。好在我并没有跟伊丽莎白提起这件事，不然她会更加失望的。

"雪莉小姐，你不在的时候，我想我会一直是莉兹。"她告诉我说，"我会一直不开心的。"

"你想一想我回来后，我们会有多快乐！你当然不会变成莉兹，你身体里根本就没有莉兹这个人啊。我每个星期都会给你写信的，小伊丽莎白。"

"哦，雪莉小姐，那真是太好了！我还从来没有收到过信呢。那该多有趣啊！如果她们肯给我买张邮票，我也会给你写信的。要是她们不肯，你知道我也会同样想念你的。我替后院的花栗鼠取了一个与你相同的名字，把它也叫作'雪莉'，你不会在

145.

意吧！我本来想叫它'安妮·雪莉'的，可是后来我觉得这样做太不礼貌了，而且安妮听起来不像是花栗鼠的名字，更何况它也有可能是位绅士呢。花栗鼠很可爱吧？可是女伴说它们会啃食玫瑰花的根呢。"

"她是胡说八道！"我说。

我问过凯瑟琳·布鲁克打算去哪儿度假，她简单地回答我说："就在这儿，你想我会去哪儿呢？"

我觉得我似乎应该邀请她去绿山墙做客，可是却显得犹豫不决。当然，即便邀请了她，她也未必愿意去。她是个很扫兴的人。我担心她会把假期的乐趣全都毁了。但是一想到她孤零零地待在那个廉价的寄宿处，一待就是两个月，我的良心就很不安。

前几天灰毛米勒叼了一条活蛇回来，并把蛇扔在了厨房的地板上，这可把雷贝卡·迪尤吓坏了。"真是让人忍无可忍！"她说。这几天雷贝卡的脾气有点儿大，因为她一有空就得去花园捉玫瑰上的灰绿色大甲虫，之后便把它们统统扔进煤油瓶里。她感慨世界上的虫子实在是太多了。

"它们迟早会把整个世界吃光的。"她杞人忧天地说。

诺拉·尼尔森将在九月份和吉姆·威尔科克斯结婚。他们将毫不声张地悄悄结婚，不摆宴席，也不请伴娘。诺拉告诉我，这是摆脱猫奶奶的唯一办法，她不想让猫奶奶参加她的婚礼。哦，我将作为非正式的持帖宾客参加婚礼。诺拉说，如果我不在窗前挂上那盏灯，吉姆永远也不可能回到她身边了。因为吉姆已打算卖掉店面，搬迁到西部发展。啊，当我想到我促成的这桩婚事的时候，我……

莎莉说，诺拉和吉姆结婚后将会经常吵架，不过，即便如此，那也比跟别人生活在一起不吵嘴幸福啊。不过，我想他们未必会经常争吵，生活中的矛盾大都是由误解产生的。你和我不是也经历了误解，而如今⋯⋯

晚安，亲爱的。真心祝愿你做个好梦。

你的安妮

附注：最后一句是一字不漏地从查蒂大婶的祖母的信件上摘抄而来的。

第二年

一

白杨山庄
幽灵巷
九月十四日

最亲爱的:

两个月的美好假期生活转眼即逝,我简直难以相信。亲爱的,假期过得好开心啊,是不是,亲爱的? 如今我只需在这儿工作两年,然后……

(删去几段。)

不过,回到白杨山庄,回到塔屋,坐在我的个人专用椅子上,爬上我的高床,我同样感到很开心很快乐。

凯特大婶、查蒂大婶见到我回来了都高兴极了,雷贝卡·迪尤由衷地感慨道:"你可终于回来了,真是太好了。"小伊丽莎白也是喜出望外。我们满心欢喜在旁门那儿见了面。

"我真担心你比我先去了'未来'呢。"小伊丽莎白说。

"哦，这真是一个美丽的黄昏。"我说。

"你在哪儿，哪儿的黄昏就很美，雪莉小姐。"小伊丽莎白说。

这样的称赞真是让人心花怒放啊！

"这个假期你是怎么过的，小宝贝？"我问道。

小伊丽莎白平静地回答说："想象'未来'里会发生的所有的美好事情。"

随后我们回到我的塔屋，读了一篇有关大象的故事。伊丽莎白最近对大象十分感兴趣。

"大象这个名字挺可爱的，对吧？"她用小手托着下巴一本正经地说，"我希望到了'未来'，会遇上很多很多大象。"

我们在那张仙境地图上又画了一个大象公园。吉尔伯特，不要露出一副不屑一顾的样子，你知道你读到这儿时，一定会觉得这是多么天真幼稚。这个世界总会有许多天真的东西，否则生活将会多么枯燥乏味。总得有人抱以天真的幻想，世界才会变得丰富多彩啊！

回到学校感觉也是挺好的，凯瑟琳·布鲁克还是那么冷淡，我的学生见到我都很高兴。珍·普林格尔请我帮她用锡做一个天使头上戴的光环，好在主日学校的音乐会上戴。

我觉得今年的课程要比去年有趣一些，课程表上增添了加拿大历史课。明天我要给学生讲一些有关一八一二年那场战争的历史。讲这些遥远的战争历史总是有一种莫名其妙的感觉，因为那些事再也不会发生了。我想，我们对这些"古老的战役"并不是很感兴趣，顶多只是在学校里当作历史讲一讲。谁也不会认为加拿大境内还会发生战争。真感谢战争年代已离我们远去。

我们即将重新组织戏剧社，并且打算向与学校有往来的家庭进行募捐。刘易斯·艾伦和我负责的是道利什路，我们将在下星期六下午挨家挨户去募捐。刘易斯此行的目的可谓一石二鸟，因为他准备拍摄一张优美的农舍照片投寄给《乡间的家园》，争取在这家杂志举办的摄影大赛中获奖。奖金是二十五元。如果他获得这笔奖金，就可以去买他急需的一身外套和一件大衣。整个假期，他都在一家农场干活，开学后，他打算继续在房东家帮忙做家务，伺候房东一家人用餐。他一定不喜欢这样的活儿，可是他却从不抱怨。我打心眼里喜欢刘易斯，他微笑时嘴角微微一翘便露出牙齿，那样子可爱极了。他有理想和抱负，特别能吃苦耐劳，只是身体不太好。去年，我常为他的健康担忧，不过经过一个夏天的劳动，他似乎变得强壮了些。这是他在中学的最后一年了，中学毕业后他想到奎恩学校读一年书。今年冬天，凯特大婶和查蒂大婶想尽量邀请他周日来家里吃晚餐。凯特大婶和我谈到这笔额外的开销时，我极力说服她让我来承担。当然我们并没有就此事去和雷贝卡·迪尤商量。我只是当着她的面故意问凯特大婶，我们能不能一个月至少有两个周日可以邀请刘易斯·艾伦到家里来吃晚餐？凯特大婶故作冷漠地说，家里已经添了一个可怜的女孩，她们恐怕再也负担不起这笔额外的费用了。

　　雷贝卡·迪尤极不高兴地嚷了嚷。

　　"这个家已经穷到这个地步了，真是让人忍无可忍！不就是偶尔让一个刻苦学习的孩子来吃顿饭吗？你们给那只该死的猫买猪肝的钱也不止这些，它都快被撑死了。好吧，你们就从我的工钱里扣出一块钱，用来招待那孩子吧。"

　　雷贝卡·迪尤一同意，这事儿就好办啦。刘易斯·艾伦星期天可以来吃晚饭，而灰毛米勒的猪肝一点也没少，雷贝卡·迪尤的工钱也分文不差。可爱而善良的雷贝卡·迪尤！

昨天晚上，查蒂大婶溜到我的房间里，她告诉我，她想买一条饰有珠子的披肩。可是凯特大婶说她一大把年纪了，戴那种披肩不合适。查蒂大婶听了这话很伤感。

"雪莉小姐，你也觉得我太老了吗？我不想让别人说我轻浮，可是我一直渴望有条珠子披肩，我一直觉得它们非常漂亮，如今又开始流行起来了。"

"太老！亲爱的，你还挺年轻的啊。"我宽慰她说，"没有人因为老了就不能穿她想穿的衣服。如果你真的老了，你就不会想着穿这穿那啦。"

"那我就去买一条来，气一气凯特。"查蒂大婶说，其实她根本就没有气气凯特大婶的意思。不过，我知道查蒂大婶要是行动了，凯特大婶肯定会生气的。好在我有办法去劝说凯特大婶。

此时此刻，我独自待在塔屋里。沉沉的夜晚，静谧而温柔。甚至连那些白杨树也进入了甜美的梦乡。我探身窗外，朝着距离金斯波特不足一百里的那个人送去了一个飞吻。

你的安妮

二

　　道利什路蜿蜒曲折，天气冷暖适宜，是人们出游的好日子。安妮和刘易斯心里美滋滋的。他们会偶尔停下来，透过树林的空隙眺望一下深蓝色的海峡，有时还用照相机拍下优美的风景，拍下掩映在山谷中的一幢可爱小屋。亲自劝说这些农舍的主人为戏剧社募捐，可不是一件容易的事，不过安妮和刘易斯将会轮流发起募捐，刘易斯负责向女性募捐，安妮则向男性募捐。

　　"要是你的募捐对象是男人，你就得穿这件衣服，戴这顶帽子去。"雷贝卡·迪尤经验十足地说，"我年轻那会儿可有不少这样的经验，得出的结论就是如果你是向男人募捐，你打扮得越漂亮，你筹到的钱就越多，对方答应捐款的数额就越大。可是要是你是向女人募捐，你最好穿破烂一点，把自己弄得越丑越好！"

　　"'道路'是不是一个特别有趣的东西，刘易斯？"安妮梦幻般地说，"它们一般都不是笔直向前的，而是弯弯曲曲的，一路上有着优美的景致、奇妙的风光。我总是对这些蜿蜒曲折的小路情有独钟。"

　　"道利什路通往哪儿啊？"刘易斯十分理智地问道，不由自主地想着，雪莉小姐的声音总是让他联想到春天。

　　"我可能会以一副老师的威严口气告诉你，刘易斯，它不通往何处，它就停留此地。但我不会这么说。至于它通往哪儿，谁又会在意呢？或许它通往世界的尽头，或许它又绕了回来。记住爱默生的话吧，他说，'哦，我们该怎么利用时间呢？'这才是我们今天的座右铭。如果我们让整个宇宙独自停留一会儿，整

152.

个世界会变得乌烟瘴气。瞧瞧那云朵的影子，看看那宁静的翠绿山谷，你瞧，那边角落里还有一座小房子，房子旁边还有一棵苹果树呢。想象春天的样儿，多么让人怦然心动！春天里，所有的人们都朝气蓬勃精神焕发；春天里，所有的风儿都温柔亲切地向你敞开怀抱。很高兴一路上有这么多散发着清香味儿的羊齿草，噢，羊齿草上面还结着像薄纱一般的蜘蛛网，这让我回忆起了童年，那时我想象，或者说我相信，哦，我确实相信蜘蛛网是仙女餐桌上的桌布呢。"

他们在路边一块金黄色的洼地里发现了一汪清泉，于是便在泉水旁一块长满青苔的地方坐下来。刘易斯用桦树皮编织了一个小杯子，他们就用这只杯子取水喝。

"如果你没有口舌冒烟的经历，你就不会体会到喝水的真正乐趣。"刘易斯说，"有一年夏天，我在西部的一个筑路工地上干活，走着走着竟然在草原上迷路了。那天的天气热得要命，我一连在草原上转悠了几个小时，结果差点被渴死了。后来，我终于发现了一间拓荒者的小屋，屋旁的柳树丛中竟然有一汪清泉，我俯下身子咕咚咕咚地喝了个痛快。从那以后，我对《圣经》，尤其是《圣经》中叫人们要珍惜每一滴水的道理理解得更加深刻、更加透彻了。"

"大约再过十五分钟，倾盆大雨就要来了，我们就可以喝上雨水了。"安妮焦虑不安地说，"虽然我喜欢倾盆大雨，可是今天，我把我第一好的帽子戴上了，把第二好的衣服穿上了。你看，这附近半里内连幢房子也没有。"

"那边有个废弃的铁匠铺。"刘易斯说，"不过我们得跑过去。"

他们飞快地跑了过去。躲在废弃的铁匠铺里，他们悠闲地享受着这场突然而至的暴雨，就像在这个下午无忧无虑地欣赏沿途的景致一般。大地突然变得沉寂无声。刚才沿着道利什路一路沙沙作响的清新风儿，如今也折叠起翅膀，变得悄无声息。树叶儿不再摇动，树影儿也不再晃来晃去。路的拐弯处那几棵枫树的叶子都背面朝外，好像它们被这场阵雨吓破了胆儿。一片阴凉的影子犹如绿色的波涛吞没了它们。这时，乌云翻滚到了它们的上方，随后疾风挟裹着暴雨席卷而来。雨点啪啪地敲打着树叶，在水雾迷蒙的红色土路翩翩起舞，同时欢快地敲打着铁匠铺的屋顶。

"要是这雨不停……"刘易斯说。

可是雨停了。它来得匆匆，去得也匆匆。西边天际的太阳光芒四射，照耀在潮湿闪烁的树叶上。一朵朵白云间露出湛蓝的天空。他们看见远方的一座小山依然是烟雨蒙蒙，下面的山谷里桃红色的雾霭缭绕。四周的树林看上去清新光亮，俨然回到了春天。紧挨着铁匠铺的一棵高大枫树上，一只小鸟则在放声歌唱，它似乎以为春天真的到来了呢。一时之间，整个世界变得清新而甜美。

"我们去那儿看看。"他们又继续赶路，安妮一边望着一条小岔路一边说。这条小岔路夹在篱笆间，路上开满了黄菊花。

"我想这条小岔路上不会有人家吧。"刘易斯怀疑道，"它可能只是通往港口的一条路。"

"没关系，我们走走看。我总是经不起小路的诱惑，它们像是偏离轨道的某样东西，神秘而荒凉，长满野花野草，不为常人所知。刘易斯，闻闻这湿草地的芳香吧。此外，我有一种很强烈的直觉，这里一定有人家，有一座农舍，很适合拍照的农舍。"

安妮的直觉没错。他们很快就看见了一座农舍，而且是一

154.

座特别适合拍照的农舍。这座老式农舍十分有趣。屋檐低低的，墙上镶嵌着方形的小窗框。长长的柳树枝条垂挂在房子上方，房子四周是茂密的多年生花草与高大的灌木丛。经过多年的风吹雨淋，它看上去有些灰暗与破旧。可是房屋后面的大谷仓却样式新潮，整洁气派，看样子里面一定储存了满仓粮食。"雪莉小姐，我常听人说，如果一个人的谷仓比他的住房还漂亮，那就意味着他的生活很富足。"当他们漫步在车辙深深、杂草丛生的小路上时，刘易斯说。

"在我看来，那意味着他不愿意给家人吃饱。"安妮笑着说，"我并不敢指望在这儿能筹到钱。不过这座农舍倒是很适合拍照拿去参赛，你赶紧把它拍下来吧，这一路上还没遇到比这更适合拍照的农舍呢。虽然它看上去有些暗淡，不过这也没多大关系。"

"这条小路看上去很少有人走。"刘易斯耸了耸肩说，"很显然，住在这儿的人不大喜欢与人交往。恐怕他们根本不知道什么戏剧社。不论如何，我得趁还没有惊动主人前，赶快拍张照片再说。"

房子里似乎无人居住，不过拍完照片后，他们还是打开了白色的小栅栏门，穿过庭院，敲了敲已经褪色的蓝色大门。很显然，这里的正门跟白杨山庄的正门一样，仅仅是一个摆设，因为这道门几乎被五叶爬山虎所覆盖。

到目前为止，他们去拜访的人家，无论是否慷慨解囊，都表现得谦恭有礼，他们期待着这家主人也能对他们客气一点。这时门猛地打开了，出现在他们眼前的并不是他们想象中的一位面带笑容的农夫太太或者农家姑娘，而是一个宽肩膀的高个子男人，他长着一头灰白的头发、两道浓密的眉毛，看上去已经有五十多岁了。他们不禁被吓了一大跳。这个男人毫不客气地大声质问道："你们想干什么？"

"我们前来拜访，是希望您能支持我们中学的戏剧社。"安妮结结巴巴地说着，不过说完这句话，她知道不用再多费唇舌了。

"从来没听说过什么戏剧社，也从来不想知道，那些与我毫不相干。"那男人断然拒绝了，随即"砰"的一声关上了门。

"我们碰钉子了。"他们走出来时，安妮说道。

"真是一位和气友善的绅士啊。"刘易斯笑着说，"如果他有妻子，我真为他的妻子难过。"

"我想他肯定没有妻子，不然她会把他调教得文明一点儿。"安妮说，同时极力恢复惨遭打击的自信心，"真希望雷贝卡·迪尤来教训他一顿。不过还好，我们拍下了他的房子，我有一种预感，这张照片一定会获奖。哦，真讨厌！有一个小石子跑到我的鞋里去啦，不管我们的绅士同意不同意，我都得坐在他的石渠上，把小石子取出来。"

"幸好他从房子里看不见我们。"刘易斯说。

安妮刚系好鞋带，就听到右边的灌木丛里传来窸窸窣窣的声响，然后就看见一个大约八岁的小男孩。这个小男孩害羞地打量着他们，胖乎乎的手里紧握着一大块苹果卷饼。他长得很可爱，有着光亮的棕色鬈发，天真无邪的棕色大眼睛，鼻子和嘴也长得十分俊俏，尽管他穿着一件褪色的棉布蓝衬衫，一条旧丝绒短裤，光着脚板，可是他看上去就像一位乔装打扮的小王子。

在他身后，站着一条黑色纽芬兰大狗，狗的个头差不多够得上孩子的肩膀。

"喂，小朋友。"刘易斯问道，"你是谁家的小朋友啊？"

小男孩微笑地走过来，递上手中的卷饼。

"你吃吧。"他有点儿难为情地说，"爸爸给我做的，可我愿意送给你吃。我家里还多着呢。"

刘易斯刚要开口拒绝，安妮急忙用胳膊肘轻轻地碰了他一下。受到暗示的刘易斯郑重其事地接过卷饼，然后将饼将给安妮。安妮极其认真地将饼分成两半，将其中的一半分给刘易斯。他们明白无论如何都得把饼吃下去。起初他们怀疑那个当爹的烹饪水平，可是吃了一口后顾虑全消。看来，那个当爹的虽然待人不够礼貌，可是厨艺还不错。

"好香啊。"安妮说，"亲爱的，你叫什么名字呢？"

"特迪·阿姆斯特朗。"小孩说，"不过爸爸一直管我叫小家伙。你知道，爸爸的身边就我一个人。爸爸非常非常疼我，我也非常非常爱爸爸。你们可能会觉得爸爸没礼貌，他那么快就把门关上了，其实他并不是有意的。我听到你们向他要一些东西吃。"安妮听了这句，心想，我们并没有向他要东西吃啊，不过这也没什么关系。

"我当时正在花园里的蜀葵花后面玩，所以我想，我一定要把我的卷饼拿给你们吃，因为我一直觉得那些没有吃的穷人很可怜。我有很多吃的，从没有挨过饿。我爸爸做的饭菜香喷喷的，要是你们能尝尝他做的大米布丁就好啦。"

"他在布丁里加了很多葡萄干吗？"刘易斯眨了眨眼睛问道。

"加了很多很多，我爸爸可大方呢。"

"你的妈妈呢，亲爱的？"安妮问道。

"我妈妈死了。梅瑞尔太太有一次告诉我说，妈妈去天堂了。可是我爸爸说根本就没有天堂，我想我爸爸说得对。我爸爸特别聪明，他读过几千本书，我长大后也要像爸爸一样。不过，有人要是饿了想要吃的，我一定会给他们的。我爸爸并不喜欢和别人打交道，可是他很喜欢我。"

"你上学了吗？"刘易斯问。

"没有呢，爸爸在家里教我。不过学校里的理事们告诉他，我明年一定得去上学。我很想去上学，这样就可以和其他男孩子一起玩了。在家里，卡洛可以陪着我一起玩，只要爸爸一有空，也会陪我玩。爸爸总是很忙，他要经营农场，还要料理家务，所以他不喜欢有人来打扰他。等我长大一些，我就可以帮他干活儿了，那时候他就有更多的时间对客人礼貌一些了。"

"这卷饼太好吃了，小家伙。"刘易斯吃光了最后一块卷饼时啧啧称赞道。

小家伙听了这话，兴奋得两眼放光。

"真高兴你喜欢它。"他说。

"你想照张相吗？"安妮问道，她觉得用钱来报答这位慷慨的小天使显得并不合适，"如果你愿意，刘易斯可以帮你照张相。"

"哦，真是太好了！"小家伙兴奋地说，"卡洛也可以一起照吗？"

"当然可以。"

安妮让小家伙和狗站在灌木丛前面，帮他们摆好姿势，小男孩站着，一只手搭在他那条卷毛大狗的脖子上。狗和孩子都开心极了，刘易斯用最后一张底片为他们照了相。

"等照片洗出来后，我就寄给你。"刘易斯承诺道，"信封上的姓名、地址怎么写呢？"

"詹姆斯·阿姆斯特朗转特迪·阿姆斯特朗收，地址是格伦科夫路。"小家伙兴奋地说，"噢，通过邮局寄东西给我，该多有趣啊！噢，我一下子觉得好激动！我决定先瞒着爸爸，我要给他一个惊喜。"

"好吧，两三个星期后你就可以收到。"刘易斯说。临别前，安妮俯下身去，吻了吻这张被太阳晒得黧黑的小脸蛋。孩子身上似乎有什么东西牵动着她的心。他是那么可爱，那么慷慨，那么需要母爱！

他们在小路的拐弯处回过头看了看他，只见他抱着狗站在水渠上，向他们依依不舍地挥手告别。

雷贝卡·迪尤对阿姆斯特朗家的情况一清二楚。

"詹姆斯·阿姆斯特朗的妻子五年前就去世了，从那以来，他再也无法从丧妻的痛苦中走出来。"雷贝卡·迪尤说，"他妻子在世的时候，他待人还是挺和气的，只是喜欢过清静的日子，也许他天性如此。他把他的妻子当作心肝宝贝一样疼着爱着，哦，她比他小二十岁呢。我听说，她的死对他打击很大，他整个人似乎都变了，变得乖戾古怪。他一个人操持家务，照顾小孩，连个管家也不愿请。结婚前他一个人生活了好几年，所以料理家务还有一手。"

"可是那种生活并不利于孩子的成长。"查蒂大婶说，"他从不带孩子去教堂，也从不带孩子到外面去见任何人。"

"听说他很宠爱孩子。"凯特大婶说。

雷贝卡·迪尤突然引用《圣经》上的话说："除了我之外，你们不该信仰其他的神。"言下之意，对于阿姆斯特朗家的那些事，她最有发言权。

三

几乎过了三个星期，刘易斯才抽出时间去冲洗照片。他星期日晚上第一次到白杨山庄来吃饭时，就带来了这些照片。房子和小家伙的照片洗出来的效果都很好。正如雷贝卡·迪尤所说，照片上小家伙的微笑真是"呼之欲出"。

"好奇怪啊，他长得真像你啊，刘易斯。"安妮说。

"的确很像。" 雷贝卡·迪尤一边眯着眼睛仔细审视着照片，一边赞同道，"我刚一看见这张照片，就觉得很眼熟，总觉得在哪儿见过这张脸，可是又想不起来。"

"瞧，这眼睛，这额头，这整个表情……简直和你一模一样，刘易斯。"安妮说。

"我小时候长得可没有这么漂亮啊。"刘易斯耸了耸肩说，"我也有一张八岁时的照片，不知放在哪儿去了，我得把它找出来，仔细对照看看。雪莉小姐，你要是见了照片一定会捧腹大笑的。小时候我是一个特别死板的孩子，留着长鬈发，脖子上围着蕾丝花边领圈，看上去傻里傻气的，就像一根竹竿一样直愣愣的。我想，为了给我照相，他们一定把我的头固定在他们惯用的三脚架上了。如果小家伙的相片很像我，那也只是巧合。小家伙不可能和我有什么亲戚关系。到目前为止，我在这座岛上还没有任何亲戚呢。"

"你是在哪儿出生的？"凯特大婶问道。

"在新布朗斯威克，我父母在我十岁时就去世了，我到这儿来投奔的是我妈妈的一位堂姐，我叫她艾达姨妈，你知道，她三年前也去世了。”

“詹姆斯·阿姆斯特朗也是从新布朗斯威克搬迁来的。”雷贝卡·迪尤说，“他并不是本地人，假如他是本地人的话，他就不会那么古怪了。虽然我们岛上的居民也有这样那样的缺点，可至少还是挺讲礼貌的。”

“我也不知道自己是否愿意和那位‘和蔼可亲’的阿姆斯特朗攀什么亲戚。”刘易斯一边大口地吃着查蒂大婶做的肉桂吐司，一边笑着说，“不过等我把相片处理好装进相框后，我倒可以把它亲自送到格伦科夫路去，以便趁机向他打听打听。他也许是我的一位远房亲戚。我确实对我母亲那边的亲戚一点也不清楚，即便他们当中还有人活在世上，我也不认识。在我的印象中，母亲那边的亲戚都不在人世了。反正我知道父亲这边已经没有什么亲戚了。”

“如果你亲自把照片送去，小家伙会不会因为没有收到邮局寄来的东西而深感失望呢？”安妮问道。

“我会补偿给他的，给他邮寄点别的礼物去。”

星期六下午，刘易斯赶着一辆轻便马车来到幽灵巷。这车真是老掉牙了的车，拉车的马儿也是老掉牙的马儿。

“雪莉小姐，我要把照片带去格伦科夫路交给小特迪·阿姆斯特朗。如果我这辆气派的马车不会引发你的心脏病，那就恳请你与我一道去吧。我想，车轮子应该不会掉下来的。”

“刘易斯，你是从哪儿捡来的这老古董啊？”雷贝卡·迪尤问。

“迪尤小姐，不要嘲笑我的座驾。对上了年纪的马也应该尊重啊。马和马车都是从本德先生那儿借来的，他提出的条件是让

161.

我在去格伦科夫路的途中帮他带点东西回来。今天我可没时间徒步走个来回啊。"

"这更浪费时间！"雷贝卡·迪尤说，"我走上一个来回保证也比那匹老马要快得多。"

"要是你替本德先生扛一袋子土豆走回来也没什么问题？你真能干啊！"

雷贝卡·迪尤听了这话，原来红彤彤的脸变得更红了。

"拿长辈开玩笑可没礼貌。"她指责道，"你们出发前，要不要吃上几个甜圈填填肚子？"

让人意想不到的是，一到野外，这匹老马的速度就变得出奇的快。当他们在路上颠簸前行时，安妮不由得暗自笑了起来。要是贾德纳太太和詹姆西娜姨妈看见这副模样，她们会怎么想啊？好吧，她才不在乎这些呢。这真是驾车出游的好日子啊，马车一路驰骋，飞快地穿过秋意正浓的土地，刘易斯的驾车技术真不错。他的理想抱负一定会实现的。在安妮认识的人当中，恐怕除了刘易斯再也没有谁好意思邀请她坐在这样一辆老马拉的破车上。然而刘易斯根本就没觉得这有什么难堪。只要能到达目的地，何必在意采用什么方式呢？不管你乘坐的什么车，沉静的小山依然是那么蓝，红色的路依然是那么红，亭亭如盖的枫树依然是那么漂亮，它们一点儿也不会为之改变。刘易斯可谓是个哲学家。他一直靠替别人家做家务活来换取膳宿开销，所以学校里一些同学给他取了一个绰号，管他叫"假姑娘"，可是他却毫不在乎。让他们叫去吧！总有一天轮着他笑话他们！他的口袋可能是空的，可是他的脑袋里装的东西多着呢！野外的下午如诗如画，就像一首田园牧歌。他们马上就可以见到那个可爱的小家伙了。

在途中，当本德先生的妹夫将一袋土豆放上车时，他们把此行的目的告诉了他。

"你的意思是说你们替小特迪·阿姆斯特朗拍了一张照片？"梅瑞尔先生急切地大声问道。

"是的，而且拍得很好。"刘易斯拿出照片，无比骄傲地说，"连专业摄影师看了这张照片都会自愧不如呢。"

梅瑞尔先生一掌击在大腿上。

"啊，拍得真是太好了！唉，只可惜小特迪·阿姆斯特朗已经死了。"

"死了？"安妮大惊失色地问道，"噢，不，梅瑞尔先生，不要告诉我说……那个小男孩多可爱啊。"

"很抱歉，小姐，可是事实的确如此。他爸爸快要疯掉了。更糟糕的是，他连孩子的一张照片也没留下。想不到你们拍了这么好的一张照片。这真是太好了，太好了。"

"不……不可能。"安妮的泪水夺眶而出。她的眼前又浮现出那个站在水渠前向他们挥手的小小身影。

"很抱歉，这事千真万确。他得的是肺炎，死了大约有三个星期了。听说受尽了病痛的折磨，可是他小小的年纪却十分坚强。我不知道詹姆斯·阿姆斯特朗现在怎么样了。人们说他就像个疯子——总是愁眉苦脸，自言自语，嘴里没完没了地念叨着，'我要是有一张小家伙的照片就好了'。"

"我真替那个男人难过。"梅瑞尔太太说。她刚才站在丈夫旁边，一直没有开口说话。她的头发花白，面容憔悴，身体干瘦，穿了一件褪色的棉布衣，围了一条格子围裙。"他家的生活比较富足，我总觉得他有些看不起我们这些穷人。我们虽然穷，可是我们有儿子，只要拥有值得去爱的东西，贫穷又算得了什么呢？"

安妮望着梅瑞尔太太，一股敬意在她心中油然而生。梅瑞尔太太并不漂亮，可是她那历经沧桑的眼神与安妮的眼神相遇时，两人便产生了一种无言的精神交融。她真是洞悉了生活的真谛啊。这个只有一面之缘的农家妇女给安妮留下了难以磨灭的印象。正如她所言，只要拥有了爱，贫穷又算得了什么呢？

对安妮而言，这个消息犹如晴天霹雳，出门时的愉快心情早已不见了踪影。虽然她和小家伙见面时间那么短暂，可是安妮却永远无法忘记他。她和刘易斯默默地沿着杂草丛生的格伦科夫小路前进着。卡洛趴在蓝色门前的石头上。当他们从马车上下来时，卡洛跳下石头迎了上来，一边舔着安妮的手，一边用忧郁的眼神看着他们，仿佛在询问它的那位小伙伴的消息。门是开着的，他们看见詹姆斯弓着身子坐在昏暗的屋里，脸抵在桌子上。

安妮敲了敲门，他吓了一大跳，霍地站起身，来到门前。安妮看见他的变化大吃一惊。只见他面容瘦削、双颊凹陷、胡子拉碴，深陷的眼窝里不时闪出一股怒火。

安妮本以为他会把她赶走，但是他似乎认出了安妮，他无精打采地说："是你呀，你又回来了？小家伙和你说过话，而且你还吻了他。他挺喜欢你的。真抱歉我上次对你们那么无礼。你们找他有事吗？"

"我们想给你看一样东西。"安妮温柔地说。

"你们愿意进来坐一会儿吗？"他悲伤地问道。

刘易斯默默无言地打开纸包，把小家伙的照片拿出来交给他。他一把将照片抓在手里，惊愕地端详着儿子的照片，猛地跌坐在椅子上，失声痛哭起来。安妮从未见过男人哭得如此撕心裂

164.

肺，她和刘易斯默默地站着，心里充满了同情，直到他恢复了自制力。

"哦，你们不知道这对于我来说是多么珍贵。"他哽咽着说，"我连他的一张照片也没有。我跟其他人不一样，我记不住人的相貌，我总是无法回忆起见过的那些人的音容笑貌。自从小家伙离开了，我想他想得肝肠寸断，可是我连他的模样也记不起来了。我之前对你们那么无礼，可是你们却给我送来了这张照片……请坐，请坐。我简直不知道怎么感谢你们才好。我想是你们在我精神濒临崩溃的时候帮助了我，是你们拯救了我的生命。哦，小姐，这张照片照得多逼真啊，他看上去就像是要开口说话似的。我可爱的小家伙！没有他，我怎么活得下去啊？先是他妈妈走了，现在他也不在了，我活着还有什么意义啊？"

"他的确是一个可爱的孩子。"安妮温柔地说。

"他真乖啊。小特迪是他的小名，他正式的名字叫作西奥多，是他妈妈为他取的。她说，他是'上帝赐给她的礼物'。他生病的时候，总是强忍着病痛，从不抱怨。有一次，他微笑着对我说：'爸爸，我想你有一件事搞错啦，就那么一件事。我想天堂是存在的，是吗？爸爸，对吗？'我对他说，对，有天堂。上帝啊，请原谅我向他灌输了一些无神论的思想。他听了又笑了，笑得那么心满意足。他对我说：'好啦，爸爸，我要到天堂去了，妈妈和上帝都在那儿，因此我会过得很快乐的。可是我又很担心你，没有我陪着你，你一个人多么孤单啊。不过你要过得尽量开心一些，对人们要有礼貌一点儿，以后你就来找我们吧。'他让我向他保证要过得开心一些，可是他走了以后，我无法忍受这巨大的孤独。如果没有这张照片，我真的会疯掉的。现在我心里总算有了一点安慰。"

有好一阵子，他都在谈他的小家伙，这对他来说，是一种解脱，也是一种安慰。此时此刻，他的冷漠与粗鲁，就像是一层外衣，渐渐从他身上褪去。后来，刘易斯拿出了他自己那张已经发黄的小照片递给阿姆斯特朗。

"你见过有谁长得像这照片上的小孩吗，阿姆斯特朗先生？"

阿姆斯特朗困惑不解地注视着照片。

"长得很像小家伙。"他终于开口说道，"这是谁的照片？"

"是我八岁时的照片。"刘易斯回答说，"因为长得很像小特迪，所以雪莉小姐才让我把它拿给你看看。我想，有可能我和你或者和小家伙是远亲。我叫刘易斯·艾伦，我父亲叫乔治·艾伦，我在新布朗斯威克出生。"

詹姆斯·阿姆斯特朗摇了摇头。

"您母亲叫什么名字？"

"玛丽·加蒂纳。"

詹姆斯半天不出声，目不转睛地看着刘易斯。

"她是我同母异父的妹妹。"他终于开口说道，"我几乎不认识她……只见过一次面，我父亲死后，我寄养在我叔叔家，我妈妈改嫁后就搬走了。后来，她曾来看过我一次，当时她带着她的小女儿一块儿来的。不久她就去世了，我再也没有见过我那位同母异父的妹妹。我搬到这座岛上来，就没有了她的音信。你应该是我的外甥，是小家伙的表哥了。"

对于一向认为自己在这个世上孤苦伶仃、形单影只的少年来说，这个消息真是石破天惊。刘易斯和安妮陪着阿姆斯特朗先生度过了整个傍晚。安妮和刘易斯惊讶地发现，阿姆斯特朗先生原来是如此博学睿智，他们都喜欢上了他。第一次见面的不愉快早已抛之脑后。此刻他们看见的是隐藏在冷漠外表后的真性情的自然流露。

"如果他不是个有涵养的人，小家伙肯定也不会那么爱他。"当他们在黄昏中匆匆赶回白杨山庄时，安妮对刘易斯说。

到了周末，刘易斯去看望他舅舅时，他这位舅舅对他说："孩子，搬来和我一起住吧。既然你是我外甥，我就得好好照顾你，就像我以前照顾小家伙那样照顾你。在这个世界上，你孤苦伶仃，我也是孤身一人，我需要你。如果我独自住在这儿，我又变得与外界格格不入了。我想让你帮着我履行我对小家伙的承诺。小家伙不在了，就让我像照顾他那样来照顾你吧。"

"谢谢你，舅舅，让我试试看吧。"刘易斯紧握着他舅舅的手说。

"有机会把你的那位老师请来做客。我挺喜欢那个姑娘的，小家伙也特别喜欢她。他曾对我说，'爸爸，我还一直以为除了你我不会喜欢其他人来吻我呢，可是她吻我时我也特别喜欢呢，她的目光好温柔啊，爸爸。'"

167.

四

"走廊上的温度计显示的是零度,侧门上的温度计显示的则是摄氏十度。"在十二月一个寒冷的傍晚,安妮说,"我真不知道该不该戴上我的手套呢。"

"你最好以那只旧温度计为准。"雷贝卡·迪尤郑重其事地说,"它可能更熟悉我们这儿的气候一些。不过,这么冷的天,你要去哪儿啊?"

"我打算去教堂街找凯瑟琳·布鲁克,邀请她跟我一起去绿山墙过圣诞节。"

"你那样做只会把好好的一个假期全给毁了。"雷贝卡·迪尤满脸严肃地说,"如果她能进入天堂的话,想必她同样会对天堂里的天使不理不睬。最让人受不了的是,她还觉得她的自高自大可光荣呢,好像这样做才能显示她有多么坚强似的!"

"从理智上说,我完全同意你的说法,可是从感情上来讲,我却要表示反对。"安妮说道,"不管怎么说,我觉得凯瑟琳·布鲁克虽然表面上脾气有点儿古怪,可实际上她是一个害羞的姑娘,过得并不开心。在萨默塞镇,我和她的关系很难改善,但如果我邀请她去绿山墙,我相信可以让她僵硬的心渐渐融化。"

"你请不动她的,她不会去的。"雷贝卡·迪尤预言道,"你真心诚意邀请她,或许她还会把这当成一种侮辱,认为这是你对她的施舍。就在你来的前一年,我们还盛情邀请她到我们家来吃圣诞晚餐,那年麦库伯太太收到两只火鸡,正担心吃不完了,可是她却说:'不用了,谢谢,如果有什么东西让我恨之入骨的话，那就是圣诞节这个词了！''"

"憎恨圣诞节，真是太可怕了！雷贝卡·迪尤，我们总得想个办法解决啊，我这就去邀请她，我有一种不寻常的预感，预感她一定会答应的。"

"那好吧。"雷贝卡·迪尤不大情愿地说，"无论如何，你说事情会发生，我就相信它会发生。你是不是有未卜先知的特异功能？麦库伯船长的妈妈就有，她经常说一些话令我毛骨悚然。"

"我并没有让你毛骨悚然的本领，只不过……我有时觉得，虽然凯瑟琳·布鲁克表面上装着一副冷漠无情的样子，实际上她的内心寂寞而孤独，我这时候去邀请她，说不定正逢其时呢。"

"我不是文科学士。"雷贝卡·迪尤谦卑地说，"我承认你有权使用我听不懂的字眼来说话，也佩服你略施小计就能把一些人弄得服服帖帖。看看你是怎么对付普林格尔家族就知道了。可是，我得警告你，你要是执意把那个冷若冰霜浑身带刺的人带回家过圣诞节，你一定会后悔无穷的。"

朝教堂街走去时，安妮表面上信心十足，其实心里却忐忑不安。近来，凯瑟琳·布鲁克越发让人难以忍受。安妮每次邀请她，都会遭到她的断然拒绝，每次碰了钉子，安妮就变得心灰意冷，就好像艾伦坡诗中所描写的乌鸦那样："绝不如此了。"就在昨天的教师例会上，她还出言不逊。然而，在不经意间，安妮从她的眼神里捕捉到一种东西，那是一种对热情几近疯狂的渴求，就像被关在笼子里的鸟儿拼命想挣脱出来。夜里，安妮躺在床上辗转反侧，究竟要不要邀请她过圣诞节呢？安妮显得犹豫不决，后来她终于下定决心，这才安然入睡。

当安妮对凯瑟琳的房东太太说她想见布鲁克小姐时，房东太太耸了耸肥胖的肩膀，并把安妮领进了客厅。

"我去通知她一声，可是我不敢保证她愿不愿意下楼来见你。她正在生闷气。今天吃晚饭时我告诉她，罗林斯太太说身为萨默塞中学的老师，她的穿着实在是让人倒胃口，她听了这话，仍然像往常一样表现出一副不屑一顾的样子。"

"我觉得你不应该把这些话告诉布鲁克小姐。"安妮以责备的语气说道。

"但我认为她应该知道。"丹尼斯太太毫不留情地说。

"你是否觉得她也应该知道教育专员评价她是滨海地区最出色的老师之一呢？"安妮问道，"或许你不知道这回事吧？"

"哦，我听说过，但她现在太自以为是了，要是知道了专员的夸赞只会更嚣张。她这是盲目的自大，真不知道她有什么值得骄傲自满的。今天晚上她闹情绪也很正常，因为我不同意她养狗。不知为什么，她突然提出想养一条狗。她说她出钱给它买吃的，还保证不让它打扰别人。可是她到学校上课去了，我不是照样得替她看着狗吗？所以我坚决反对：我可不给狗提供食宿。"

"哦，丹尼斯太太，你就答应她养条狗吧。狗不会给你添麻烦的。她去学校上课，你只需把狗关在地下室就行了。再说狗晚上还可以守护家园呢，求求你就答应她吧，拜托你啦。"

当安妮·雪莉说"拜托你啦"时，她的眼神里满是期待，让人难以拒绝。丹尼斯太太虽然有着肥胖的肩膀和爱管闲事的舌头，可是她的心眼并不坏。只是凯瑟琳·布鲁克的目中无人有时候确实让她感到很气愤。

"我不明白你为什么要为她养狗的事操心。我并不相信你们是好朋友。她根本就没有一个朋友，我可从来没有遇到过如此孤僻的房客。"

"我想这就是她为什么要养狗的原因，丹尼斯太太。生活中谁都需要一位伴侣啊！"

"哦，依我看，这可是我第一次见她做有人情味的事。" 丹尼斯太太说，"我并不是特别反对养狗，只是她说话的那种语气把我惹恼了。她高傲地问我：'丹尼斯太太，如果我问你我是否能养条狗，我想你一定不会同意吧？'我将计就计，同样高傲地回答她，'果真被你言中了，我倒真是不同意！'我和其他人一样不喜欢自食其言，可是你可以告诉她，只要她能保证狗不在客厅里胡闹，她想养狗就养吧。"

安妮打量着这间屋子，只见镶花边的窗帘又脏又破，地毯上的紫红色玫瑰花图案脏得不堪入目，她不由得心烦意乱起来。安妮心想，即使没有狗在客厅里胡闹，这个客厅也干净不到哪儿去啊。

"若有人不得不在这么糟糕的寄宿处过圣诞节，我真是替他难过啊。"她想，"难怪凯瑟琳憎恶圣诞节这个词儿。这房间里充斥着一千顿饭菜的油烟味儿，真该让它好好通通风。凯瑟琳的工资不低啊，为什么非得待在这个地方？"

"她让你上楼去。"丹尼斯太太捎来了口信，语气里满是狐疑。布鲁克小姐居然要见安妮，这一反常的举动让她十分不解。

又窄又陡的楼梯似乎非常厌恶有人在上面走来走去。除非是迫不得已，谁也不愿意爬这样的破楼梯。走廊上的地毯已经破成碎片，走廊尽头用木板隔出来的卧室比客厅还更凄惨。小卧室里点着一盏未加灯罩的瓦斯灯，灯光闪烁不定。房间里摆着一张铁床，中间已经深深地凹陷下去，一扇窄小的未挂窗帘的窗子对着后院的花园，花园里堆满了罐头盒子。不过透过窗口，可以看见瑰丽的天空，在连绵不断的紫色群山映衬下，一排伦巴比①式的房子格外引人注目。

安妮走进卧室，凯瑟琳爱理不理地指了指一张吱嘎作响没有坐垫的摇椅，让她坐下。安妮神采奕奕地说："哦，布鲁克小姐，瞧那晚霞多美呀。"

"我见过太多的晚霞了。"凯瑟琳无动于衷地冷冷说道。其实她心里愤愤地想，我和你一道观看晚霞，这不是自降身份吗？

"每次的晚霞都不尽相同。你并没有见过现在的晚霞。坐在这儿来吧，让我们一起欣赏它，直到它消失到我们灵魂深处。"安妮嘴上这么说，心里却在想，"你就不能说几句中听的话吗？"

"真是荒唐可笑！"

这简直是世界上最侮辱人格的话了！她不但言辞尖刻，而且说话的语气也是十足的轻蔑。安妮从窗外收回目光，转过身看着凯瑟琳，恨不得立马站起来扬长而去。可是凯瑟琳的眼神看上去有点儿奇怪，莫非她刚才哭过吗？不可能，像凯瑟琳·布鲁克这样的人怎么可能哭呢？

"你好像并不欢迎我。"安妮不慌不忙地说。

"我做不到口是心非。我并没有你那种社交天赋，不管和谁都能套近乎，做到八面玲珑、舌灿莲花。没错，你是不受欢迎，像这样的破房子怎么有资格欢迎客人啊？"

凯瑟琳轻蔑地指了指退了色的墙壁，没有垫子的旧椅子、摇摇晃晃的梳妆台，包在梳妆台外面皱成一团的棉布。

"这个房间是不太好，可是你要是不喜欢，为什么还要继续

---

① 伦巴比：意大利北部州名。

住在这儿呢？”

"喔，为什么？为什么？你是没法理解的。不过这没关系，我根本不在乎人家是怎么想的。今天是什么风把你吹到这儿来了？我想你不会是跑到这儿来欣赏晚霞的吧？"

"我是来邀请你跟我一起去绿山墙过圣诞节的。"

"好啦，"安妮说完了这话，心想，"等着她的冷嘲热讽吧！但愿她能坐下来。她一直站在那儿，好像等着赶我走似的。"

然而，接下来却是片刻的沉默。随后凯瑟琳不紧不慢地说道："你为什么要邀请我？我想这不是因为你喜欢我吧，甚至像你这样的人也没法装出喜欢我的样子来。"

"因为一想到有人得待在这样的地方过圣诞节，我就很难过。"安妮坦率地说。

这时挖苦嘲讽的话终于从凯瑟琳的嘴里冒了出来。

"哦，我明白了。你这是随节令而至的善举。不过，我想你找错了施舍对象，雪莉小姐。"

安妮霍地站了起来。她对这个怪癖冷漠的家伙已经失去了耐心。她径直走到凯瑟琳面前，双眼逼视着她说："凯瑟琳·布鲁克，你知不知道，你真该挨几耳光！"

她们互相对视了一会儿。

"说出这样的话，你一定很解气吧。"她说道。不过她的语调出奇的平静，没有了傲慢无礼的味道。她的嘴角甚至微微地抽动了一下。

"没错。"安妮说，"我早就想对你说这话了！我邀请你去绿山墙并非行善，这一点你完全清楚。我告诉你真正的原因吧！没

173.

有人愿意在这种地方过圣诞节，想在这儿过圣诞节是不明智的。"

"你邀请我去绿山墙过圣诞节仅仅是为我感到悲哀。"

"是的，我替你悲哀。因为你把美好的生活拒之门外，如今生活把你也挡在门外了。别再这样下去了，凯瑟琳。打开你的心房，去迎接美好的生活吧。"

"你是不是想告诉我，'如果你对着镜子微笑，镜子里的那个人也会冲着你微笑'，这就是你惯用的雪莉式的陈词滥调。"她说着，耸了耸肩。

"像所有的陈词滥调一样，这话也蛮有道理的。好啦，你究竟愿不愿意去绿山墙？"

"如果我接受了你的邀请，你会怎么对你自己说呢？我不是问你怎么对我说。"

"我会对我说，我终于从你的身上发现了一点点理智。"安妮毫不示弱地回答说。

凯瑟琳笑了——真是出乎意料啊。她走到窗前，皱着眉头不满地看着天边那抹即将消逝的晚霞，随后转过身来。

"好吧，我去。现在你可以虚伪地告诉我你很高兴，我们将会度过一个愉快的圣诞节。"

"我的确很高兴。可是我却拿不准你是否过得很愉快。那主要取决于你，布鲁克小姐。

"哦，我一定会表现得像模像样的。你到时一定会感到惊讶。我想，尽管我不会取悦别人，可是我向你保证，吃饭时我不会拿着刀子叉着东西吃，别人跟我谈起天气不错时，我也不会侮辱他人。实话告诉你吧，我打算去的唯一理由是，我不愿意一个人待在这儿过圣诞节。丹尼斯太太准备去夏洛特敦的女儿家过圣诞节，要在那儿待上一周。一想到我得自己弄饭我就头痛，我的厨艺的确不怎么样。没法子，我不得不向现实低头。我很高兴过圣诞节，但请你答应我，一定不要祝我圣诞快乐，我就是不喜欢接受圣诞的祝福。"

"好吧，我绝不祝你圣诞快乐，至于家里那对双胞胎，我就不敢保证了。"

"我不会让你坐在这儿的，这样会把你冻死的。不过我看见在晚霞消失的地方升起了一轮明月，如果你愿意的话，我可以陪你欣赏着月色漫步回家。"

"我愿意。"安妮说，"并且我想告诉你，在安维利镇，月色比这儿更美呢。"

"这么说她答应去了？"雷贝卡·迪尤一边给安妮灌热水袋一边说，"啊，雪莉小姐，但愿你不要引诱我改信伊斯兰教，没准你也会成功的。那只该死的猫跑哪儿去了？已经零度了，这么冷的天气，它竟然还在外面四处瞎逛呢。"

"家里的新温度计并没有零度。灰毛米勒正蜷缩在塔屋炉边我的摇椅上，美美地睡大觉呢。"

"哦，好吧 。" 雷贝卡·迪尤冻得瑟瑟发抖，她关上厨房的门，"但愿今晚世界上所有的人都能像我们一样有个温暖舒适的家。"

五

安妮乘着雪橇离开白杨山庄时，她并不知道在常青树山庄阁楼上的窗口那儿。小伊丽莎白正依依不舍地目送着她远去。小伊丽莎白的眼里噙满了泪水，仿佛生活一下子失去了意义。当雪橇拐出幽灵巷，从她的视野中消失后，她走回床前跪在了地上。

"亲爱的上帝，"她喃喃自语，"我知道要求您给我一个快乐的圣诞节是不可能的，因为外曾祖母和女伴根本就不快乐；可是请让我亲爱的雪莉小姐度过一个快乐的圣诞节吧，等圣诞假期结束后，就请你把她平平安安地带回我身边。"

"现在，我把我想说的话都说啦。"伊丽莎白站起身来说。

安妮已经开始品尝圣诞节快乐的味道。火车开出站时，她兴奋得两眼发亮。丑陋的街道迅速从她眼前消失了。她要回家了，要回绿山墙啦。火车渐渐驶入无边的原野，大地呈现出淡黄和淡紫两种颜色，间或点缀着一丛云杉或者几棵光秃秃的白桦树。凯瑟琳默默无言，表现倒也温和。

"别指望我会和你聊天。"凯瑟琳警告安妮。

"好吧。但愿你别把我当成那种非得缠着你聊天的人。如果咱们都想说话了，那我们就说好了。我承认在火车上我可能会忍不住说点什么，不过你大可不必理会我在说什么。"

戴维赶着一辆铺着毛皮大衣的双座大雪橇到布莱特河站接她们，他见到安妮后给了她一个大大的拥抱。两个姑娘舒舒服服坐在后面的座位上。从车站到绿山墙这段路程是安妮周末回家的必经之路，每次经过这儿，她的内心都充满了甜蜜。她的眼前总是情不自禁地浮现出马修驾车从布莱特河站把她带回家的情景。那是一个明媚的春天，而现在已经是寒冷的冬天了，可是路边的每样东西似乎都在不停地问她："你还记得我吗？"雪橇从厚厚的积雪下飞驰而过，一路上洒下一串串清脆悦耳的铃铛声。大路两旁矗立着一排排白雪皑皑的冷杉树，树梢上方，繁星点点，犹如给这条"欢乐大道"挂上了节日的彩灯。走到倒数第二个小山丘时，辽阔的海湾出现在她们眼前，银色的月光给未结冰的湖面增添了几分神秘。

"这条路上有一个奇妙的地方，每次到那儿后，我会突然感到'哦，到家了'。"安妮说道，"这就是下一个小山丘顶，在那里我可以看见绿山墙的灯光。我眼前会出现玛莉拉为我们准备好的晚餐。在这儿，我甚至可以闻到香喷喷的味道。啊，又回到家了，这种感觉真美啊！"

绿山墙的院子里，仿佛每棵树都在欢迎她的归来，每扇亮着灯的窗户都在向她招手。她们打开玛莉拉的厨房门时，饭菜的香味扑鼻而来。紧随而至的是一连串拥抱、惊喜的欢呼声和快活无比的笑声。就连凯瑟琳一点儿也不感到生分，很快融入这个其乐融融的家庭里。雷切尔·林德太太把她心爱的客厅灯摆在餐桌上，并点亮了它。这盏灯罩着红色的玻璃灯罩，样子虽然有些丑，然而它投在屋里的玫瑰色灯光是那么柔和。灯光照出来的影子是那么亲切友善！朵拉已经出落成亭亭玉立的少女了，戴维真的已经成了一个小伙子了。

还有一些好消息呢。戴安娜生了一个可爱的女儿，杰西·派伊有了男朋友，听说查理·斯劳尼也订婚了。这些消息就像国家大事一样令人精神振奋。林德太太那床新的"拼布被子"刚刚做

177.

好，这床被子由五千块各色碎布拼缝而成，眼下正在展览，并且赢得了大家的一致好评。

"安妮，你一回来，家里的每样东西一下子就有了生气。"戴维说。

朵拉的小猫跟着喵喵地叫了起来，仿佛在说："哦，生活本该充满生气啊。"

吃过晚饭，安妮说："我总是没法抵挡月夜对我的诱惑。布鲁克小姐，穿上雪靴出去走走如何？我听说你也喜欢穿着雪靴散步呢。"

"好吧，那是我唯一的爱好，可是差不多也荒废了六年了。"

安妮从阁楼里翻出雪靴来，戴维飞快地跑到果园坡那里借了一双戴安娜的旧雪靴给凯瑟琳。她们穿过"情人之路"，摇曳的树影投射在可爱的小径上；她们走过一块块田地，田地四周的篱笆旁种着一排排低矮的冷杉；她们穿过神秘的树林，树林仿佛总想对你说悄悄话，可是却欲说还休；她们经过一处处林间空地，那些空地宛如一泓银亮的水池。

她们默默地走着，谁也没有出声，唯恐一开口就会惊扰眼前的美景。在这迷人的月夜下，安妮感到从未和凯瑟琳如此贴近过，是这冬夜的魅力让她们走到了一起，尽管不是紧紧地系在了一起，可是已经没有太大的隔阂了。

当她们走出树林来到大道上时，一辆雪橇伴着铃铛的清脆声，载着欢笑声从她们身旁疾驰而过，两位姑娘不由得惊叹起来。她们似乎远离了尘世的喧嚣，来到了另一个全新的世界。在这个世界，时间停滞不前，青春的生命激情飞扬，人们利用特殊的媒介来交流，根本用不着文字，在他们眼里，文字太粗俗啦。

"这里真好。"凯瑟琳喃喃自语道。安妮并没有搭腔。

她们先走上大路，随后又踏上通向绿山墙的长长的小路。快要抵达院门的栅栏时，她们不约而同地停下脚步，倚着长满青苔的竹篱笆，默默地站在那儿，望着眼前这座笼罩在树影中的朴实而亲切的老宅院。冬夜里的绿山墙真美啊！

绿山墙脚下是"阳光水湖"，湖水已经结了冰，湖的四周树影幢幢。周围的一切静极了，偶尔有马越过小桥传来嘚嘚的马蹄声。安妮不禁莞尔一笑，因为她回想起小时候她躺在绿山墙自己那间屋里的情景，那时她时常听到嘚嘚的马蹄声，总是浮想联翩，以为是仙境中的骏马穿过黑夜奔腾而过呢。

突然响起一种声音，打破了夜的沉静。

"凯瑟琳……你……怎么了？你该不会是在哭吧？"

凯瑟琳居然也会哭？安妮实在难以想象，可是她的确在哭泣！她的眼泪一下子让她变得富有人情味，安妮不再怕她了。

"凯瑟琳，亲爱的凯瑟琳，你怎么了？我可以帮你吗？"

"哦，你不会理解的！"凯瑟琳喘了口气说，"你的生活总是称心如意。你似乎生活在一个美好而浪漫的小天地里。'不知道我今天会遇上什么高兴事呢'——这似乎就是你的生活态度。安妮，至于我，我已经忘了该怎么生活，哦，不，我从不知道该怎么生活，我像……像一只被关在笼子里的动物，无论如何也逃不出来，而且还总是有人从栅栏外面拿着棍子来戳我。而你……你拥有的快乐比你需要的还多，你到处都有朋友，还有一位知心爱人！我并不是说我也需要一位心上人，我讨厌男人，可是假如我今晚死了，活着的人没有一个会想起我。在这个世界上谁不渴望温暖的友情呢？"

凯瑟琳忍不住又抽噎起来。

"凯瑟琳，你常说你不喜欢拐弯抹角，那我就坦白地告诉你吧，如果说你的生活中没有一位朋友，那完全是你自己一手造成的。我一直想和你做朋友，可是你却浑身是刺，说话尖酸刻薄，拒我千里之外。"

"哦，我承认，我承认。当你刚来的时候，我是多么恨你！你总是处处炫耀你的那串珍珠项链……"

"凯瑟琳，我并没有'炫耀'！"

"哦，我也知道你没有。那是我对你心怀敌意，所以在我的眼里那串项链就有了炫耀的味道。我并不是忌妒你有男朋友，因为我根本就不想结婚。我父母的婚姻让我对婚姻望而却步。我忌妒你是因为你比我年轻，职位比我高。普林格尔家族三番五次找你麻烦，我在一旁偷着乐。我所没有的东西，你似乎都拥有：魅力、友谊、青春。青春！我的青春是痛苦不堪的青春，你一点儿也不知道其中的滋味。你永远也不明白这世上没有人来关心你，没人需要你是一种什么滋味。"

"噢，我怎么会不明白呢？"安妮大声喊道。

她沉痛而简短地讲述了她到绿山墙之前的童年生活。

"要是我早知道这些就好了。"凯瑟琳说，"我要是早知道这些，情况可能就不同了。在我眼里，你仿佛总能得到幸运女神的眷顾。我曾经对你恨之入骨，因为你抢了我一直想要的校长职位……哦，我明明知道你比我更有资格，可是我又不由自主地忌妒你。你长得很漂亮，至少你可以让人觉得你很漂亮。而我记得从小就有人对我说：'这孩子好丑啊！'你走进学校时总是神采

180.

飞扬，我还记得你第一次到学校来上课的那副模样呢。不过我想我憎恨你的真正原因是你似乎掌握了快乐的诀窍，总能让自己快快乐乐，仿佛每天的生活都是一种奇遇。尽管我那么痛恨你，可是我有时也会不由自主地想，你可能来自其他星球，绝非庸常之辈。"

"天啊，凯瑟琳，你对我的称赞令我汗颜不已。你不再恨我了吧，对不对？我们从现在起可以做朋友了。"

"我不知道，我从未有过朋友，更别说是年龄相近的朋友了。我从不属于任何地方，我不知道如何成为别人的朋友。是的，我不再恨你了，也不知道对你有什么感觉……噢，我想，你迷人的魅力开始对我产生影响了。现在，我只想告诉你我的生活到底是怎么样的生活。如果你没有告诉我你来绿山墙之前的遭遇，我也不可能给你说这番话。我想让你了解我怎么会变成现在这个样子，我也不知道为什么想让你了解，不过我希望你了解。"

"告诉我吧，亲爱的凯瑟琳，我真的很想了解你。"

"你的确知道没人要的滋味如何，我承认……但你并不知道连你的亲生父母也不要你，那是一种什么滋味。我父母就不想要我，从我一出生起，他们就很讨厌我。在我出生前，他们互相憎恨。是的，这一点儿也不假。他们无休无止地争吵、唠叨，净为一些鸡毛蒜皮的小事而互相指责、吵个不停。我的童年简直就像一场噩梦。我七岁时他们就去世了。我只好住在亨利叔叔家里。他们也不想要我。他们都瞧不起我，因为我靠他们的施舍而生活。我记得我所遭遇的一切冷落，每一件都记得清清楚楚。没有人对我说过一句和蔼的话。我穿的衣服全是堂姐堂妹不要的衣服。我还记得我有一顶帽子，我戴着那顶帽子就像个大蘑菇，每当我戴上它，他们就会取笑我。有一天，我把它撕烂了扔进火炉里，那个冬天，我只好戴一顶更难看的旧帽子上教堂。我从未拥有一条属于自己的狗……我一直梦想着养条狗。我的头脑还比较聪明，我想念完大学取得文科学士，然而这就像到天上去摘星星一样遥不可及。不过，亨利叔叔同意让我上奎恩学校，条件是我毕业后当了教师要偿还他为我花的费用。他支付我的食宿费用，刚好让我可以住在最下等的寄宿处，我的房间正好在厨房的楼上，冬天冷得像冰窖，夏天热得像蒸笼，一年四季都有呛人的油烟味儿。我去奎恩学校穿的衣服简直不叫衣服！可是凭着我的努力，我终于取得了教师资格证，并且在萨默塞中学当上了副校长，这是我有生以来唯一的一点儿好运吧。我决心不欠亨利叔叔一分钱，这就是我为何要住在丹尼斯太太家，穿得那么寒酸的原因。现在，我刚刚偿还了欠他的所有费用，平生第一次感到无债一身轻。可是这些年我也养成了怪脾气。我也知道我不合群，晓得自己说话不中听。我知道我在社交场合被忽视受冷落，全是自己一手造成的。我不知道如何去欣赏他人，只知道一味地嘲讽他人。我知道学生把我看作是暴君，我知道他们对我恨之入骨。你想，我知道这些后心里不难过吗？学生看起来总是很怕我的样子，我憎恨那些看上去似乎很怕我的人。哦，安妮，憎恨已经占据了我的心。我真的很想和别人一样，可是我做不到。这让我感到痛苦不堪。"

"哦，你一定能做到的。"安妮伸出手臂搂住凯瑟琳说，"你可以把憎恨从你心里抹去，医治好自己的心病。现在，你已经还清了欠债，新的生活才刚刚开始呢。不要那么悲观，你永远也不知道路的下一个拐弯处会出现什么！"

"我以前也听你说过这样的话，我还嘲笑过你的'路的拐

182.

弯处'。可问题是我的路上没有拐弯处。我看见它笔直地伸向远方，单调而乏味。噢，安妮，假如生活一直都很单调，你周围的人都很冷淡，你会不会感到害怕？当然你不会有这种担心。你不用一辈子都教书，而且你似乎觉得每个人都很有趣，甚至连那个红脸庞、又矮又胖的雷贝卡·迪尤也不例外。事实上，我厌恶教书，可是别的事我又不会干。教师纯粹是时间的奴隶。哦，我知道你喜欢教书，可我不明白你为什么就这么喜欢。安妮，我想去旅行，那是我一直渴望的事。我还记得在亨利叔叔家我住的那间阁楼里，挂着的唯一一幅画，那是从别的房间里扔出来的一张褪色的旧图画，上面画着沙漠中的一眼泉水，泉水四周是棕榈树，远处有一队骆驼正在沙漠中艰难跋涉。这幅画深深地吸引了我，我一直想去寻找它。我想去南半球看看南十字星座，想去印度看泰姬陵，想去埃及看凯尔奈克废墟的石柱。我想多多了解地球上的一切，而不仅仅停留于相信地球是圆的。可是仅靠当教师的这份收入，我是永远也无法实现这个梦想的。我只能永远这样生活下去，给学生瞎扯一些亨利八世的妃子们，以及加拿大取之不尽的自然资源。"

安妮笑了起来。现在当着凯瑟琳的面笑已经不用担心了。因为凯瑟琳的语调里已经没有了尖酸刻薄，听起来只有悔恨和焦躁。

"不管怎样，我们将成为朋友，我们会在这儿愉快地待上十天，这也算是我们友谊的一个开端吧。凯瑟琳，我一直想和你成为朋友。我知道你的名字是以'K'开头的[1]！我一直都认为你浑身都是刺，只是一个表面现象，骨子里一定有很多优点，我值得

---

[1] 文中的凯瑟琳有一次和安妮过不去，将自己的名字（Katherine）故意说成楷瑟琳（Catherine）。

和你交朋友呢。"

"你一向都是这么看我的吗？我时常想知道人家对我的真实看法。噢，如果可能的话，连豹子都想竭力改变自己身上的斑点呢。也许真的有这种可能吧。在你的绿山墙这儿，我相信什么事情都可能发生呢。在我去过的地方中，它让我第一次感觉到家的温暖。如果不是太迟的话，我愿意变成和其他人一样随和亲切。我甚至乐意练习一下如何灿烂地微笑，以迎接你的那位吉尔伯特的到来。不过我的确忘了该如何和年轻小伙子交往了，也许我以前根本就不知道该如何去交往。他一定会觉得我是个没人情味的老小姐吧。现在，我撕掉自己面具，让你看到我颤抖的灵魂，今天晚上上床睡觉时，我还不知道我会不会因此而懊恼不已呢。"

"不，不会的。你会想：'我很高兴她终于发现我也有人情味。'我们今晚将钻进温暖的被窝里睡觉，说不定被窝里还捂着两只热水袋呢，因为玛莉拉和林德太太可能会彼此担心对方忘记了，各自都会给我们准备一只呢。在这寒冷的月光下散步回家，我们会睡得香香甜甜的。第二天一大早，当你睁开双眼，看着窗外的天空如此湛蓝，你会觉得自己是多么幸运啊，仿佛觉得自己是第一个欣赏到如此美景的人。我相信你一定会喜欢上梅子布丁的，因为你得充当我的助手，帮我准备一个大大的有着很多很多梅子的布丁，我们在星期二就可以享用啦。"

她们走进屋子时，安妮惊奇地发现凯瑟琳面如桃花，可能是在严寒的户外走了很长一段路，冷风吹后的缘故吧，她的脸色十分红润，气色一变好，她和以前的模样简直有着天壤之别。

"哎呀，凯瑟琳要是戴上合适的帽子，穿上合适的衣服，她看上去一定很漂亮的。"安妮暗自思忖。她想象着凯瑟琳戴上她在萨默塞镇商店看见的那顶深红色的天鹅绒帽子，把帽檐拉低一点儿，衬托出她乌黑的头发和琥珀色的眼睛，噢，简直是貌美如花。"我要想办法把她打扮漂亮一点。"

六

星期六到星期一这几天，绿山墙的人们兴致勃勃地做着各种事。

他们已经做好了梅子布丁，圣诞树也带回家了，是一棵漂亮的小冷杉树，那是凯瑟琳、安妮、戴维和朵拉一起去树林里挑选的。安妮有些不忍心砍掉这棵树，她只好安慰自己，反正春天一到，剩下的这些树木也保不住了，哈里森先生已经决定把这块地开垦出来种庄稼，所以她就用不着太过自责了。

他们在树林里逛来逛去，采集一些铁杉枝和玉柏枝，甚至还有一些羊齿草，带回家做花环。这些羊齿草躲在林中的凹洞里，所以冬季仍然青翠碧绿。当暮色笼罩着堆着积雪的小山丘时，他们满载而归。刚进家门，他们就看见一位长着一双褐色眼睛的高个子青年，他开始蓄胡子了，这使他看上去成熟稳重了许多，一时之间，安妮竟然有些怀疑他是不是吉尔伯特。

凯瑟琳微微笑了笑，想装出一副不屑一顾的模样却告之失败，随后她便把他俩留在客厅，独自到厨房和这对双胞胎玩了一个傍晚。她惊喜地发现自己竟然很喜欢和这两个小孩玩。后来她又和戴维一起去地窖玩，在地窖里她竟然发现那里储存着香甜的苹果，这一发现令她很开心。

凯瑟琳以前从未到过乡村地窖，根本没想到烛光映衬下的地窖怪影交错，很有几分历险的奇趣呢。她的生命一下子变得温暖起来。凯瑟琳生平第一次觉得，生活原来是如此美好。

圣诞节这天，戴维起了个大早，他拿着一只用来挂在牛身上的旧铃铛，在楼梯上跑上跑下，使劲摇着铃铛，想把"七个长眠者"[1]唤醒。因为家里有客人，玛莉拉被他的铃声吓坏了，不过凯瑟琳却并不介意，她微笑着下了楼。不知怎的，她和戴维倒挺投缘的。她十分坦率地告诉安妮，她并不大愿意亲近完美无瑕的朵拉，反而和戴维趣味相投。

他们打开起居室的门，在吃早饭前便把礼物分到手了，因为这两个小孩拿不到礼物根本就没心思吃饭。凯瑟琳原以为只有安妮会象征性地送她点什么，结果出人意料的是，所有的人都送了礼物给她。林德太太送给她一条色彩艳丽的阿富汗式编织毛毯；朵拉送她一个装着香菖根的香囊；戴维送给她的礼物是一把裁纸刀；玛莉拉送她一只食品篮子，篮子里装着瓶装的各式果酱与果冻；吉尔伯特送给她的礼物是一只作镇纸用的青铜小猫。

圣诞树下拴着一条可爱的小狗，它温驯地蜷缩在一条暖和的小毛毯上，有着棕色的眼睛、充满警觉的光滑柔顺的耳朵、讨人喜欢的小尾巴。它的脖子上系着一张小卡片，卡片上写着："我终于胆敢祝你圣诞快乐，安妮。"

凯瑟琳把小狗搂抱在怀里，颤抖着说："安妮，它好可爱啊！但是丹尼斯太太不允许我养狗，我曾问过她我是否可以养条狗，遭到了她的反对。"

"我已经跟丹尼斯太太说好了，她不会反对的，而且，凯瑟琳，无论如何，你不能一直在那儿住下去。既然你已经还清了你叔叔的钱，你就应该找个像样的地方住。咱们来欣赏一下戴安娜送给我的这盒可爱的文具吧，看看这些空白的稿笺纸，想象一下

---

① 七个长眠者(TheSevenSleepers)七个贵族为逃避对基督教徒的迫害，躲在山洞里睡了两年。

以后会在这上面写下什么内容，是不是特别有趣啊？"

林德太太十分欣慰今年的圣诞节是一个白色圣诞，因为圣诞节的雪能带走疾病和灾祸，墓园里就不会多添新坟。然而对凯瑟琳来说，这是一个多姿多彩的圣诞节，交织着绛紫、深红以及金黄色。接下来的这个星期也过得极为开心。凯瑟琳以前时常绞尽脑汁地想，快乐到底是种什么滋味呢，现在她终于品尝到了这种味道，整个人一下子变得容光焕发、神采飞扬。安妮发现自己很喜欢和她在一起相处。

"想想看，我当初竟然还担心她会毁掉我的圣诞节呢！"安妮惊讶地想。

"想想吧，当初安妮邀请我来的时候，我差点儿拒绝呢！"凯瑟琳也暗自想道。

她们一起在外面东走走、西逛逛，转悠了很长时间。她们穿过"情人之路"和"闹鬼的树林子"，树林里有种温柔的静谧；她们爬上一座座小山，山上随风飞旋的雪花像是跳舞的小精灵；她们来到一片老果园，紫色的树影投映在果园的土地上。夕阳下的树林披上了绚丽的霞光。在这儿，没有鸟的啁啾，没有小溪潺潺，没有松鼠唧唧，风声时不时地响起，给寂静的冬日增添一丝美妙的乐音。

"人们总是善于发现生活中一些赏心悦目的东西。"安妮说道。

她们的话题小到萝卜白菜，大到国王首相，可谓无所不谈；她们乘着马车在外面疯玩，回到家里已经饥肠辘辘，差点儿把绿山墙的食品室搜刮一空。有一天刮起了大风，她们无法出门。狂风拍打着屋檐，灰蒙蒙的海湾波涛怒吼。可是在绿山墙，仍然有着它的迷人之处。她们坐在火炉边一边吃着苹果和糖果，一边出神地看着火光在天花板上跳跃，感到惬意极了。听着窗外狂风咆哮，连晚饭也显得别有一番情趣。

一天傍晚，吉尔伯特带着她们去看望戴安娜。

"我以前从未抱过婴儿。"他们驾着车回家时，凯瑟琳说，"一方面是因为我不想抱，另一方面是我害怕一抱着他们，他们就会像瓷器一样破碎。你们无法想象我是一种什么感觉……我巨大而笨拙，怀里抱着一个如此细小而精致的东西。当我抱着婴儿时，我知道莱特太太非常担心，她拼命掩饰她的恐慌，害怕我不小心把婴儿扔在地上。不管怎么说，婴儿给我一种生命的启迪，具体是什么呢，我一时半会儿还说不出来。"

"婴儿是最让人迷恋的小东西。"安妮如痴如醉地说，"我在雷德蒙读书时，曾听到有人说婴儿是'社会的巨大潜力'，这话一点儿也不假。想想吧，凯瑟琳，伟大的荷马也曾是婴儿，一个有着酒窝、一对大眼睛扑闪扑闪的婴儿，当时他不可能双目就失明了啊。"

"他妈妈当时并不知道他日后会成为一位了不起的人物，真可惜啊。"凯瑟琳说。

"可是我很高兴犹大的妈妈当时并不知道犹大日后会背叛耶稣。"安妮温柔地说，"但愿她永远也不知道事情的真相。"[①]一天傍晚，镇公所要举办音乐会，音乐会结束后人们还要去艾布纳·斯劳尼家族参加舞会，安妮极力劝说凯瑟琳，希望她两场聚会都不要错过。

---

① 犹大（Judas），耶稣的十二门徒之一，出卖了耶稣。

"我希望你到时能为我们朗诵一段，凯瑟琳，听说你的朗诵很棒。"

"我过去倒是朗诵过，那时我对朗诵挺有兴趣的。去年夏天，我在海滨音乐会上还表演了一个朗诵节目，可是在表演的中途，我看见有几个人站了起来……事后我听见他们在嘲笑我。"

"你怎么知道他们是在嘲笑你呢？"

"他们肯定是在嘲笑我，因为音乐会上并没有其他可笑的事情发生啊。"

安妮偷偷地抿嘴一笑，再三劝说凯瑟琳一定要出一个朗诵节目。

"要是听众要求你再来一个，你就朗诵一段《吉纳夫拉》。我听说你朗诵《吉纳夫拉》棒极了。斯蒂芬·普林格尔太太告诉我，听完你的朗诵，她那天夜里激动得一夜都没合眼呢。"

"其实我一点儿也不喜欢《吉纳夫拉》，只不过它是朗诵教材，我偶尔会在课堂上选用它来教学生如何朗诵。我对吉纳夫拉都快失去耐性了，当她发现自己锁在屋里时，为何不大声尖叫？人们在四处寻找她，要是她大声叫喊，人们一定会听到她的呼救声前来营救她的。"

凯瑟琳终于答应朗诵了，可是对于参加舞会仍有些顾虑。"当然，我会去的。可是没有人会邀请我跳舞，我会备受冷落、感到无地自容，想挖苦嘲讽他人。我曾经参加过几次舞会，可每次在舞会上都叫人难堪。似乎谁也不相信我会跳舞。安妮，你知道，事实上我跳舞跳得挺好的。我是在亨利叔叔家学会的，他们家有一个女仆也想学跳舞，于是到了晚上我和她就在厨房里随着客厅里的舞曲跳起舞来。如果有合适的舞伴，我还是挺喜欢跳舞的。"

"在这次舞会上，你不会感到难堪的，凯瑟琳。你不会是一位旁观者。旁观者和参与者的感觉简直是天壤之别。凯瑟琳，你的头发真漂亮，你帮你做个发型怎么样？"

凯瑟琳耸了耸肩。

"哦，好吧。我也知道我的发型很难看，可是我没有太多的时间来打扮自己。我没有舞会上穿的合适的衣服。你看我这身绿色的丝质衣服可以吗？"

"将就吧。我的凯瑟琳，你最不适合穿绿色衣服。不过我给你做个红色的薄纱假衣领，等会儿你把它戴上。凯瑟琳，你应该穿红色的衣服。"

"我一向都讨厌红色。我在亨利叔叔家生活时，歌楚德婶婶总是让我穿上大红的裙子。每当我走进教室时，其他孩子就会大声嚷嚷'着火啦，着火啦'。不管怎么样，在穿着上我总嫌麻烦，总是随便凑合。"

"上帝啊，请赐给我耐心吧！衣着可是相当重要，怎能嫌麻烦，随随便便就了事啊。"安妮一边替凯瑟琳编着发辫、卷着发圈，一边认真地说。随后她看了看效果，觉得还不错。她把手臂搭在凯瑟琳的肩膀上，让她照照镜子。

"你瞧，难道你不觉得我们是两个很漂亮的姑娘吗？"她笑着说，"一想到别人看着我们也觉得赏心悦目，是不是很开心呢？有很多相貌平平的人，只需稍微用心打扮一下，一下子就会变得很有魅力。你还记得吧，三周之前的那个星期天我们在教堂里听可怜的老米尔万先生布道，那天他患了重感冒，谁也听不清楚他说了些什么。为了打发时间，我就在脑海里想象着，怎样才能让周围的人变得更漂亮些。我给布伦特太太换了一个新鼻子，帮玛丽·艾迪生烫了头发，用柠檬水给简·马登洗头，让艾玛·迪尔换上蓝色衣服以取代她的棕色衣服，让夏洛特·布莱尔脱下方格衣服，换上条纹衣服，帮几个人的脸上去掉痣，剃掉托马斯·安德森赤黄色的长长的络腮胡子。经过我的一番打扮，你简直就认不出他们了。其实，除了布伦特太太不能给自己换鼻子，其他人都可以设法让自己变得漂亮起来。凯瑟琳，你的眼睛是琥珀色，多么漂亮啊。今天晚上，你一定要做个名副其实的凯瑟琳①，像一条淙淙流淌的小溪，闪耀着光芒，清澈而欢快。"

"我一点儿也不像小溪。"

"你在过去这个星期，一直都很快乐，所以你一定能办到的。"

"即便我真有什么改变，那也是因为绿山墙的魔力，等我回到萨默塞镇，我又会被打回原形的。"

"你会把这种魔力带回去的。好好瞧一瞧镜子里的你，你就应该时常从镜子里欣赏自己。"

凯瑟琳久久凝视着镜子里的人，似乎不大相信那就是自己。

"看上去我确实年轻了许多。"她承认道，"你说得不错，原来穿戴还真有些讲究。我知道我自己看上去比实际年龄要老得多，可我一点儿也不在乎。为什么要在乎呢？根本就没人在乎我啊。安妮，我与你不同。很显然你从小就知道如何生活，可是我对怎么生活一窍不通，甚至连最基本的生活常识也不懂。现在想学恐怕已经太晚了。一直以来，我说话都是那么刻薄，我不知道我能不能改变这个毛病。对我来说，刻薄似乎是我能够对别人施

---

① 凯瑟琳的姓为布鲁克（Brook），意为小溪。

加影响的唯一手段。同时我又似乎总害怕跟别人在一起，怕自己不小心说了些蠢话，遭人耻笑。"

"凯瑟琳，看着镜中的自己，记住镜子里你的倩影，美丽的头发衬托着你的脸，而不是像往常那样胡乱地往后一梳，闪亮的眼睛就像夜空中的星星，两颊兴奋得红扑扑的，这样你就不会感到害怕了。好啦，咱们走吧，我们可能要迟到了，幸好朵拉告诉我他们会为所有表演节目的人预留座位。"

吉尔伯特驾着车送她们去镇公所。这多像往日的时光啊，只不过坐在身旁的是凯瑟琳而非戴安娜。安妮不由得叹了一口气。戴安娜如今做妈妈了，有很多事情需要操心，再也没闲暇来参加音乐会和舞会了。

不管怎样，黄昏的景色真美呀！刚刚下过一场雪，脚下的路像一条伸展开来的白色缎带，西面的天空泛着淡淡的绿色。厄利安[①]威风凛凛地在空中游行，横越天际，周围的山丘、田野和森林寂静无声。

凯瑟琳一开口朗诵便征服了所有的听众，而且舞会上邀请她跳舞的舞伴多得让她应接不暇。她突然发现自己是在开怀大笑，而不是一脸苦笑。她们回到绿山墙，坐在壁炉旁暖了暖脚，壁炉台上两支蜡烛散发出柔和的光，亲切地陪伴着她们。回到卧室后，尽管已经是夜深人静，林德太太还是蹑手蹑脚地走进她们的房间，问她们是否需要加一床毯子，并且告诉凯瑟琳不必为她的小狗担心，它已经被安置在厨房的火炉后面，正躺在温暖的毯子里睡大觉呢。

---

① 厄利安（Orion），希腊神话中的健美猎人，亦即猎户星座。

"我对生活有了新的认识。"临睡前凯瑟琳默默地想，"过去我从不知道世上还有这么多好心人。"

"欢迎你再来做客。"她们离开前玛莉拉对凯瑟琳说。

玛莉拉的邀请是诚心诚意的，她从不说违心的客套话。

"她当然会再来的。"安妮说，"可以来度周末，暑假也可以来这儿住上几个星期。我们将在露天点燃一堆篝火开篝火晚会，还可以在花园里锄草，去摘苹果，去放牛，去池塘里划船，在树林里转悠。凯瑟琳，我还想带你去看海斯特·格莱的花园，去看'回音蜗居'，去看开遍紫罗兰的'紫罗兰山谷'。"

七

白杨山庄
幽灵出没的小巷
一月五日

我尊敬的朋友：

这种称呼并非从查蒂大婶祖母的情书里抄袭而来，不过却模仿了她的风格。

新年里，我决定在情书里只叙事不谈情，你认为我办得到吗？

我已经离开绿山墙，回到白杨山庄。雷贝卡·迪尤在我的塔屋里生了火，并在我床上放了热水袋。

我真高兴我是如此喜欢白杨山庄。如果住在我不喜欢的地方，或者对我不友好、不会对我说"真高兴你回来啦"的地方，那就太可怕了。白杨山庄对我十分友好，热情地欢迎我的归来。虽然白杨山庄外观有点过时，显得有点儿呆板，可是它由衷地喜欢我。

同时我很高兴又见到凯特大婶、查蒂大婶和雷贝卡·迪尤。虽然她们身上有着可笑的一面，可这并不妨碍我喜欢她们。

昨天，雷贝卡·迪尤对我说了句很动听的话。

"雪莉小姐，自从你来了后，幽灵巷就跟以前大不一样了。"

吉尔伯特，我很高兴你喜欢凯瑟琳。她对你那么友好，真是出人意料。没想到她一开始尝试就变得这么友善亲切，真是令人惊讶，我想连她自己也会跟其他人一样感到惊讶吧。她从来不知道改变过去是如此容易呢。

我有一位可以与我真正合作的副校长，学校里的情况就和从前大不一样了。她准备换个寄宿处，我已经说服她去买那顶天鹅绒帽子，我还想继续劝说她去参加唱诗班呢。

昨天，汉密尔顿的狗跑到这里来，追得灰毛米勒东躲西藏。"真是让人忍无可忍。" 雷贝卡·迪尤说。她红彤彤的脸颊涨得更红了，因为怒不可遏，圆滚滚的后背明显地颤抖着，匆忙之间她把帽子戴歪了却浑然不觉。她摇摇晃晃地沿着大街走去，要去和汉密尔顿理论一番。雷贝卡·迪尤厉声训斥汉密尔顿时，我远远看见他那张呆板而友善的脸。

"我并不喜欢那只该死的猫。"事后她对我说，"可它是我们家的猫，绝不允许汉密尔顿家的狗跑到我们的后院来欺负它。可是杰贝兹·汉密尔顿却说，'它只不过是和你家的猫闹着玩而已。'我告诉他说，'汉密尔顿所谓的闹着玩跟麦库伯所说的闹着玩或者是麦克林所说的闹着玩可不是一回事。'他说：'得了，得了，迪尤小姐，你中午肯定是吃了卷心菜火气才这么大。'我说：'我可没吃卷心菜。但是我如果我想吃的话也吃得上。麦库伯太太并没有在秋天把卷心菜全部卖了出去，让家里人没得吃。不像有些人，因为价钱好就卖光了，只听见口袋里铜板叮当响，别的就什么也听不见了。'我扔下这句话让他好好琢磨琢磨。你能指望汉密尔顿家的人变得很大方吗？他们就是那副穷德行！"

在白色"风暴王"山顶上空，低垂着一颗深红色星星。真希

196.

望你能在这儿与我共赏那颗星星。假如你在我身旁，我们就不会仅仅停留在尊重和友谊这一层面，而会抵达相亲相爱的世界。

一月十二日

两天前的傍晚，小伊丽莎白过来找我，问我能否告诉她教皇诏书到底是什么可怕的野兽，随后她泪水涟涟地告诉我，学校里要组织一场音乐会，老师让她在音乐会上唱首歌，可是坎贝尔太太却坚决反对。伊丽莎白一再恳求，可是坎贝尔太太却说："伊丽莎白，请不要顶嘴。"

小伊丽莎白当晚在塔屋里哭成泪人儿，并告诉我，要是她不能参加音乐会，她会永远变成莉兹，再也不能变成其他人了。

"上星期我爱上帝，这星期我不想再爱了。"她赌气地说。

她们全班同学都要去参加音乐会，她感到自己就像个"豹子"（leopard）。我想可爱的小家伙是想说她感到自己像个麻风病人（lepard）受冷落，那感觉对她而言是挺可怕的。我想，绝不能让她感觉自己像个麻风病人。

第二天傍晚，我找了个借口拜访常青树山庄。女伴看起来仿佛一直生活在史前时代，看上去就像个古董。她紧绷着脸，用那双死气沉沉的灰色大眼睛冷冷地扫了我一眼，把我带进客厅，然后转身去禀告坎贝尔太太我要见她。

我想，或许这客厅从房子建好后就没见过阳光。客厅里有一架钢琴，可我确信从来没有人弹过它。几把硬邦邦的椅子上罩着锦缎外套，椅子和其他家具都靠墙摆放着，而且东一件西一件的，好像谁也不愿意答理谁。客厅中央孤零零地摆着一张大理石桌子。

坎贝尔太太走了进来。以前我没有见过她。她的脸虽然苍老却并不难看，像男人的脸一般棱角分明，宛如雕像一般。她白发如霜，黑色的浓眉下是一双黑色的眼睛。她戴着一副挺大的黑纹玛瑙耳坠，这副大耳坠长得触到了肩膀，她似乎并不舍得解下身上这些不必要的装饰。她对我比较客气，显得有些矫揉造作，我在她面前倒是落落大方。坐下后我们寒暄了一会儿天气，就如古罗马的泰西塔斯几千年前所说的那样，我俩都"装出一副彬彬有礼的样子"。我诚恳地告诉她，我到这儿来是想借阅一下詹姆斯·沃莱斯·坎贝尔牧师大人的回忆录，过几天就还回来，因为我听说这本回忆录里记载着有关王子县早期的历史，我希望在教学中参考一下里面记载的内容。

坎贝尔太太的态度明显缓和了许多，她叫来伊丽莎白，让她上楼去她房间把那本回忆录拿来。伊丽莎白的脸上还挂着一道道泪痕，坎贝尔太太只好解释说那是因为伊丽莎白的老师又送来一封信，请求家长允许小伊丽莎白在音乐会上唱歌，而坎贝尔太太则毫不客气地写了一封回信，让小伊丽莎白明天把这封回信带给她的老师。

"我不准许像伊丽莎白这么一点点大的孩子上台唱歌，"坎贝尔太太说道，"这会让她变得狂妄自大。"

"坎贝尔太太，或许你是对的。"我极力以赞同的语气说道，"毫无疑问，梅贝尔·菲利普斯将上台演出。我听说她的嗓音极其甜美，其他人根本没法和她比。伊丽莎白最好不要和她同台竞争。"

坎贝尔太太的表情一下变得极其复杂。尽管从名义上来说她是坎贝尔家族的女主人，可骨子里仍然保留着普林格尔家族不服输的性格。她虽然什么话也没说，可我知道她心里在想什么。我感谢她肯把回忆录借给我，接着便起身告辞了。

第二天傍晚，小伊丽莎白来到花园门口喝牛奶时，她那张苍白的脸乐开了花。她告诉我坎贝尔太太答应让她去演唱了，但叫她不要因此而变得骄傲自满。

你知道吧，雷贝卡·迪尤曾经告诉我，在唱歌谁好谁坏上，菲利普斯家族和坎贝尔太太一直是竞争对手呢，而且谁也不服谁。

我送给伊丽莎白一幅画作为圣诞礼物，让她把画挂在床头的墙上。画中的树林里有一条洒满阳光的小路，小路的尽头是一座绿荫掩映的小房子。小伊丽莎白说现在她晚上摸黑睡觉也不太害怕了，因为她上床时便想象自己正沿着那条小路走到那座房子里，房子里的每个房间都灯火通明，她爸爸就住在那儿呢。

可怜的孩子！我不禁痛恨那个冷酷无情的父亲！

一月十九日

昨天晚上，凯瑞·普林格尔家举办了一场舞会。凯瑟琳也参加了。她穿着一身深红色的丝质衣服，衣服两侧镶着新式荷叶边，她还请理发师为她做了新发型。说出来你也许不相信，当她来到凯瑞家时，连那些打从她来萨默塞中学教书时就认识她的人，也都纷纷打听这个人究竟是谁。不过我认为她跟过去最大的不同之处不是来自服装和发型上的不同，而是她内在发生的一些难以名状的改变。

以前她与人相处时，似乎总是抱着这样的心理："这些人似乎很讨厌我，我想我也会讨厌他们的，我要以牙还牙。"然而昨天晚上，她仿佛在自己"生命之屋"的每个窗口都点亮了蜡烛。

我经受了那么多挫折最终赢得了凯瑟琳的友谊。正如人们通常说的那样，任何珍贵的东西都不会被轻易拥有。我始终觉得赢得她的友谊，我付出再多也值。

查蒂大婶感冒发烧在床上躺了两天了，要是感冒转为肺炎，明天就得请医生来。这下可忙坏了雷贝卡·迪尤，她头上裹条毛巾，争分夺秒地做着清洁大扫除，以便在医生到来之前把家里收拾得一尘不染。现在她正在厨房里忙着把查蒂大婶的白色棉质睡衣烫平整，以便查蒂大婶换下那件法兰绒睡衣。其实那件白色棉质睡衣非常干净，不过雷贝卡·迪尤却嫌它放在衣柜里太久了，颜色没有以前那么好看了。

一月二十八日

一月以来，天气严寒，天空中时常飘着雪花，偶尔还有大风席卷海湾，幽灵巷里随处可见一堆堆积雪。不过昨夜却月朗无风，今天阳光普照。在阳光的照耀下，我所喜爱的那片枫树林真是美不胜收，就连普通的地方也变得可爱起来。结着一层冰的铁丝篱笆宛若美丽的水晶篱笆。

今天傍晚，雷贝卡·迪尤仔细阅读了我房间里的一本杂志，她对里面那篇配有图片的《各种类型的美女》特别感兴趣。

"雪莉小姐，如果有人能挥一挥魔杖，就能把每个人变成俊男美女那该多好啊。"她无限神往地说，"假如我突然发现自己变漂亮了，雪莉小姐，那该多么激动啊！"说到这儿，她叹了一口气，"如果大家都是美人，谁来做这些粗活呢？"

八

"把我累死了。"亚妮斯汀·巴果表姐叹了口气，扑通一声坐在白杨山庄餐桌旁的椅子上，"有时候我真害怕坐下来，害怕这一坐下来就再也起不来了。"

亚妮斯汀是已故的麦库伯船长的远房表妹，中间隔了三层关系。不过在凯特大婶看来，这算是比较近的亲戚。她下午从洛瓦尔赶到白杨山庄来做客。虽然有着亲戚关系，两位大婶对她的来访并不怎么欢迎。亚妮斯汀表姐喜欢杞人忧天，总是焦虑不安，不但为自己的事发愁，而且还常常为别人的事担忧，结果弄得自己和别人都不得安宁。雷贝卡·迪尤说，只要一看见她那副愁眉苦脸的样子，你就会觉得生活中太多辛酸的眼泪已经汇流成河。

亚妮斯汀表姐并不漂亮，似乎连年轻时也不曾漂亮过。她那张小脸干瘪憔悴，浅蓝色的眼睛暗淡无光，脸上还有几颗长得不是地方的痣，说话声里带着一股哭腔。她穿着一身褪色的黑衣服，围着一条破旧的海豹皮围巾，就连吃饭的时候她也不肯取下这条围巾，因为她怕风吹着。

雷贝卡·迪尤本来可以和她们一起坐在餐桌上用餐的，因为两位大婶并不认为亚妮斯汀表姐是什么特殊的"客人"。可是雷贝卡却说和这位大煞风景的人一起吃饭会败坏她的胃口。她宁可躲在厨房里独自慢慢品尝呢。不过，她往餐桌上端菜时照样是想说什么就说什么。

"你走起路来晃晃悠悠的，像是骨头上装了弹簧。"她毫不同情地说道。

"啊，迪尤小姐，要是光有这点毛病我就谢天谢地了。我害怕自己会像可怜的奥利弗·盖奇太太一样啊，她去年夏天吃了蘑菇，那里面一定有毒蘑菇，因为从那以后，她就感觉不对劲。"

"但是这么早的时节，你根本就没有蘑菇可吃啊。"查蒂大婶说。

"你说得对，可是我担心我是吃了别的什么有毒的东西。查蒂，你不用安慰我，我知道你是一片好心，可那没用。我这个人啊，遇到的倒霉事实在是太多了。凯特，你确信那只奶油罐里没爬进蜘蛛吗？你替我加奶油时，我好像看到了一只。"

"我们的奶油罐里从来没爬进过蜘蛛。"雷贝卡·迪尤气冲冲地说着，随后砰的一声关上了厨房的门。

"也许那只是影子。"亚妮斯汀表姐毫不介意地说，"我的视力大不如从前了，我担心过不了多久就会变成瞎子。我想起了一件事，今天下午我顺路去看望了玛莎·麦凯，她正发烧，全身出红疹。我告诉她说：'依我看，你得的是麻疹，这个病很可能会让你的眼睛变瞎，别忘了，你们全家人的眼睛都不好。'我想让她做好心理准备。她妈妈的身体也不舒服，医生说是消化不良，但我怀疑她胃里长了肿瘤。我对她妈妈说：'如果你要开刀动手术，你必须打麻药。我担心你打了麻药就醒不过来了。别忘了你是希利斯家族的人，希利斯家族的人，个个心脏都有毛病。你别忘了，你的父亲就是因为心力衰竭而死的。'"

"他死的时候都八十七岁了！"雷贝卡·迪尤不满地说着，赶紧拿走了一只空盘子。

"你知道，《圣经》上说人的大限是七十岁。"查蒂大婶说。

亚妮斯汀表姐又往茶杯里加了一汤匙糖，这已经是她第三次加糖了，她的神情凄苦，不安地搅拌着茶水。

"大卫王是这么说的没错，查蒂，可是我觉得他在某些方面表现得并不是很好。"

安妮与查蒂大婶目光碰在了一起，忍不住放声大笑起来。

亚妮斯汀表姐不以为然地看了看安妮。

"听说你是个很爱笑的姑娘。好，好，我希望你这个习惯能够保持长久。可是我担心你保持不了多久。生活到处都是愁事儿，这个你很快就会发现。啊，是的，我也曾年轻过。"

"真的吗？"雷贝卡·迪尤把松饼端进来时挖苦道，"在我看来，你一直害怕年轻。巴果小姐，要知道年轻是需要勇气的。"

亚妮斯汀表姐埋怨道："雷贝卡·迪尤说话怎么这么不中听。当然我不会跟她计较。雪莉小姐，你能开怀大笑时就尽情地开怀大笑吧，不过我担心你这么快活会触犯天庭。你很像我们牧师妻子的姨妈，她就特别爱笑，结果脑中风死了。三次中风必死无疑。我担心我们洛瓦尔镇的新任牧师作风轻浮，我第一次见到他后，就对路易丝说，'我担心长了这么一双腿的男人，会整天沉迷于跳舞。'我又安慰自己，或许他担任牧师后，就不会再去跳舞了。不过，我又害怕他的家人有爱跳舞的不良习惯。他娶了一个很年轻的老婆，听说她深爱着他，真是太不体面了。我根本没法相信有人是因为爱情才嫁给牧师的，我害怕我这样说会触犯神灵。他讲道讲得很好，但我担心他在上个星期讲有关以利亚和提德彼的故事时，对《圣经》的看法太自由了。"

"我从报纸上看到彼德·埃利斯和范妮·巴果上星期结婚了。"查蒂大婶说。

"啊，是啊。我担心他们结婚太匆忙，会落得'结婚匆匆，后悔无穷'的下场。他们才相识三年。我担心彼特迟早会明白长着美丽羽毛的鸟未必就是好鸟。我担心范妮什么事都不中用。她熨桌布只晓得熨正面，一点儿也不像她那死去的母亲那么能干。哦，如果说世上有人能彻彻底底扮好女人的角色，那非她母亲莫属了。服丧期间，她总是穿着黑色的丧服，据说在夜里也十分悲伤，表现得就和白天时一模一样。范妮·巴果结婚时，我去帮她们做饭，结婚那天早晨，当我走下楼梯时，看见范妮竟然在吃煎鸡蛋，按规矩，结婚当天新娘是不能吃东西的。这件事你们也许不会相信，要不是我亲眼看见，我也不会相信。我那过世的可怜的姐姐，结婚的前三天都没有吃东西，她丈夫死后，我们担心她又吃不下东西。我真搞不懂巴果家族的人。过去的人都挺讲规矩的，如今这些年轻人想怎么着就怎么着。"

"听说琼·杨要改嫁了，是真的吗？"凯特大婶问。

"可能是真的。大家都说弗雷德·杨已经死在外面了，可我非常害怕他哪天会活过来。你绝对不能信任他那个人。琼打算改嫁给艾拉·罗伯茨。我担心他是因为可怜她才和她结婚的。艾拉的叔叔菲利普曾经想娶我，可是我对他说：'我身是巴果家的人，死是巴果家的鬼，结婚就是铤而走险，我可不想被拖进泥坑。'今年冬天洛瓦尔镇上的婚礼接二连三。我担心夏天的葬礼也会接二连三。安妮·爱德华兹和克里斯·亨特上个月结婚了，别看他们现在恩恩爱爱，我担心他们过不了几年就会散伙。我担心安妮·爱德华兹只是被他敢作敢为的男子气概所迷倒。克里斯·亨特叔叔疯了，这几年他一直相信自己是条狗。"

"如果他只是汪汪叫，自己觉得舒服，谁还会去多管闲事。"雷贝卡·迪尤端出腌梨子和多层蛋糕时说。

亚妮斯汀表姐说："我从没听说他汪汪叫，他只是趁人不注意的时候，偷偷地啃骨头，并把啃后的骨头埋起来。他太太察觉到了这一点。"

"今年冬天莉丽·亨特太太去哪儿啦？"查蒂大婶问道。

"她去旧金山她儿子那儿了。我非常担心她还没有离开旧金山之前那儿就发生一场大地震。如果她能逃过这一劫，她很可能携带走私品回来，她会在边境的海关那儿惹麻烦。反正只要你出远门，不是出这事儿，就是出那事儿，但是还是有很多人喜欢旅行。我堂弟吉姆·巴果今年冬天去了佛罗里达，我担心他会变成俗不可耐的暴发户。他出发的前一天晚上我告诉他，我记得那是柯洛门的狗死掉的前一天晚上，哦，没错，就是那天晚上，我告诫他说：'骄兵必败，狂妄的人终会栽大跟头。'他女儿在巴果路学校教书，总是拿不定主意，不知挑哪一个追求者好，我叮嘱她说：'玛丽·安妮塔，有一件事情我可以保证，那就是你永远得不到你最爱的人，所以你最好选择爱你的人，如果你确信他爱你的话。'但愿她能做出一个好的选择，而不像杰西·齐普曼那样。她担心她只因为奥斯卡·格林常常来找她，就打算嫁给他。'你真打算嫁给他吗？'我问，奥斯卡·格林的哥哥死于急性肺炎，我又告诉她说：'千万不能在五月结婚，在五月结婚特别不吉利。'"

"你总是如此的鼓舞人心啊！"雷贝卡·迪尤端来一盘蛋白杏仁饼时说。

亚妮斯汀表姐表面上没理睬雷贝卡·迪尤，她吃下第二块梨时，然后问道："你能不能告诉我，蒲包草是一种花还是一

205.

种病？"

"是一种花。"查蒂大婶说。

亚妮斯汀表姐看上去有点失望。

"噢，不管它是什么，反正桑迪·巴果的寡妇得的就是那种病。上个星期我在教堂听见她对她妹妹说她终于得到蒲包草了。你的天竺葵长得太细了，恐怕你施的肥不够吧。可怜的桑迪死了才四年，桑迪太太就不戴孝了。唉，如今这些人很快就把死者遗忘了。我姐姐生前为她丈夫戴了二十五年黑纱呢。"

"你知道你的裙子没扣好吗？"雷贝卡一边把一块椰子馅饼放在凯特大婶的盘子里，一边对亚妮斯汀说道。

"我可没工夫总照镜子。"亚妮斯汀毫不在乎地说道，"即便没扣好又有什么关系？我穿了三条衬裙。据说现在的姑娘就只穿一条衬裙。我担心这世界正变得越来越不像话。真不晓得她们有没有想过上帝最后的审判日。"

"你觉得在最后审判日那天，他们会问我们穿了几条衬裙吗？"雷贝卡·迪尤刚一说完，趁大家还没来得及露出惊恐之色，赶紧躲进厨房里去了。甚至连查蒂大婶都觉得雷贝卡说话有些过分了。

"我想你已经从上个星期的报纸上知道了艾烈克·克劳迪的死讯。"亚妮斯汀表姐叹了一口气说，"他妻子两年前就去世了，生前受尽他的虐待，真可怜啊。据说他妻子死了，他感到非常孤独，可是依我看鬼才相信他会孤独。我担心即便他下葬了，留下的麻烦还有一大堆呢。我听说他不肯写遗嘱，我担心他们家会为遗产的事闹得不可开交。据说安娜贝尔·克劳迪将嫁给一个万金油式的男人。她妈妈的第一任丈夫就是个万金油式的男人，

206.

这也许就是一种遗传吧。安娜贝尔以前的日子过得并不好，我担心她会才出虎口又进狼窝，即便他不是个有妇之夫，嫁给他也是一样的糟糕。"

"珍·格德温这个冬天在忙些什么？"查蒂大婶说："好长时间都不见她来镇上了。"

"噢，可怜的珍！她神秘地失踪了，别人都不知道她怎么了，但我担心她涉嫌一桩案件，所以故意躲了起来。雷贝卡为什么在厨房里笑得像只土狼？我担心她不久就要成为你们的包袱，迪尤家的人出了很多白痴。"

查蒂大婶说："我看到瑟拉·古柏生小孩了。"

"哦，是的，一个可怜虫，感谢老天，只有一个，我还担心会生双胞胎呢，古柏家出了太多双胞胎了。"

"瑟拉和尼德真是天造地设的一对。"凯特大婶说，她的神情过于严肃，似乎决心从世界这艘沉船上打捞点什么。

"噢，谢天谢地，她终于把他盼回来了。有一阵子，她担心他不会从西部回来了，我提醒她，我说：'你等着瞧吧，他肯定会让你失望的。他总是让人失望。他还是个婴儿的时候，大家都以为他要夭折，结果你看他直到现在都还活得好好的。'当尼德买下霍利的房子时，我又警告她：'我担心霍利宅子里的那口井有伤寒菌。霍利家的雇工五年前就是得伤寒死的。'他们家要是出了什么事，可不能怪我没有事先提醒她。约瑟夫·霍利后背老是痛，他说他患了风湿病，可我担心是早期脊髓炎。"

"约瑟夫·霍利叔叔算得上是世界上最好的一位老人了。"雷贝卡·迪尤端来重新续上水的茶壶时说道。

"啊，是很好。"亚妮斯汀表姐表情悲痛地说，"太好了！

但我担心他的儿子都会变成大坏蛋。知道吧，这种事情太普遍了，这个世上好的东西和坏的东西总要保持平衡吧。哦，凯特，谢谢你，我不想再喝茶了。好吧，再给我一块杏仁饼吧，这些食物不会给胃造成太大的负担，但我恐怕吃得太多了。我必须告辞了。我担心在天黑之前赶不回家呢。我不想让脚冻着，我很担心得肺炎，整个冬天我从头到脚都有毛病，每夜都疼得睡不着。唉，没人知道我遭受的痛苦，但我并不是爱抱怨的人。我下定决心来看看你们，因为我也许明年春天就不在人世了。不过你俩的身体也大不如从前了，说不定你们还会走在我的前面。噢，趁着身边还有人给你们料理后事，先走一步也好。哎呀，老天，又刮风了，要是刮得再厉害点，我担心我家谷仓的屋顶会被掀飞。今年春天常常刮风，我担心气候发生了变化。谢谢你，雪莉小姐。"在安妮帮她穿上外套时，她对安妮说，"你自己要保重身体。你看起来太虚弱了。我担心红头发的人身体都不强壮。"

"我的身体还不错。"安妮一边说一边递给亚妮斯汀表姐那顶古怪的帽子，帽子后面耷拉着一根绳索似的鸵鸟羽毛，"巴果小姐，今天晚上我只不过喉咙有点不舒服。"

"啊！"亚妮斯汀表姐又做了一个不祥的预测，"喉咙痛你可要当心。白喉和扁桃腺炎起初的症状一模一样，要到第三天才能看出差别来。不过有一点倒是值得安慰，如果年纪轻轻就死了，倒也省掉了以后的很多烦恼。"

九

可怜的亲爱的吉尔伯特：

笑声是什么呢，我说它是疯狂的，又是快乐的，对吗？我担心我年纪轻轻就白了少年头；我担心我年老时要进贫民收容所；我担心我的学生期末考试不及格；星期六晚上，汉密尔顿家的狗冲我狂叫，我担心我会得狂犬病；今天晚上，我去见凯瑟琳，我担心撑开的伞会被风刮得翻过去；我担心凯瑟琳今后不会像现在这么喜欢我；我担心我的头发不是红赭色；我担心我五十岁时鼻子上会冒出一个黑色大痣；我担心学校会起火；我担心今晚被窝里会有老鼠钻进来；我担心你只是因为我常常缠着你才肯和我订婚；我担心自己很快就会把床单撕得片甲不留。

不，最亲爱的，我并没有发疯，或者说暂时还没有疯。这些担心都是巴果小姐传染给我的。

我终于明白为什么雷贝卡老爱叫她"担心小姐"了。那个可怜的人心里装着无穷无尽的担心，她一定是欠了命运之神一大笔债，命运之神才会这么作弄她。

世上像亚妮斯汀表姐那样杞人忧天的人不计其数，但像亚妮斯汀表姐那样不可救药的人并不多，他们总是担忧明天会发生各种可怕的事情，而不能安心享受今天的生活。

209.

亲爱的吉尔伯特，我们不应该整天忧心忡忡，沦为生活的奴隶。我们应该无所畏惧、积极乐观、勇往向前。我们应该迈着轻快的脚步去迎接生活，迎接生活给我们带来的一切，哪怕它带来的是无尽的烦恼和伤感！

今天风暖日丽，好像六月里的天气回到了四月。雪全都融化了。草地、金色小丘齐声唱起了春之歌。我仿佛听到畜牧神正在那片枫树林中绿色的小洼地里吹着笛子，仿佛看到"风暴王"山上飘动着如轻纱般的紫雾。近来下了很多雨，在春天恬静、湿润的黄昏时刻，我喜欢独自坐在我的塔屋里。但是今天傍晚刮起了一阵大风，连天上的云朵都在匆匆地飘飞，从云缝里迸出来的月光仓促地把光辉洒向大地。

吉尔伯特，想想看，要是今晚我们手挽手漫步在安维利的一条长长的大道上那该多好啊！

吉尔伯特，我担心我爱你爱得太深，有点儿不顾羞耻。你不会觉得这样很不好，是吗？如果真是这样，你就没法当牧师了。

十

"我是如此与众不同。"哈兹尔说着叹了一口气。

跟别人不一样的感觉可以说是很可怕，也可以说是很奇妙，仿佛你是从另外一个星球来的。虽然哈兹尔由于自己的与众不同而感到有些苦恼，但她却不愿意变得和一般姑娘一样普通。

"每个人都与众不同。"安妮打趣着说。

"你在笑话我呢。"哈兹尔把双手紧紧地握在一起，用崇拜的目光看着安妮。她那双手白皙细腻、胖乎乎的，上面有许多凹陷的小窝。她几乎一句一顿地说："你的笑容是这么迷人，摄人心魄。我第一次见到你，就知道你洞悉生活中的一切。我们是同一星球的人，有时候我觉得有超自然的能力。不管遇到什么人，我总能凭直觉判断我是否会喜欢她。我见到你的第一眼就知道你富有同情心，善于理解他人。能够被人理解是件很愉快的事。雪莉小姐，可是却没人理解我，一个人也没有。可是我一见到你，我的身体里就有声音悄悄告诉我：'她会了解你的，跟她在一起，你可以找回真正的自我。'噢，雪莉小姐，让我们找回真正的自我吧。噢，雪莉小姐，你是不是有那么一丁点、一丁点喜欢我？"

"我觉得你很可爱。"安妮笑着说，随后用纤细的手指去抚摩着哈兹尔弯曲的金发。哈兹尔的确很讨人喜欢。

在塔屋里，哈兹尔向安妮敞开心扉，倾诉着一切。透过窗口，她们可以看见一轮弯月悬挂在港湾上空，窗下郁金香杯状的深红色花朵里盛着五月的暮色。

"先别点灯。"哈兹尔请求道。安妮回答说："好吧，当黑暗是你的朋友时，你会觉得这里是多么可爱，对不对？点上灯，光亮就把黑暗变成你的敌人，它从窗外怒不可遏地看着你。"

"我也可以用这种方式来想，可是却不能表达得如此优美。"哈兹尔无限羡慕地说，"雪莉小姐，你是在用紫罗兰的语言说话呢。"

哈兹尔说完这话，她也无法解释这句话的含义，可是这无关紧要，只要这句话听起来富有诗意就行。

此时此刻，白杨山庄里唯一安宁的房间恐怕只有塔屋了。当天早晨，雷贝卡·迪尤惶恐不安地说："我们必须赶在妇女援助会在这里召开前把客厅和客房贴上壁纸。"于是雷贝卡把两个房间的家具全都搬了出来，以便工人来贴壁纸。可是那个工人非要等到明天才来。家里乱糟糟的，只有塔屋才算得上唯一的"绿洲"。

哈兹尔显然很"迷恋"安妮。哈兹尔一家是冬天才从夏洛特敦搬到萨默塞镇来的。哈兹尔常自诩为"金秋美人"，她拥有金黄色的头发和棕色的眼睛。雷贝卡·迪尤宣称，一个姑娘一旦自以为自己是个美女，她就会变成一个白痴。可是人们很喜欢哈兹尔，尤其是那些男孩子，他们觉得她的眼睛和鬈发有着不可抗拒的魅力。

安妮喜欢她。傍晚她从学校放学回家，感到有些疲倦，还有点儿烦躁，可是她现在却觉得轻松多了，她也说不清楚，这究竟是因为五月的风儿从窗前徐徐吹来，捎来了苹果花的清香，还是因为和哈兹尔闲聊让她恢复了精神，或许两者皆有吧。无论如何，哈兹尔让安妮回想起了自己的花季少女岁月，那时她对各种事情充满了好奇，同样有着许多美好而浪漫的想法。

哈兹尔抓着安妮的手虔诚地吻了吻。

"雪莉小姐，我忌恨所有你以前喜欢过的人，雪莉小姐。我也忌恨你现在喜欢的这些人。我希望你只喜欢我一个人。"

"亲爱的，这是不是有点不合情理啊？除了我之外，你也喜欢其他人啊，比如说，你喜欢特里，对不对？"

"哦，雪莉小姐，我正想和你说说这事呢。我再也不能默默地忍受了，实在是无法忍受了。我必须找个人说说。我前天晚上出门，独自一个人绕着池塘走了一夜。噢，将近一夜，至少是半夜十二点。我真的是受够了，再也受不了了。"

哈兹尔白里透红的圆脸蛋、长长的眼睫毛和闪亮的鬈发一下子显得黯然失色。

"到底怎么啦，亲爱的哈兹尔？我还一直以为你和特里很甜蜜，根本不会闹什么别扭呢。"

原来，在过去的三个星期里，哈兹尔总是热切地向她谈起特里·格兰德。在哈尔兹看来，如果你拥有了一位恋人却不能向别人炫耀，那么要这位恋人有什么用呢。

"每个人都这么想，"哈兹尔表情极为痛苦地说，"哦，雪莉小姐，人生充满了无数百思不得其解的东西。有时候我真想找个地方躺下来，任何地方都可以，把双手合在胸前，把一切抛到九霄云外。"

"亲爱的，出什么问题了吗？"

"没什么问题……也可以说处处都有问题。噢，雪莉小姐，我能把这一切全都告诉你吗？我能对你说说心里话吗？"

"当然可以，亲爱的。"

"我的心里话无处诉说。"哈兹尔可怜巴巴地说，"当然，我只好把心里话写进日记里。雪莉小姐，我哪天把日记带来给你

213.

看看好吗？写日记是为了自我疗伤。可是我却没办法把心灵深处的伤痛治愈，这种痛苦如今把我折磨得死去活来。"说完，哈兹尔戏剧性地揪着自己的喉咙，一副痛苦不堪的样儿。

"如果你想让我看，我当然愿意看。可是，你和特里到底出了什么问题？"

"哦，特里！雪莉小姐，如果我告诉你，对我而言，特里就像一个陌生人，你相信吗？陌生人！我以前从未见过的陌生人。"哈兹尔最后又补充了一句，以便表达得更加清楚明白。

"可是，哈兹尔，我原以为你是爱他的，你说过……"

"哦，我知道，我也原以为我爱他的。可是现在我知道那只是一个可怕的错误。哦，雪莉小姐，你简直难以想象我这些天的日子是多么痛苦，多么可怕。"

安妮有些同情地说："我能理解。"她的脑海里突然想起雷伊·贾德纳。

"哦，雪莉小姐，我确信我对他的爱还没达到想要嫁给他的程度。当我意识到这一点时已经太迟了。当初我盲目地认为自己爱上了他。要是不那么盲目，我肯定会多花点时间来好好想一想。我想我一定是被爱情冲昏了头脑，我现在终于清醒过来了。噢，我想离家出走！我再也顾不了那么多了。"

"哈兹尔，亲爱的，如果你认为自己犯了错误，为什么不直截了当地告诉他呢？"

"哦，雪莉小姐，我办不到！那会要了他的命。他是那么爱我，我现在是无路可逃了。特里开始在谈论结婚的事了。想想看，我才十八岁，还像一个小女孩，就要结婚，这未免太可笑了吧。我向我的一些朋友提起我订婚的事，这件事还没对外宣布，我的那些朋友个个都恭喜我，这真是太可笑了。他们以为我钓到了一个金龟婿，因为特里才二十五岁就继承了一万元的遗产，那是他祖母留给她的。在他们眼里，好像我很在意他那点臭钱似的！哦，雪莉小姐，为什么这个世界人人都这么看重钱财呢，为什么？"

"我想的确有很多人非常看重钱财，可并非所有的人都如此。如果特里也是爱财如命的人，那我真是把他看走眼了，有时候我们很难了解我们的内心世界……"

"哦，我就知道你能理解我。我真的很在乎他，雪莉小姐。我第一次见到特里时，整个傍晚都静静地坐在那儿目不转睛地看着他。当我们的目光相遇时，我浑身像触电一般。他长得太英俊了。虽然我当时也注意到他的头发太卷曲，睫毛太黑，他的这些不足提醒我，我应该理智一些，可是我当时太冲动、太投入了，你是知道的，我是那么激动，每当他走近我时，我高兴得浑身发抖。可是，现在我一点儿感觉也没有了，真的没有感觉了！噢，雪莉小姐，我发现这几个星期我一下子老了许多，真的老了！自从我订婚后，我难受得几乎什么也吃不下，我妈妈可以证明这一点。我确信我爱他并没有爱到想嫁给他的地步。或许平时我做什么都是稀里糊涂的，可是在这件事上我可是个明白人。"

"那你就不应该……"

"甚至在洒满月光的那天晚上，他向我求婚时，我心里想着的是我该穿什么衣服去参加琼·普林格尔的化装舞会。我想，如果穿着淡绿色衣服，系上深绿色腰带，头上别着一朵淡粉红玫瑰，手上拿一枝装饰的小玫瑰和绿色彩带的五月拐杖，打扮成五月花皇，那一定很可爱，很迷人吧？后来，琼的伯父死了，舞会被迫取消，一切都泡汤了。可问题是，当他向我求婚我还是如此的心不在焉，这怎么谈得上爱他呢？"

"我也不知道……或许我们的思绪有时候想故意捉弄我们一番。"

"我确实觉得我压根儿就不想结婚，雪莉小姐。你这儿有橙木钩针吗？谢谢，我的半月形手工艺品很快就要变成碎片了。我最好还是一边聊天一边做手工。咱们敞开心扉说出内心的秘密，这种感觉很不错吧？很少有人拥有这种机会呢。这个世界的人全是在自寻烦恼……我刚才说到哪儿去了呢？哦，特里，我到底该怎么办呢，雪莉小姐，我希望你给我指点迷津。噢，我觉得自己就像一只困兽。"

"但是，哈兹尔，这其实很简单啊……"

"噢，一点儿也不简单，雪莉小姐。这实在是太复杂了。妈妈对特里十分满意，可是我的琼阿姨则不然，她很不喜欢特里，可大家都说她的判断是正确的。我不想嫁给任何人。我是有理想抱负的，我希望干出一番事业。有时候我想当修女。成为上帝的新娘是不是很奇妙呢？我想天主教堂是不是很漂亮，对吧？当然，我并不是天主教徒，而且无论如何，我想，你不会把当修女看成是一种职业吧。我一直想当一名白衣天使，那一定是很浪漫的职业，对吧？照料发烧的病人，遇到一位躺在病榻上的英俊潇洒的百万富翁，他会深深地爱上你，然后带着你去旅游胜地维埃拉①度蜜月，你们住在一幢别墅里，一开门就可以看见日出和蔚蓝色的地中海。噢，我仿佛置身其中啦。这也许是个荒唐的梦，可

---

① 维埃拉：法国东南部和意大利西北部地中海的旅游胜地。

216.

是，噢，是多么甜蜜啊。我无法放弃这些美梦，甘愿委身于平淡的现实生活，嫁给普普通通的特里·格兰德，一辈子蜗居在了萨默塞镇！"

说到这儿，哈兹尔激动得浑身瑟瑟发抖，并以批判的眼光审视着她手上的半月形手工艺品。

"我想……"安妮开口说道。

"雪莉小姐，你一定知道我和他并不是志同道合的一对。他对诗歌、对爱情故事一点儿也不感兴趣，而这些却是我生命中的一部分。有时候，我觉得自己是埃及皇后转世而来，没准就是特洛伊城的海伦的化身呢，反正我上辈子一定是个颇有影响力和魅力的大人物。我有许许多多奇妙的想法，有着非同一般的感觉，如果我这一辈子不是大人物转世投胎的话，那我真不知道我身上这些奇妙的东西是从哪儿冒出来的。特里是一个非常务实的人，他不可能是什么大人物转世投胎的。哦，当我告诉他有关薇拉·弗莱的羽毛笔时，你猜他当时的反应是什么？"

"我可从来没听过薇拉·弗莱的羽毛笔的故事啊。"安妮耐心地说。

"哦，我还以为曾经给你说过呢。我给你说的事情太多了，我都记不清了。薇拉的未婚夫捡到一片从鸟的翅膀上掉下来的羽毛，就做了一支羽毛笔送给她。他对她说：'你拥有了这支笔，就像拥有了这只鸟儿的翅膀，当你拿着它写字时，你的思绪就会随着它在天堂自由翱翔！'可是特里听了这个故事，却说，这支笔很快就会磨损坏的，尤其是薇拉写字时还要不停地说话，这会让这支笔坏得更快。无论如何，他根本无法相信人可以在天堂里自由翱翔。他完全没法理解整个故事的内涵，可这才是最关键的啊！"

"这是什么意思啊？"

"哦，就是……就是……翱翔，你知道，就是远离尘世。你注意到薇拉的戒指了吗？是蓝宝石的。用蓝宝石来做订婚戒指不大合适，我宁可选择像你戴的那种可爱的浪漫的珍珠小戒指。特里打算马上给我买一枚，可是我说时机还不成熟。因为它就像一个手铐，你知道的，一旦戴上，就再也无法逃脱。如果我真的爱他，应该不会有这种感觉，是吗？"

"恐怕是的……"

"能向人倾诉心中的苦恼，这种感觉实在是妙不可言。哦，雪莉小姐，我希望我重获自由，去寻找生命的真谛！如果我把这些想法告诉特里，他也一定不会明白的。而且，我知道，他的脾气暴躁，格兰德家族的人脾气都很古怪。噢，雪莉小姐……我多么希望你把我的这些想法告诉他……他认为你非常了不起……他一定愿意听从你的教诲。"

"哈兹尔，我亲爱的小姑娘，我怎么可以这样做呢？"

"为什么不可以呢？"哈兹尔说着放下手上做的最后一个半月形手工艺品，悲痛欲绝地放下橙木钩针，"如果你不肯出面帮我，就再也没人能帮我了。可我绝不……绝不……绝不嫁给特里。"

"如果你不爱特里，不管他会有多么难过，你都应该当面找他说清楚。哈兹尔，亲爱的，总有一天你会遇上你爱的人，到时候你就不会有所顾虑了。这一点你可以放心。"

"我再也不会爱任何人了。"哈兹尔异常冷静地说，"爱情带来的只有伤痛。尽管我很年轻，但是我已经深有体会。雪莉小姐，这可以为你的小说提供个精彩的情节吧？我该走了，没想到这么晚了。把心中的烦恼向你倾吐出来，我一下子觉得神清气爽，这种感觉与莎士比亚所说的'在阴暗之地，触摸你的灵魂'一样妙不可言。"

"我想这是波琳·约翰逊说的吧。"安妮温和地说。

"好吧，我知道那是某个人……以前的某个人说的。我该回家睡觉了，自从我稀里糊涂跟特里订了婚，我就从未睡上一个好觉。"

哈兹尔把头发抖松，戴上帽子，这顶帽子的衬边是玫瑰色，四周插着艳丽的玫瑰花。她戴上帽子后，真是艳若桃李，安妮情不自禁地吻了吻她，羡慕地说道："亲爱的，你真是千娇百媚啊！"

哈兹尔仍然站着一动不动。

然后，她抬起头来，目光穿过塔楼房间的天花板，越过上面的阁楼，去寻找夜幕下的星星。

"雪莉小姐，我永远永远也忘不了这个美妙的时刻。"她欣喜若狂地喃喃低语着，"如果我还算得上美丽的话，我觉得我的美丽是一种奉献。哦，雪莉小姐，你不知道因为美貌而出名是件多么可怕的事，因为你总是惴惴不安，担心人们见着你时会认为你的美丽只是徒有虚名。这真是折磨人啊。有时候我羞愧得要死，因为我常想象着人们看见我后会露出一副失望的表情。或许那只是我的想象。我太爱浮想联翩了，这恐怕对我没什么好处。你看，我就是凭着想象爱上了特里。哦，雪莉小姐，你闻到苹果花的芳香了吗？"

安妮当然闻到了苹果花沁人心脾的香味。

"好闻极了，是吧？我希望天堂里种满鲜花。要是一个人能生活在百合花里，他一定会成为一个大好人的。"

"恐怕百合花里面有点狭窄吧。"安妮有些含蓄地说。

"哦，雪莉小姐，别讥讽你年轻的仰慕者，你的讥讽会让我像片树叶那样枯萎。"

安妮把哈兹尔送到幽灵巷的尽头。她回到家，雷贝卡·迪尤对她说："她那些没完没了的废话总算没把你烦死。真不知道你怎么受得了她。"

"我挺喜欢她的，雷贝卡，真的很喜欢她。我小时候也是个喋喋不休的话匣子呢。今晚我觉得哈兹尔说了好多傻话啊，不知道我当时说的那些话在他们听来是不是也是傻里傻气的。"

"你小的时候，我还不认识你，不过我可以确信你并不像她那样。"雷贝卡·迪尤说道，"因为你无论说什么，都是说的真心话。可哈兹尔却是口是心非。她只不过个绣花枕头，徒有漂亮的脸蛋。"

"噢，当然，她和大多数女孩子一样喜欢出出风头，不过我相信她说的话还是真诚的。"安妮说，这时她不由自主地想到了特里。或许是因为她对特里的印象不太好，所以她才相信哈兹尔所说的那些话是真的。安妮心想，即便特里继承了一万元的遗产，哈兹尔嫁给他也是鲜花插在牛粪上。安妮认为特里是个英俊软弱毫无主见的年轻人，哪个漂亮姑娘给他抛一下媚眼，他立马就会爱上哪个姑娘。如果这个姑娘拒绝了他或者冷落了他，他就会很快爱上另一位漂亮姑娘。

这年春天，安妮经常和特里见面，因为哈兹尔总是央求安妮陪着她去跟特里约会。后来，哈兹尔去金斯波特拜访朋友，特里常常找安妮，还带着她乘着马车一块儿出去兜风，从别的地方"送她回家"。他们年龄相仿，因此彼此互称"安妮"和"特里"，不过安妮总是把他当孩子一般看待。由于"冰清玉洁的雪莉小姐"喜欢他的陪伴，特里感到无比荣幸。有一天晚上，梅·康内利家在花园里举行了一场聚会。当时月色朦胧，洋槐树的枝影在风中影影绰绰。特里变得有些多愁善感，安妮借此取笑他是因为身边少了哈兹尔的陪伴才会这样。

"哦，哈兹尔！"特里说，"那个小女孩！"

"你跟'那个小女孩'订婚了，是吗？"安妮认真地问道。

"不是真正的订婚，只不过是男孩和女孩之间的一种胡闹。我……恐怕我是一时半会儿昏了头。"

安妮迅速地思索着。既然特里这么不在乎哈兹尔，哈兹尔最好与他分手算了。他们愚蠢地纠缠在一起，他们都太年轻，不知道这样纠缠下去的严重后果，也不知道如何摆脱当前这种困境。或许此时此刻就是天赐良机，可以让他们得到解脱。

特里误解了她的沉默，继续说："当然，我承认我有点进退两难。哈兹尔把我们之间的事看得太重要了，我不知道该采取什么方式让她才能明白自己的错误。"

安妮突然焕发出母性般的慈爱，对特里好言相劝道："特里，你俩还是没长大的小孩，在玩成年人的游戏。事实上，哈兹尔并不在乎你，你同样也不在乎她。显然你们两个都是在盲目行事。她想摆脱你，但又怕伤害你，所以不敢当面对你说出来。她只是个迷惘的浪漫姑娘，而你仅仅是被一时的爱情冲昏了头脑，总有一天，你们会发现你们的行为是多么可笑啊。"

安妮沾沾自喜地想："我讲得多么委婉啊。"

"安妮，你的一番话让我如释重负，当然，哈兹尔是个可爱的姑娘，我并不愿意伤害她，可是好几个星期前我就意识到我的……我们的错误。当一个人遇见一个女子……这个女子……安妮，你要进屋去吗？那岂不是辜负了这浪漫的月色？在月光下，你宛如一朵白玫瑰，安妮……"

可是安妮早已走远了。

十一

六月中旬的一天傍晚，安妮正在自己的塔屋里批改试卷，她不时停下来擤鼻子。这天傍晚她不停地擤鼻子，以致鼻子又红又肿。安妮患了重感冒，这可一点儿也不浪漫。感冒让她无法欣赏常青树山庄铁杉树后面碧绿的天空，无法欣赏笼罩在"风暴王"山顶上的银色月光，无法嗅到窗外的紫丁香芳香和桌上花瓶里那冷艳美丽的鸢尾花的迷人芬芳。她显得有些萎靡不振。

"六月里的感冒真是令人讨厌。"她对蹲在窗台上沉思的灰毛米勒说，"不过再过两个星期我就可以回到可爱的绿山墙，再也不用趴在这儿一边改试卷，一边擤倒霉的鼻子了。想想这美妙的一切吧，灰毛米勒。"

灰毛米勒显然能够想象这美丽的一切。或许它还想到了有位年轻姑娘正沿着幽灵巷匆匆赶来，她怒气冲冲，一点儿也不像六月里的天气这般温和。原来她是哈兹尔·马尔，昨天刚从金斯波特回来，现在气呼呼地从家里走来，几分钟后，她咚咚地敲响了塔屋的门，还没等安妮开门，她便气急败坏地闯了进来。

"有什么事吗，哈兹尔，亲爱的……"（阿——嚏！）"你已经从金斯波特回来了？我还以为你要下个星期才回来呢。"

"是啊，你没料到我会这么早回来吧。"她无不嘲讽地说道，"不错，雪莉小姐，我是回来了。回来了我发现了什么？发现你正在挖空心思勾引特里，想把他从我手里夺走，眼看你就要得逞了。"

"哈兹尔!"（阿——嚏！）

"哦，我全都知道了！你告诉特里说我并不爱他，告诉他我想解除婚约——我们神圣的婚约！"

"哈兹尔，你真是一个不懂事的小孩！"（阿——嚏！）

"哦，随便你怎么说吧，你可以尽情地嘲弄我。但是你可别想抵赖。你就是故意那么说的，你早就图谋不轨了。"

"我当然是那么说的，但是，是你请我那么说的。"

"是——我——请——你——那——么——说——的！"

"是的，就在这间屋子里。你对我说你并不爱他，决不会嫁给他。"

"噢，那大概是我一时情绪不好。我根本没想到你会如此当真。我原以为你会理解艺术家的性情。当然，你比我大几岁，可是你不至于这么快就忘了女孩子喜欢正话反说的习惯吧。亏你还假装是我的朋友！"

"这真像一场噩梦。"可怜的安妮一边擤着鼻子一边说道，"坐下吧，哈兹尔。"

"坐下！"哈兹尔暴跳如雷，在屋子里气得直跺脚，"我哪里还有心思坐下，当一个人的生活已变成一片废墟时，她怎么能安心坐下来？哦，如果一个人年纪大了就要忌妒那些比她年轻的姑娘的幸福，并想方设法要毁掉它，我将祈祷永远不要长大。"

安妮恨不得扇哈兹尔几耳光，可是她马上克制住了自己。不过她认为有必要给她点颜色看看。

"哈兹尔，如果你不能坐下来理智地谈一谈，我希望你立即走开！（她打了一个响亮的阿——嚏！）我还有自己的事要做。"（阿——阿——嚏！）

"我要把对你的看法说出来才走。哦，我晓得要怪只能怪我

224.

自己，我早该知道……我的确知道这一点。第一次见到你，我就感觉你很危险，因为你长着红发绿眼！但是我做梦也没想到你会故意在我和特里之间制造麻烦。我想，你至少是个基督教徒吧，我从来没听说一个基督教徒会做出如此可恶的事。好啦，你把我的心都伤透了，这下你该满意了吧。"

"你这个小傻瓜……"

"我再也不想和你说话了！噢，在你毁掉我的生活之前，我和特里是多么快乐啊。我很快乐，因为我是我们那群女孩中第一个订婚的，我甚至把婚礼都计划好了。四位伴娘穿着淡蓝色丝绸衣服，荷叶边上镶着黑绒缎带，那是多么时髦啊！噢，我现在不知道是最恨你呢，还是最可怜你！噢，我过去是多么爱你，多么信任你，没想到你居然这么对待我！"

哈兹尔的声音变了调，泪水夺眶而出，她一下子瘫坐在一张摇椅上。

"你唏嘘不已，空发感慨，能派上用场的感叹词已经不多了，"安妮暗想，"不过我加着重号的话语可取之不尽啊。"

"这简直是要了我那可怜的妈妈的命！"她啜泣着说，"她是那么高兴，大家都很高兴，都认为我和特里是珠联璧合。噢，破镜还能重圆吗？"

"等到下一个月色朦胧的夜晚再试试看吧。"安妮温和地说。

"啊，你就尽管嘲笑我吧，雪莉小姐，随便你怎么嘲笑我的痛苦都行。我一点也不怀疑你会觉得整件事多么有趣……的确很有趣！你根本不明白痛苦是什么滋味！痛苦的滋味实在是太恐怖……太恐怖了！"

225.

安妮看了看钟表，又打了个喷嚏。

"那么，你就慢慢地痛苦吧。"她毫不怜悯地说。

"我肯定会痛苦的，因为我爱得太深了。当然，如果我只是逢场作戏，我就不会痛苦。真庆幸，无论我是个什么人，我都绝不会逢场作戏的。雪莉小姐，你知道爱有什么意义吗？什么是刻骨铭心、神奇美妙的爱吗？我兴致勃勃地去了金斯波特，带着对世界满腔的热爱！我还特地嘱咐特里，我不在时要好好照顾你，别让你感到寂寞。昨天晚上，我欣喜若狂地回到家。结果他却告诉我，他不再爱我，还说我们的相爱是场错误，噢，错误！你竟然告诉他，我再也不会在乎他，我想尽力摆脱他，好重新获得自由！"

"我可是一片好心啊。"安妮说罢笑了笑。她的幽默感向她伸出了援助之手，她既是在取笑哈兹尔，也是在取笑自己。

"噢，昨天晚上我是怎么熬过来的？"哈兹尔怒不可遏地说道，"我一直在屋子里走来走去。你不知道……你也无法想象我今天是怎么熬过来的。我不得不坐在那里，竖起耳朵听人们谈论特里对你是多么迷恋。噢，人们对你议论纷纷。他们想知道你到底做了些什么。噢，为什么……为什么！我搞不懂，你已经有自己的心上人，为什么还要勾引我的心上人？你，为什么偏偏要和我作对？我究竟哪个地方得罪你了？"

安妮被彻底激怒了，她气愤地说道："我认为你和特里两个都欠揍，一顿狠狠的揍，你最好不要那么怒气冲冲，什么道理也听不进去。"

"噢，我并不是生气，雪莉小姐，只是感到伤心……伤心欲绝。"哈兹尔带着哭腔含混不清地说，"我觉得我的一切都遭到了背叛，无论是友谊，还是爱情。哦，听说心碎后就不会感到痛

226.

苦了。但愿这是真的，恐怕那并不是真的。"

"你的理想抱负到哪儿去了？还有，你不是希望遇上一位生病的百万富翁，希望他带着你到蓝色的地中海别墅去度蜜月吗？"

"我真不知道你究竟在说些什么，雪莉小姐。我并没有理想，也没什么抱负，我并不是一位新式妇女。我最大的抱负就是当一名幸福的妻子，为丈夫营造一个温馨的家。可是这一切已经化成了泡影！已经成了一个可望而不可即的梦！噢，看来决不能相信任何人。我终于明白了这个道理。真是吃一堑长一智啊！"

哈兹尔擦拭着眼睛，安妮擤了擤鼻子，灰毛米勒带着一副对人类不屑一顾的表情仰望着星空。

"哈兹尔，我想，你最好还是走吧。我的确很忙，而且我觉得再这样谈下去也不会有什么结果。"

哈兹尔向门口走去，其神态俨如走向绞刑架的苏格兰玛丽女王。走到门口，她又悲壮地回过头来。

"再见了，雪莉小姐。你自己好好反省一下你的良心吧。"

哈兹尔走了，安妮放下笔，接连打了三个喷嚏，她摸着自己的良心，狠狠地把自己训斥了一顿。

"安妮·雪莉，尽管你是个文科学士，可是你需要学习的东西还有很多，甚至在某些方面你还得虚心向雷贝卡·迪尤学习，实际上她早就告诫过你了。还是清醒地正视自己吧，我亲爱的姑娘，大大方方地接受批评。承认自己是被那些阿谀奉承的话冲昏了头脑，承认自己喜欢听哈兹尔的那些恭维话，承认别人对你的崇拜让你觉得很舒服，承认你想当一个'救世主'，总想把人们从愚蠢的行为中拯救出来，可是人们根本不需要你这么做。承认了所有的这一切后，你就会变得更加明智，也会更加悲哀，当然也会比以前更加成熟。好啦，拿起你的笔继续批改试卷吧，在迈拉·普林格尔的考卷里做个注解吧，她误把'撒拉弗'①解释为'盛产于非洲的动物'了。"

---

① 撒拉弗，seraph，是指六翼天使，即炽天使，撒拉弗是所有天使九级中的最高位，在天使群中甚持威严和名誉，被称为是"爱和想象力的精灵"。

十二

一周后，安妮收到了一封信，信的内容写在镶银边的浅蓝色信纸上。

信的内容是这样的：

亲爱的雪莉小姐：

我写这封信是想告诉你，我和特里已经冰释前嫌，重归于好。如今，我们沉浸在了爱情的幸福甜蜜中，所以我们决定原谅你。特里说他是一时糊涂，盲目地向你表达了爱慕之情。但是他对我的爱矢志不渝。他说他和所有男人一样，喜欢单纯甜美的女孩，而不喜欢那些玩弄阴谋诡计的女人。我们真是搞不懂你为什么要那么对待我们，而且永远都不会明白这其中的原因。也许你是想为一篇小说收集一些素材，所以才故意想毁掉一位姑娘最甜蜜、最伟大的爱情。感谢你让我们经受住了爱情的考验。特里说他以前从未认识到爱情的真正含义，所以这件事反倒成了一件好事。我们相亲相爱、相敬如宾。在这个世界上，我是他唯一的红颜知己，我是他的坚强后盾，我要永远鼓励他。我虽然没有你那么聪明，但是我深信我可以做到这一点。我们对天发誓，无论有多少心怀忌妒的人，有多少虚伪的朋友企图在我们中间搬弄是非，我们永远都要忠诚不渝，始终如一。

等我嫁妆一准备好我们就结婚。我打算去波士顿置办嫁妆。萨默塞镇什么也买不到。我将添置一袭镶着花边的丝绸礼服、一件灰白色的旅行服和一件海豚蓝衬衫，以及相搭配的漂亮帽子和手套。我是如此年轻，可是我想趁青春年少、花容未逝时就结婚。

特里是我心目中最理想的白马王子，我一生一世只爱他。我深信我们一定会相伴终生、白头偕老。我曾经天真地以为我的朋友都会为我的幸福而感到由衷的高兴，可是不久前的事给了我深刻的教训。

你的忠实的
哈兹尔·马尔

附注一：你对我说特里脾气古怪，不知道你为什么非要这么说？他姐姐说他温顺得像只小羊羔。

附注二：我听说柠檬汁能够祛除雀斑，你不妨涂抹一些在你的鼻子上。

"用雷贝卡·迪尤的话来说，这封信的附注真是让人忍无可忍。"安妮对灰毛米勒说。

十三

转眼间，安妮到萨默塞中学任教的第二个暑假到来了。安妮怀着复杂的心情回到绿山墙。这个夏天，吉尔伯特在西部一条新铁路的建筑工地上工作，不能回安维利来了。然而绿山墙依然是绿山墙，安维利镇依然是安维利镇。"阳光水湖"依然波光粼粼；"仙女泉"里的羊齿草郁郁葱葱；那座饱经沧桑的小木桥青苔丛生，却依然是通往"闹鬼的树林子"的小桥，"闹鬼的树林子"依然草木幽深，清风萧瑟。

安妮说服了坎贝尔太太，答应让小伊丽莎白跟她一道回家待上两个星期，但是绝不能待得太久。不过，伊丽莎白觉得这已经是对她最大的恩典了，她对此已经心满意足。

"我今天感觉自己是伊丽莎白小姐。"她们乘车离开白杨山庄时，伊丽莎白高兴得手舞足蹈，激动不已地说，"你把我介绍给绿山墙的那些朋友时，可不可以称我为'伊丽莎白小姐'？那会让我觉得自己长大了。"

"好的。"安妮极其爽快地答应了她，不由自主地回想起了当年那个红头发小女孩恳求别人叫她凯迪莉娜的情景。

从布莱特河车站到绿山墙，一路上风景优美如画，这些美景只有在爱德华王子岛的六月才能看到。伊丽莎白欣喜若狂，就像多年前那个春天的傍晚安妮第一次路过这里一样兴奋。世界是如此美好，路两旁的青草随风起伏，宛如水波荡漾，每个拐弯处都有着无限惊喜，她正跟着心爱的雪莉小姐在一起。在这两周，她不再受女伴的监视。她穿着一件崭新的粉红色条纹棉布连衣裙，一双漂亮的棕色新靴子，仿佛"未来"已经来到她的身边，接下来将有十四个光明美好的"未来"。当她们拐进绿山墙小径时，看着两旁含苞欲放的粉红色玫瑰花，伊丽莎白双眼闪闪发亮，仿佛沉醉在了美好的梦幻中。

绿山墙的一切对伊丽莎白来说，实在是太新奇了。今后的两个星期，她将生活在这个新奇的世界里。只要一踏出门，就可以遇见一些奇妙的事。在安维利镇，这些新奇的事儿随时随地都会发生，不是今天发生，就是明天。伊丽莎白虽然知道她还没抵达"未来"的世界，但是已离这个世界不远了。

绿山墙里里外外的一切好像都和她是老相识，甚至连玛莉拉的玫瑰花蕾形的粉红色茶具都像是一位老朋友。在她眼里，这些房间是如此亲切，仿佛她早就来过这儿，并与之结下了深厚的友谊。屋外的青草苍翠欲滴，比其他地方的青草更显翠绿。住在这儿的人们一个个就像是生活在"未来"的人一般。她爱他们，他们也爱她。戴维和朵拉不但特别爱她，而且还特别宠着她。玛莉拉和林德太太总是对她赞不绝口，称赞她讲究整洁，称赞她举止得体，称赞她尊敬长辈。她们知道安妮并不赞成坎贝尔太太的教育方式，但无可否认的是，她把外曾孙女训练得特别守规矩讲礼貌。

"哦，雪莉小姐，我不想睡觉。"当她们乐不可支地度过傍晚时光，回到绿山墙的小房间时，伊丽莎白小声地说道。"我不想把这美好的两个星期浪费在睡觉上，一分钟也舍不得浪费。我希望我在这儿时都不用睡觉该多好啊。"

她躺在床上，静静地倾听着雄浑低沉的大海咆哮声，恍如置身仙境，一点儿睡意也没有。安妮告诉她那就是大海的声音。伊丽莎白喜欢倾听大海的低吼声，也喜欢倾听风儿在屋檐边盘旋的声音。她一向很害怕夜晚，总担心有什么怪兽朝她扑过来。如今，这种恐惧荡然无存，她生平第一次觉得夜晚是如此友好亲切。

雪莉小姐答应她，明天将带她去海边玩耍，在翻滚着白色浪花的海水里嬉戏。在这次驾车回家途中，她们路过最后一道山丘时，突然看见安维利的绿色山丘后那片随浪花欢腾的大海。她仿佛感觉到一朵又一朵的浪花向她袭来，其中一朵巨大的黑色浪花把她卷了起来，然后，她渐渐地沉入了美妙的梦乡。

"在这儿……你……自然……会……爱上帝。"她入睡前，模模糊糊地产生了这个念头。

在绿山墙的这段时间里，她每晚躺在床上迟迟都不愿入睡。安妮早就入睡了，伊丽莎白的头脑还是异常活跃，她反复在想，为什么常青树山庄的生活就不能和绿山墙的生活一样呢？

伊丽莎白以前从未在一个她可以随意弄出响声的地方生活过。在常青树山庄，每个人都必须悄悄地走动，悄悄地说话，甚至她觉得连思考也都悄悄进行。有时候，伊丽莎白恨不得大喊大叫一番。

"在这儿，你随便弄出什么响声都行。"安妮告诉她说。令人不解的是，虽然她在这里可以无拘无束地大喊大叫，可是她一点儿也不想这么做了。她喜欢轻轻地走路，轻轻地在那些可爱的东西之间穿来穿去。最重要的是，伊丽莎白在这儿学会了笑。她带着美好的回忆回到萨默塞镇，同时也给绿山墙的人们留下了许多美好的回忆。几个月来，绿山墙的人们仍然觉得家里处处都有小伊丽莎白那可爱的身影。尽管安妮介绍她时郑重其事地说这是"伊丽莎白小姐"，可是在他们眼里她仍然是"小伊丽莎白"。她那么娇小玲珑，那头金黄色的头发是那么漂亮，她看上去就像一个小精灵，"小伊丽莎白"这一称谓和她是名副其实啊。在月光笼罩的花园里，在白色百合花的陪衬下，小伊丽莎白在翩翩起舞；小伊丽莎白一骨碌爬上那棵高大的"女公爵"苹果树，蜷缩在树杈上自由自在地读着童话故事；在一片盛开着金凤花的原野上，小伊丽莎白小小的身子淹没在了花的海洋中，满头金发的小脑袋就像一朵大大的金凤花；小伊丽莎白在调皮地追逐着银绿色的飞蛾；小伊丽莎白在"情人之路"上数着一只只萤火虫；小伊丽莎白在侧耳倾听蜜蜂在风铃草间嗡嗡作响；在食品室里，小伊丽莎白在吃朵拉给她的草莓和奶油；在院子里，小伊丽莎白和朵拉一起吃着红葡萄干。"红葡萄干好漂亮啊，朵拉，我好像在吃珍珠呢，你呢？"黄昏时分，小伊丽莎白在幽静的冷杉树林里独自放声歌唱；她采摘着一朵朵粉红色的百叶蔷薇花，手上沾满了花的芳香；小伊丽莎白久久地凝视着溪谷上方那轮明月，然后说道："我觉得月亮有一双忧郁的眼睛，你说是吗，林德太太？"当她读到戴维杂志上刊登的一篇连载故事，故事的一位英雄陷入了困境时，她忍不住失声痛哭。"哦，雪莉小姐，我敢肯定他熬不过这一关了。"

小伊丽莎白蜷缩在厨房的沙发上睡午觉，朵拉的几只猫咪依偎在她身旁。她脸蛋红扑扑的，就像野玫瑰那般娇艳；小伊丽莎白看见狂风把几只稳重的老母鸡的尾巴吹翻到背上时，她咯咯地笑了起来；谁也不曾相信，这个小女孩在这之前不会笑。小伊丽莎白热情地帮着安妮在纸杯蛋糕上抹糖霜，帮着林德太太裁剪布片，用来做一床"拼布被子"，帮着朵拉擦拭古老的黄铜烛台，直到把它们擦拭得明亮如镜。在玛莉拉的指导下，她还学会了用顶针来做小脆饼。啊，绿山墙的人们看到这里的一景一物，总会不由得触景生情、睹物思人。

"真不知道我以后还会不会有这么快乐的两个星期。"乘车离开绿山墙时，小伊丽莎白不由自主地想着。去火车站的路上，风景依然和来时一样美，可是小伊丽莎白眼泪汪汪，根本没心思欣赏沿途的景致。

"真难相信我会如此想念一个孩子。"林德太太说。

小伊丽莎白走后，凯瑟琳带着她的狗来到了绿山墙，一直待到这个假期结束才离开。在这个学年结束时，凯瑟琳便辞去了萨默塞中学的工作，准备秋季去雷德蒙学院学习文秘课程，这是安妮给她提出的建议。

一天傍晚，她们坐在长满了羊齿草的苜蓿田边，欣赏着瑰丽的晚霞，安妮趁机给她提出这个建议。她说："我知道你一直不喜欢教书，我相信你会喜欢上文秘这一课程的。"

"生活还欠下我很多债，如今我准备把它们一一讨还回来了。"凯瑟琳下定决心说，"我觉得自己比去年这个时候要年轻多啦。"说完，她莞尔一笑。

"我确信你做出的选择一定是最好的选择，可是一想到你要离开萨默塞镇，离开我们的学校，我的心里就很难过。下一学期的傍晚，我们再也不能在塔屋里高谈阔论彻夜长谈了，再也不能不着边际地拿一些人和事来开玩笑了，那时的塔屋不知道会有多么冷清啊。"

第三年

一

白杨山庄

幽灵巷

九月八日

最亲爱的：

  夏天已经过去，整个夏天我仅在五月的那个周末才见过你。现在我又回到了白杨山庄，这是我在萨默塞中学任教的第三学年，也是最后一学年。我和凯瑟琳在绿山墙相处十分融洽，这一学年，她不在这所学校工作了，我会非常想念她的。新来的教低年级学生的教师是个快活的小个子姑娘，她长得胖乎乎的，面色红润，待人十分友善，除此之外，也就没什么特别之处了。她那双蓝眼睛闪闪发亮，清澈见底，一眼便能看出她的内心世界。我喜欢她，而且会一直喜欢她，但我对她的感情也仅仅如此，不会再有什么升华。因为在她身上，并没有什么值得"探索"的东

236.

西。在这方面，她可不像凯瑟琳。只要你冲破凯瑟琳所设下的防线，便会"探索"出一连串惊喜来。

白杨山庄一点儿也没改变，哦，其实有点儿变化。那头红色的老奶牛与世长辞了。星期一傍晚我下楼吃晚饭时，雷贝卡·迪尤面带悲伤地把这个消息告诉了我。两位大婶决定不再养奶牛了，以后直接从切里先生那儿买牛奶和奶油。这就意味着小伊丽莎白以后再也不会到旁门那儿去喝新鲜牛奶了。不过小伊丽莎白如果想到我这里来玩，坎贝尔太太似乎已经不再阻拦她，因此有没有鲜牛奶也就无关紧要了。

还有一件事正在酝酿中。凯特大婶告诉我说，她们一旦找到合适的人家，就会把灰毛米勒送走。我听到这个消息后心里十分难过，没想到凯特大婶比我还要难过。我表示反对，她说她们这样做是为了家里能过上安宁日子。整个夏天，雷贝卡对这只猫怨气冲天，如今，除了把这只猫送走，似乎已经没别的办法来消解她的怨气。可怜的灰毛米勒……它是多么可爱、多么勇敢、多么温驯的一只猫啊！

明天是星期六，雷蒙德太太要去夏洛特敦参加一个亲戚的葬礼，她请我去帮她照顾一下她的那对双胞胎。雷蒙德太太去年冬天才搬到镇上来，她是一位寡妇。萨默塞镇的确是一个适合寡妇居住的好地方。不过，雷贝卡·迪尤和白杨山庄的两位大婶都认为雷蒙德太太居住在这里，真是有些"委屈"她了。雷蒙德太太曾经在学校戏剧社的活动中给予我和凯瑟琳很大帮助。如今我终于有机会回报她。

杰拉尔德和杰拉尔婷八岁了，长得像小天使一般可爱。当我告诉雷贝卡·迪尤我要去照顾他们时，她习惯性地撇了撇嘴。

"可是我喜欢孩子，雷贝卡。"

"孩子当然讨人喜欢，可那两个孩子是捣蛋鬼，雪莉小姐。无论他们做了什么坏事，雷蒙德太太都不肯惩罚他们。她说她决心让他们顺其自然。人们往往会被他们天真无邪的样子所蒙骗，我曾经听到她的邻居们对那两个孩子的议论。有一天下午，牧师太太去她家拜访，嗬，雷蒙德太太热情洋溢地欢迎她，可是当她离去时，一个个西班牙洋葱如雨点般从楼梯上飞下来，她的帽子被打落在地。就在这时，雷蒙德太太却不痛不痒地说道：'孩子们都是这样，当你希望他们表现得很乖时，往往适得其反。'瞧她说的这话，好像还为孩子们的所作所为感到骄傲似的。你也知道，他们是美国人。"事实上，雷贝卡和林德太太一样讨厌"美国佬"，仿佛这个原因可以解释一切。

二

星期六上午，安妮来到一幢漂亮的老式别墅，它坐落在一条通往乡间道路的大街上，雷蒙德太太和她那对出了名的双胞胎就住在这里。雷蒙德太太已经准备动身了。就参加葬礼而言，她的穿着显得过于艳丽。她那头富有光泽的棕色鬈发潇洒地披散下来，头上戴着一顶漂亮的阔边女帽，帽上还插着鲜花，显得格外引人注目。不过她看上去还是挺漂亮的。那对八岁的双胞胎继承了母亲的美貌，他们坐在楼梯上，娇嫩的脸蛋看上去是那么天真可爱，白里透着红，一对蓝色的大眼睛水汪汪的，浅黄色的头发如细细的绒毛一般柔顺。

雷蒙德太太把他们介绍给安妮，他们冲着安妮甜甜地笑着。雷蒙德太太告诉他们说："妈妈要去参加艾拉姨妈的葬礼，雪莉小姐不辞辛苦跑来照看你们，你们一定要表现得乖一点，不要给安妮添任何麻烦，知道吗，亲爱的？"

两个小孩认真地点了点头，看上去就像两个可爱的小天使。

雷蒙德太太拉着安妮从走廊一直走到大门口。

"如今，这两个孩子就是我的一切了。"她有些凄楚地说，"我可能是有些宠他们……我知道有人这样说……旁人总是自以为自己比孩子的父母更清楚如何教育孩子，不知你是否注意到这一点，雪莉小姐？可是我始终觉得与惩罚相比，爱是更好的教育方式，对不对，雪莉小姐？我相信你跟他们会和睦相处的。孩子们总是知道谁是可以捉弄的，谁是不可以捉弄的，对不对？街对面有位上了年纪的普劳蒂小姐，有一天我请她替我照看一下孩子，可是我这两个宝贝根本没法忍受她，于是他们就不停地捉弄她，你知道孩子都是这样淘气。没想到她却记了仇，在镇上四处传播一些孩子的坏话。不过他们肯定喜欢你，我知道他们一定会表现得像天使一般。当然……他们活泼好动，不过孩子嘛，本该如此才是，对不对？如果孩子们都唯唯诺诺、畏畏缩缩，那会多么可怜啊，对不对？我希望孩子们顺其自然，你说对吗？要是太乖了反倒违背了孩子自然的天性，对不对？不要让他们在浴缸里玩帆船，不要让他们到池塘边去玩水，好不好？我总是担心他们伤风感冒，他们的父亲就是得肺炎死的。"

雷蒙德太太说到这儿眼泪汪汪，不过她坚强地眨了眨眼睛，把泪水忍了回去。

"如果他们之间发生几句争吵，你也不用担心，小孩子总会吵嘴的，对不对？噢，如果外人想伤害他们，老天！你知道，他们一定会相互照顾的。我本该带着其中的一个孩子去参加葬礼，可是他们都不愿意，他们从来没有分开过，而我在葬礼上根本没法同时照顾两个孩子。"

安妮态度温和地回答说："放心吧，雷蒙德太太，我相信我和杰拉尔德、杰拉尔婷会度过美好的一天。我喜欢孩子。"

"我知道。我一看到你便知道你很喜欢孩子。从你的身上我能看出这一点来。喜欢孩子的人身上有某种特别的东西。可怜的老普劳蒂小姐讨厌孩子，她总是有意从孩子身上去挑各种毛病，当然在她眼里，孩子一身都是毛病。一想到有一个喜欢孩子、理解孩子的人来照看我的孩子，我的心里别提有多欣慰了。我相信我这一天会过得很愉快的。"

"你应该带我们去参加葬礼。"杰拉尔德从楼上的一个窗口探出头来尖叫道，"我们从来没有去葬礼上玩过。"

"哦，他们跑到浴室里去了！"雷蒙德太太大声惨叫道，"亲爱的雪莉小姐，赶快去把他们赶出来。亲爱的，杰拉尔德，你知道妈妈无法同时带你俩去参加葬礼。哦，雪莉小姐，他又把客厅地板上的那张狼皮围在脖子上了，他会毁了那张狼皮的，赶快让他从脖子上取下来。我得出发了，不然就会误了火车。"

雷蒙德太太仪态万方地离开了，安妮跑到楼上，看到天使般的杰拉尔婷抓住她哥哥的腿，显然是想把他推出窗外。

"雪莉小姐，请制止杰拉尔德对我吐舌头。"她怒气冲冲地说。

"这会伤害到你吗？"安妮微笑着问道。

"当然，他就不该对我吐舌头。"杰拉尔婷顶嘴道。她恶狠狠地瞪了她哥哥一眼，他也恶狠狠地回瞪了她两眼。

"舌头是我的，我想吐就吐，你管不着，对不对，雪莉小姐？"

安妮没有理睬他的问题。

"好啦，两个小可爱，再过一个小时就要吃午饭了，我们到花园里坐下来玩游戏或者讲故事怎么样？喂，杰拉尔德，请你把狼皮放回地板上好吗？"

"我想扮成野狼。"杰拉尔德说。

"他喜欢扮成野狼。"杰拉尔婷喊道，她突然又站到她哥哥那边去了。

"我们想扮成野狼。"他俩齐声高呼。

幸好门铃突然响起，及时给安妮解了围。

"快去看看谁来了。"杰拉尔婷喊道。他们奔向楼梯，骑上楼梯的扶手飞快地滑下去，很快就冲到了别墅的前门，把安妮甩在了后面。那张狼皮还围在杰尔拉德的脖子上，不过在飞跑的途中，他一把掀开狼皮，把它扔在一边去了。

"我们从不会买小贩上门来推销的东西。"杰拉尔德对站在门口的女人说。

"我可以见见你妈妈吗？"那个女人问道。

"不，不能。妈妈去参加艾拉姨妈的葬礼了。雪莉小姐在这儿照顾我们。她正从楼梯上走下来呢，她会叫你滚蛋的。"

当安妮看到来者是帕梅拉·德雷克小姐时，恨不得立即把她赶走。她在萨默塞镇很不受欢迎。她总是为一些书刊拉订户，如果你不订阅，你就很难打发她离开。无论你怎么怠慢她、冷落她、暗示她赶快离开，她都无动于衷，因为她有的是时间来和你软磨硬缠。

这次她是来推销一套百科全书的，百科全书是学校教师的必备书籍。安妮明确告诉德雷克小姐自己并不需要，因为学校里已经有一套相当不错的百科全书了。

"你那套书还是十年前的。"德雷克小姐十分肯定地说，"雪莉小姐，我们就坐在这张生了锈的长凳上，让我来给你介绍一下我带来的样书吧。"

"我恐怕没有时间，我还要照看这两个孩子，德雷克小姐。"

"这花不了几分钟。我本来一直想去拜访你的。今天在这儿遇见你真是幸运。孩子们，到一边儿去玩，我和雪莉小姐要浏览一下这套漂亮的样书。"

"我妈妈请雪莉小姐是来照看我们的。"杰拉尔婷甩了甩柔顺的鬈发说。可是杰拉尔德猛地把她往后一拉，然后砰的一声关上了门。

"你看，雪莉小姐，这套百科全书是多么非同一般。瞧这纸张，质量多好，你摸摸看；这上面的雕版插图多漂亮，市面上卖的那些百科全书中的插图还不及这一半多呢。印刷得多么精美，连盲人都可以阅读呢！一套只需要八十元，现在付八元，然后每个月付八元，直到付清为止。这样的好机会可谓千载难逢啊。我们目前正在搞促销活动，明年就要卖上一百二十元了。"

"但我不需要这套书，德雷克小姐。"安妮态度坚决地说。

"你当然需要百科全书，每个人都需要百科全书，一套国家百科全书。我都不知道在没有看过这套百科全书之前自己稀里糊涂是怎么生活的！生活！我以往的生活根本算不上生活，只是在行尸走肉罢了。瞧瞧这幅食火鸡的插图，雪莉小姐。你以前真正看过食火鸡吗？"

"德雷克小姐，可是我……"

"如果你觉得每个月付八元钱有点困难，我可以给你点特殊照顾，作为学校的老师，你可以每个月只付六元钱。请你千万不要拒绝我的这份好意，雪莉小姐。"

安妮感觉自己已经快被逼上梁山了。看来这个可怕的女人已经下定决心不拿到订购单绝不离开，如果每个月拿出六元钱便能打发这个女人离开，这样值不值得呢？那对双胞胎在干什么啊？现在屋子里出奇的安静。他们会不会在浴缸里玩帆船，或者已经从后门溜出去，到池塘边玩水去了？

她焦急不安，恨不得掉头就走。

"德雷克小姐，让我考虑考虑，然后再给你答复。"

"机不可失呀。"德雷克小姐边说边掏出钢笔，"既然你知道你打算买一套百科全书，那不如现在就签下订单好了。机会一旦错过，就再也不会来了。这套书的价格随时都可能上涨，到时候你就得付一百二十元了。在这儿签个字吧，雪莉小姐。"

安妮感到那支钢笔已经塞在自己手里，再过一分钟……突然德雷克小姐发出一声令人毛骨悚然的尖叫，安妮吓得扔掉了手中的钢笔，惊慌失措地看着身旁的同伴。

天啊，这还是德雷克小姐吗？她的模样让人难以置信，帽子不见了，眼镜不见了，甚至连头发也不见了。她的帽子、眼镜以及假发悬在半空中，正在她的头顶和浴室的窗口之间晃来晃去。浴室窗口处探出了两个金色头发的小脑袋。杰拉尔德手里握着钓鱼竿，钓鱼竿上拴着两根带钓钩的线绳。他到底采用了什么妙招，一下子钓起三件东西，这只有他自己才知道。也许那仅仅是碰巧罢了。

安妮飞快地回到屋子往楼上跑去。等她赶到浴室里，两个小家伙早已不见了踪影。杰拉尔德将钓鱼竿扔在了地上。安妮朝窗外看了一眼，只见怒不可遏的德雷克小姐正从地上捡起自己的东西，包括那支钢笔，然后匆匆朝大门口走去。这恐怕是帕梅拉·德雷克小姐生平第一次吃闭门羹。

安妮发现双胞胎正躲在后门廊里津津有味地啃着苹果。安妮不知道拿他们怎么办才好。很显然，他们刚才那样做，安妮不责备他们几句实在是说不过去，可是，正是他们帮她摆脱了困境呀。德雷克小姐实在是太讨厌了，应该给她点教训。不过……

"你吃了一条大虫子！"杰拉尔德尖叫着说，"我看见它滑进你的喉咙了。"

杰拉尔婷扔掉苹果，马上呕吐起来，而且吐得十分厉害。安妮手忙脚乱了好一阵子。等到她舒服了一点儿，已经到了吃午饭的时间了。安妮突然决定从轻处罚杰拉尔德，批评他几句就行了。毕竟德雷克小姐没有受伤，她很可能为了自己保全自己的颜面而对今天的事三缄其口。

　　安妮温和地问道："杰拉尔德，你觉得你刚才的行为有礼貌吗？"

　　"没有礼貌。"杰拉尔德回答说，"不过却很有趣。啊哈，我成了钓鱼的高手了，对不对？"

　　午餐很丰盛。雷蒙德太太在出发前就准备好了，或许她在教育孩子方面有很多不足，可是在烹饪方面绝对是个能手。杰拉尔德和杰拉尔婷像其他小孩一样，在餐桌上表现得相当规矩，他们狼吞虎咽着食物，并没有吵吵嚷嚷。吃完午饭，安妮洗碗盘，让杰拉尔婷把它们擦干，吩咐杰拉尔德把这些洗好擦干净的碗盘放进碗橱里。他们干得相当不错，安妮得意地想，如果用心地培养他们，再加上对他们严格一点，他们其实还是挺乖的。

三

下午两点，詹姆斯·格兰德来找安妮。格兰德是学校董事会的董事长，他有些重要的事情要和安妮商量。星期一他要去金斯波特参加一个教育会议，他希望在这之前能和安妮详细谈谈。安妮问他能不能傍晚来白杨山庄一趟，遗憾的是他傍晚有别的事。

格兰德有着鲜明的个性，不过心眼还是挺好的。安妮早就知道跟格兰德先生打交道得注意方式方法。为了给学校添置一些新设备，安妮正面临着艰难的考验，她无论如何要设法赢得格兰德的支持。她出去找到两个孩子，对他们说：

"亲爱的，我要和格兰德先生谈点事，你们在后院乖乖地玩一会儿好吗？我很快就会回到你们身边，然后我们就去池塘边享受午后茶点，我教你们吹红色的肥皂泡，红色的肥皂泡可漂亮啦。"

"如果我们表现得很乖，你会给我们每个人两毛五分钱吗？"杰拉尔德问道。

"不，杰拉尔德，亲爱的。"安妮断然拒绝了，"我不会收买你们的，我知道你们会表现得很乖，因为你们应该按照我的吩咐去做。"

"我们保证会乖的。"杰拉尔德郑重其事地保证道。

"非常非常乖。"杰拉尔婷同样极其认真地附和说。

安妮和格兰德刚在客厅里坐下来，没想到艾薇·特伦特就跑来了。要是她不来的话，双胞胎也许会遵守他们的承诺。雷蒙德家的两个孩子都非常讨厌艾薇·特伦特，因为艾薇·特伦特是个乖巧的孩子，她从来不会做错事，看上去总是漂漂亮亮的。

今天下午，毫无疑问，艾薇·特伦特是跑来向双胞胎炫耀自己崭新的棕色靴子、漂亮的红色腰带以及肩上和头上的红色蝴蝶结。雷蒙德太太在某些方面并不用心，比如她总是给孩子们穿得随随便便。一些爱管闲事的邻居说她舍得花大把大把的钱给自己买衣服，却舍不得给孩子买件像样的衣服。杰拉尔婷从来没有机会像艾薇·特伦特那样，穿着一身漂亮衣服到街上去四处炫耀。特伦特太太总是把女儿打扮得花枝招展，艾薇穿得干干净净出门，如果回家时衣服弄脏了，特伦特太太认为那一定是邻居家"忌妒的小孩"捣的鬼。

杰拉尔婷对艾薇充满了忌妒。她渴望自己也有着红色的腰带和蝴蝶结，渴望绣着花的连衣裙。她甚至愿意拿任何东西去换艾薇那双有着纽扣的棕色靴子。

"你觉得我的新腰带和蝴蝶结怎么样？"艾薇扬扬自得地问道。

"你觉得我的新腰带和蝴蝶结怎么样？"杰拉尔婷用嘲弄的语气模仿道。

"可是你肩上并没有蝴蝶结。"艾薇认真地说道。

"可是你肩上并没有蝴蝶结。"杰拉尔婷尖锐地说道。

艾薇露出一副困惑不解的表情。

"我有蝴蝶结，难道你没有看见吗？"

"我有蝴蝶结，难道你没有看见吗？"杰拉尔婷继续鹦鹉学舌，她很高兴自己想出如此绝妙的主意来捉弄她。

"那些东西是你妈妈从店里赊来的呢。"杰拉尔婷说。

艾薇被这句话激怒了，她的脸涨得通红，红得就像红蝴蝶结似的。

"不是赊来的，我妈妈从来不赊账。"艾薇辩解道。

"我妈妈从来不赊账。"杰拉尔婷继续模仿道。

艾薇感到极不舒服，不过却束手无策。于是她准备向杰拉尔德求助。杰拉尔德是这条街上最英俊的男孩。艾薇拿定主意要讨好杰拉尔德。

"我来这儿是想告诉你，我要你做我的情郎。"她一边说着，一边用棕色大眼睛含情脉脉地看着他。虽然艾薇只有七岁，她却知道她多情的眼神对大多数她所认识的男孩有着不可抗拒的吸引力。

杰拉尔德的脸刷地一下红了。

"我不做你的情郎。"他说。

"你一定得做。"艾薇沉着脸说。

"你一定得做。"杰拉尔婷对他摇晃着头说。

"我就不做。"杰拉尔德火冒三丈，"艾薇·特伦特，别在这里胡言乱语了。"

"你一定得做。"艾薇固执地说道。

"你一定得做。"杰拉尔婷说。

艾薇狠狠地瞪着她，怒不可遏地说："闭嘴，杰拉尔婷·雷蒙德！"

"我想，我在自己的院子里想怎么说就怎么说，谁也管不着。"杰拉尔婷说。

"她当然可以想怎么说就怎么说，艾薇·特伦特，要是你再不闭嘴，我就到你家去，把你的洋娃娃眼睛挖出来。"杰拉尔德威胁道。

"你要是敢去，我妈妈一定会揍你一顿。"艾薇大叫道。

"哦，她敢这么做？如果她胆敢揍我，你知道我妈妈会怎么做吧？她会揍扁你妈妈的鼻子。"

"不管怎么说，你当我的情郎当定啦。"艾薇冷静地回到了这个最要紧的话题上来。

"我要……我要把你的脑袋摁进接雨水的桶里去，我要摁着你的脸去蹭蚂蚁窝，我要……我要把你的蝴蝶结和红腰带拽下来。"气得发疯的杰拉尔德说道。说完这话，他变得得意起来，因为至少这是可以办到的。

"我们就这样办吧。"杰拉尔婷说。

他们向不幸的艾薇猛扑过来，艾薇踢着、尖叫着，恨不得咬上他们几口，可是她终究敌不过他们。他们拖着她，穿过院子来到柴棚里，以免她的号叫声被人听到。

"快点，"杰拉尔婷气喘吁吁地说，"趁雪莉小姐还没出来，赶快动手。"

他们争分夺秒，说干就干。杰拉尔德紧紧抱住艾薇的腿，杰拉尔婷一只手攥着她的手腕，另一只手扯下她头上和肩上的蝴蝶结，然后又拽掉她的腰带。

杰拉尔德突然看见几个星期前工人留下来的几桶油漆，兴奋地大声提议道："我们给她腿上涂点油漆吧。我抱着她，你来涂。"

艾薇绝望地尖叫着。她的长筒袜被扒了下来，不一会儿，她的腿上就涂满了一条条红绿相间的油漆。同时还有好多油漆溅落在她那绣花连衣裙和新靴子上。最后，他们在她的鬈发上撒了一大把蒺藜。

当他们放开她时，她看上去狼狈不堪，双胞胎看着她的倒霉样幸灾乐祸地哈哈大笑。好几个星期来，艾薇总是在他们面前摆出一副居高临下目中无人的样儿，这下子他们总算狠狠地出了一口恶气。

"好啦，滚回家去吧。"杰拉尔德说，"这下子你就不会到处命令别人做你的情郎啦。"

"我要告诉我妈妈。" 艾薇哭着说，"我要回家去，给妈妈告状，告你这个可恶、可恨、丑得要死的男孩！"

"你竟敢骂我哥哥丑得要死，你这个自高自大的家伙！"杰拉尔婷气呼呼地嚷道，"这全是你和你的蝴蝶结惹的祸！带着你的蝴蝶结给我滚吧！我不想让它留在这儿，别弄脏了我们的柴棚。"

杰拉尔德捡起蝴蝶结朝艾薇扔去，艾薇哭着灰溜溜地出了院子，然后沿大街往家里跑去。

"快点，趁安妮还没发现我们，我们赶紧从后面的楼梯溜到浴室把手洗干净。"杰拉尔婷气喘吁吁地催促道。

四

格兰德先生谈完事情便鞠躬告辞了。安妮在门口站了片刻，好不容易才回过神来，想起自己今天所担负的重要使命。这时，一位怒气冲冲的太太从大街上走过来，手里还牵着一个哭哭啼啼的小女孩，她们走到大门前便停了下来。

"雪莉小姐，雷蒙德太太在哪儿？"特伦特太太理直气壮地问道。

"雷蒙德太太去……"

"我一定要见雷蒙德太太，她该看看她的孩子对我天真可怜的艾薇干了什么好事！雪莉小姐，你看看吧！"

"哦，特伦特太太，真抱歉！这都是我的错，雷蒙德太太外出了，我答应帮她照看小孩，可是格兰德先生来了……"

"不，这不是你的错，雪莉小姐，我不会责怪你的。谁也不知道拿这两个小魔头怎么办，他们在这条街上早已臭名远扬。既然雷蒙德太太不在家，我就告辞了。我先把我这可怜的孩子带回家去。但是我会来找她算账的，叫她等着瞧好了。听，雪莉小姐，那是什么声音？难道他们又在打架了？"

从楼上传来两个孩子鬼哭狼嚎似的尖叫声。安妮飞快地跑上楼。只见两个孩子在门廊的地板上扭成一团，他们互相咬着、撕着、抓着、扯着，打得正起劲呢。安妮好不容易才把他们分开，她揪住兄妹俩仍在扭动的肩膀，大声质问到底是怎么回事。

"她说我一定得做艾薇·特伦特的情郎。"杰拉尔德咆哮着说。

"他一定得做。"杰拉尔婷尖叫着说。

"我就不做!"

"你必须做!"

"够了,别吵啦!"安妮命令道。她语气中的威严一下子震慑住了他们。他们面面相觑,仿佛看到了一位不认识的雪莉小姐。在他们小小的年纪里,生平第一次感到了权威的威力。

安妮平静地命令道:"你,杰拉尔婷,上床去睡两个小时。你,杰拉尔德,在走廊那头的小房间里去反省两个小时。不许违抗命令!你们表现得太糟糕了,必须接受惩罚。你们的妈妈让我来照看你们,你们就得服从我。"

"那就让我们一起接受惩罚吧。"杰拉尔婷说着,哭了起来。

"是的,你没权利把我俩分开,我们从来没有分开过。"杰拉尔德争辩道。

"你们现在就得分开。"安妮仍然十分平静地说。杰拉尔婷只好乖乖地脱掉衣服,躺在他们卧室里的一张小床上。杰拉尔德顺从地走到走廊那头的小房间。这个小房间其实并不小,里面有一扇窗户、一把椅子,空气也挺流通的,谁也不能说这种惩罚过于严厉,安妮锁上小房间的门,走到走廊的窗下捧起一本书。她想,至少有两个小时她可以清静清静了。

几分钟后,安妮偷偷地去看了看杰拉尔婷,她已经甜甜地入睡了,她熟睡中的样儿是那么可爱,安妮甚至有点儿后悔自己是不是对她惩罚严重了点。啊,不管怎么说,睡午觉对她还是有好处的。

一个小时过去了,杰拉尔婷还在酣睡中。杰拉尔德也安安静静的,只要他勇于接受这个惩罚,安妮就决心原谅他。毕竟艾薇·特伦特是个爱慕虚荣的小家伙，她很可能真的惹恼了他。

安妮打开小房间的锁，推开了门。

杰拉尔德并不在房间里。窗子大大地开着，侧廊的屋顶就在这扇窗子下面。安妮咬了咬嘴唇。她飞快地跑下楼，跑到院子里四处寻找，可是却不见杰拉尔德的踪影。她又去了柴棚，然后找遍了整条街，仍然找不到他。

她穿过花园，跑出栅栏门，沿着一条小径穿过矮树丛，来到罗伯特·克里德莫尔先生田里的小池塘边。克里德莫尔在池塘边留下来了一只木筏，只见杰拉尔德正兴致勃勃地划着木筏在池塘里转悠。杰拉尔德把竹竿插进淤泥里，他拔了两次没拔出来，当他第三次用力一拔时，那竹竿一下子就离开了淤泥，他突然重心不稳，仰身栽进了水里，安妮从树丛里跑出来时正好看见这一幕。

安妮不由得尖叫起来，其实她用不着惊慌，因为池塘最深的地方也不及杰拉尔德的肩膀，他掉下来的地方只能淹没到他的腰部。他挣扎着站了起来，傻乎乎地站在那儿，脑袋上的泥水直往下滴。安妮的尖叫唤醒了杰拉尔婷，她穿着睡衣从树丛里飞跑出来，冲向平时停放木筏的那个木头小平台。

她绝望地叫了一声"杰拉尔德"，便纵身一跃，溅起了无数水花，砰的一声落在杰拉尔德的身旁，差点儿又把他砸进水里。

"杰拉尔德，你淹着了吗？"杰拉尔婷哭喊着，"你淹着了吗，亲爱的？"

"没有……没有……亲爱的。"杰拉尔德向她保证，他的牙齿冷得直打战。

他们激动地拥抱着，亲吻着。

"孩子们，赶快上来了。"安妮说。

他们蹚着水上了岸。现在是九月，白天天气还挺暖和的，可是到了傍晚天气便转凉了，而且刮起了风。他们冻得瑟瑟发抖，脸色发青。安妮并没有责备他们，而是赶快把他们带回家，帮他们脱下湿衣服，让他们躺在雷蒙德太太的床上，并在他们的脚下放上热水袋。他们仍然在发抖，他们着凉了会感冒吗？他们会得肺炎吗？

"你本应该好好照顾我们的，雪莉小姐。"杰拉尔德责备道，浑身仍在发抖。

"你当然应该好好照顾我们。"杰拉尔婷马上附和道。

惊慌失措的安妮急忙跑到楼下，打电话请医生来一趟。等医生赶来时，两个孩子已经暖和多了。医生说他们并没有危险，只要他们待在床上好好休息一晚上，明天就没事了。

医生离开了，在回去的路上遇见了从车站回家的雷蒙德太太。雷蒙德太太吓得面色煞白，急匆匆地赶回家，发疯似的冲进了房间。

"哦，雪莉小姐，你怎么能让我的两个小宝贝冒这么大的生命危险！"

"我们刚才也是这么对她说的。"双胞胎异口同声地唱和道。

"我是如此信任你……我告诉过你……"

"雷蒙德太太，我认为我并不该受到什么指责。"安妮沉着冷静地说，目光冷峻得就像寒冬的霜雪，"等你冷静下来，你就会了解这一点。孩子们的身体并没什么问题，我请医生来只是为了预防万一。如果杰拉尔德和杰拉尔婷听我的话，这样的事情就绝不可能发生。"

"我原本以为当老师的可以管住孩子。"雷蒙德太太尖酸刻薄地说。

"没错，老师能管住孩子，可是却管不住小魔头。"安妮心里想，嘴上却说，"既然你回来了，那我也该走了。我想我留在这儿也帮不上什么忙了，而且今天晚上我还得批改作业备课呢。"

两个小孩听了这话，飞快地跳下床，伸出手臂搂住安妮。

"要是每个星期有葬礼就好了。"杰拉尔德大声说道，"因为我喜欢你，雪莉小姐，希望妈妈每次不在家的时候，你都能来照顾我们。"

"我也这么想。"杰拉尔婷说。

"我喜欢你，远远胜过喜欢普劳蒂小姐。"

"哦，不知胜过多少倍呢。"

"把我们写进你的故事里好吗？"杰拉尔德央求道。

"噢，求求你啦。"杰拉尔婷跟着说道。

"我相信你本来是一片好心的。"雷蒙德太太有些勉强地说。

"谢谢。"安妮冷冰冰地说着，试图摆脱双胞胎的软磨硬缠。

"哦，咱们可不要为此而发生争吵。"雷蒙德太太恳求道，她那双大眼睛噙满泪水，"我受不了跟任何人争吵。"

"当然不会争吵。"安妮神情严肃地说，在关键时刻，她总是表现得十分严肃，"我认为我们犯不着为这点小事而争吵。我相信杰拉尔德和杰拉尔婷今天一定玩得很开心，不过可怜的艾薇·特伦特就另当别论了。"

回家途中，安妮感到这一天她心力交瘁，一下子老了好几岁。

"原来我一直以为戴维很顽皮呢。"她在心里说。

回到家，她看见雷贝卡·迪尤在晚霞映照的花园里采摘三色紫罗兰。

"雷贝卡·迪尤，过去我总以为'眼见为实耳听为虚'这句谚语言过其实。现在终于明白这是多么富有哲理。"

"我亲爱的可怜虫，让我来给你做一顿香喷喷的晚餐吧。"雷贝卡·迪尤说。她这次并没有说："我早就告诉过你啦。"这让安妮反倒觉得奇怪。

五

（摘自给吉尔伯特的信。）

昨天傍晚雷蒙德太太来到这儿，眼里噙着泪水请求我原谅她的莽撞。她说："如果你了解一位母亲的心情，你就不会对此耿耿于怀了，雪莉小姐。"

事实上我才不会和她计较呢。雷蒙德太太身上确实有一些可爱的地方，更何况她对我们的戏剧社还给予过很大帮助呢。不过，我并没有对她说："星期六你要外出的话，我可以来帮你照看孩子。"人总是要不断吸取经验教训，像我这么乐观、这么容易轻信他人的人也不例外。

我发现如今萨默塞镇有些人正在为贾维斯·莫罗和多维·韦斯科特的恋爱担忧。据雷贝卡·迪尤所言，虽然他们已经订婚一年多了，可是接下来却毫无进展。凯特大婶是多维的一位远亲，更确切地说，是多维姨妈的小姑子。凯特大婶非常关心此事，一方面是因为她觉得贾维斯和多维非常般配，另一方面大概还因为她痛恨富兰克林·韦斯科特，恨不得看到他被扒皮抽筋、五马分尸。当然凯特大婶并不承认她"憎恶"任何人，她对富兰克林深恶痛绝的原因是他妻子曾经是她的闺中好友，她认为富兰克林害死了他的妻子。

我对此事也很感兴趣，一方面是因为我非常喜欢贾维斯，对多维也颇有好感，另一方面，我想，是因为我爱管闲事，当然，我是出于一片好心。

事情的经过大概是这样的：富兰克林是个精明的商人，他个子高大，总是郁郁寡欢，不爱与人打交道。他住在一座老式的大房子里，那座房子名叫"榆树小园"，坐落在小镇外去港口的路上。我见过他一两次，但对他并不大了解，我只知道他有个怪毛病：说了几句话后便开始不停地闷声窃笑。自从时兴唱圣歌以来，他从未上教堂做过礼拜，他执意将家里的窗户全部打开，哪怕遇上冬天的暴风雪也不例外。我私下里倒认同他这一做法，不过，恐怕我是萨默塞镇唯一认同他这一做法的人了。他是镇上的领袖，镇上重要的事情他要是不赞成，那就别想办成。

他妻子已经去世了。人们常说他妻子在家里就像个奴隶，什么事情都不敢做主。据说富兰克林把妻子娶回家时就对她宣布，他就是她的主人。

多维是富兰克林的独生女儿，今年十九岁了，是个漂亮可爱的姑娘。她身材丰满、朱唇皓齿、棕色的头发柔软发亮、蓝色的眼睛摄人魂魄，乌黑的睫毛特别长，以至于让人不大相信那是真的。珍·普林格尔说，她那双眼睛让贾维斯坠入了爱河。我和珍曾经谈起过他们的恋情。贾维斯是珍最要好的表哥。

（顺便说一句，你大概很难相信珍如今是多么喜欢我，当然，我也喜欢她，我觉得她是世界上最可爱的姑娘。）

富兰克林·韦斯科特一直不许多维交男朋友，当贾维斯·莫罗开始追求多维时，富兰克林·韦斯科特禁止贾维斯·莫罗上门，并且告诫多维不许再跟"那个家伙鬼混"。但是木已成舟，多维和贾维斯已经爱得难分难舍。

镇上的每个人都很同情这对恋人，富兰克林·韦斯科特真是不可理喻。贾维斯·莫罗出身很好，长得一表人才，为人正派，待人谦和，是一名优秀律师，虽年纪轻轻，但已干出了一番事业，可谓前程似锦。

雷贝卡·迪尤宣称："他们是再合适不过的一对了。其实，萨默塞镇的姑娘都恨不得嫁给贾维斯·莫罗呢。我看富兰克林·韦斯科特是铁了心要让多维当老姑娘。他想在玛吉姑妈死后好有个接替她的女管家。"

"有谁可以去劝劝他？"我问道。

"没有人能够劝服他。他太爱挖苦讽刺人了。如果你占了上风，他就会恼羞成怒、暴跳如雷。我倒是没有见过他发火的样子，不过我听普劳蒂小姐讲过，有一次她在他家做针线活正好遇上他大发雷霆。谁也不知道他为什么发火，只见他抓起眼前的东西就往窗外扔。弥尔顿的诗集飞过篱笆落在乔治·克拉克的荷花池里。他经常怨天尤人。普劳蒂小姐说，她妈妈告诉过她富兰克林出生时的哭叫声出奇的响亮。我猜上帝创造出这样的人来，肯定自有道理，只是我们搞不懂罢了。唉，在我看来，贾维斯和多维除了私奔，已经别无他法了。虽然有关私奔的浪漫故事多得不得了，可私奔毕竟是件不光彩的事。不过，他们要是私奔的话，大家会原谅他们的。"

我不知道该如何帮助他们，但我知道我必须做点什么。不管富兰克林·韦斯科特脾气如何暴躁，我也不能眼睁睁地看着他把女儿的幸福生活毁掉而坐视不管。贾维斯·莫罗不可能永远这样等下去。有传言说他已经失去了耐心，人们看见他把曾经刻在一棵树上的多维的名字愤然刮去。又有人传言说帕尔默家有位迷人的姑娘正频频向他暗送秋波。还有人传言说贾维斯·莫罗的姐姐曾当着大家的面说，她妈妈认为她的儿子完全没必要白白浪费几年时间去傻傻地追一个姑娘。

吉尔伯特，这件事让我心神不宁坐立不安。

我亲爱的，今晚月明如水，倾泻在庭院的白杨树上，洒落在港湾口一艘出港的船只上，洒落在墓园里，洒落在我常去的小溪谷里，洒落在"风暴王"上。今晚，"情人之路"、"阳光水湖"、"闹鬼的树林子"风清月朗，花好月圆。小山丘上，仙女们乘着月色翩翩起舞，可是，亲爱的吉尔伯特，没你在我身边，这月色再美也无用啊。

我真想带着小伊丽莎白去散散步。她喜欢在月光下散步。上次她到绿山墙时。我们曾有过几次愉快的散步。不过伊丽莎白在家里时，只能透过窗户看看月光。

我开始有些担心她。她快十岁了，对于她精神上和情感上的需求，那两位老人一无所知。她们除了给她吃好的、穿好的外，似乎再也想不出她还需要什么。而且情况一年比一年糟，这可怜的孩子过的是怎样的童年啊！

六

　　萨默塞中学举行完毕业典礼之后，贾维斯·莫罗陪着安妮一起走路回家，并向她诉说了内心的苦恼。

　　"贾维斯，你应该和她私奔。大家都这么说。虽然原则上我不赞成私奔，（我说这话的语气像是有着四十年教龄的老师似的，安妮暗自想着，嘴角露出了一丝不易察觉的微笑。）可是凡事都有例外嘛。"

　　"私奔是两个人的事，安妮。我一个人做不了主。多维很怕她爸爸，我没法说服她这样做。其实我的计划也算不上私奔。她只需要在某个傍晚找个借口偷偷跑到我姐姐朱丽亚家就行——你也晓得我姐姐朱丽亚就是现在的斯蒂文太太。我会把牧师请到那儿，我们将体体面面地结婚，让每个人都心悦诚服。然后我们就到金斯波特的伯莎姑妈家度蜜月。事情就是这么简单。但是我无法说服多维采取行动。这个可怜的姑娘多年来一直屈从于她父亲的权威之下，根本没有自己的主见。"

　　"你必须想尽一切办法说服她，贾维斯。"

　　"天哪，你以为我没有这么做吗，安妮？我再三恳求她，把嘴皮都磨破了。她和我在一起时，她会勉强答应下来，可是一回家，她就捎信告诉我她不能这么做。这看起来让人觉得莫名其妙，其实真正的原因在于她爱着她父亲，一想到她父亲可能不会原谅她，她就无法忍受。"

　　"你要告诉她，她必须在父亲和你之间做出选择。"

　　"如果她选择她父亲呢？"

"我认为这种可能性不大。"

"这很难预料。"贾维斯愁眉不展，"可是问题一定得尽快解决。我不能永远这样等下去啊。我深爱着多维，这一点萨默塞镇所有的人都知道。可是她就像是一朵想摘又摘不着的红玫瑰……我一定要把她摘到手中，安妮。"

"诗是好东西，可是在这件事上，它却帮不上你的忙，贾维斯。"安妮冷静地说，"这话听起来像是雷贝卡说的，但也确实有道理。处理这件事你需要通盘实际的考虑。告诉多维，你已经厌烦了她的犹豫不决，她必须做出选择，要么跟你在一起，要么离开你。如果她并不是特别在乎你，不愿意为了你而离开她父亲，你早点明白这个道理也好。"

贾维斯沉重地叹了一口气。

"安妮，你毕竟没有生活在富兰克林·韦斯科特的掌控中，所以你并不清楚他的厉害。好吧，我最后再试一试。正如你所说的，如果多维真的在乎我，她就会跟我走，如果她不在乎，我最好还是早点知道这个结果。我真的开始觉得我把自己搞得进退两难，狼狈不堪了。"

"如果你开始有这种感觉的话，那多维就该当心一点了。"安妮心想。

几天后的一个傍晚，多维来到白杨山庄向安妮请教。

"噢，安妮，我该怎么办啊？我该怎么办？贾维斯让我和他一起私奔。下星期的一个晚上我爸爸要去夏洛特敦参加共济会，那将是一个绝好的机会。我要是出门的话，绝不会引起玛吉姑妈怀疑。贾维斯让我去斯蒂文太太那里和他结婚。"

"多维，那你为什么不去呢？"

"哦，安妮，你觉得我该去吗？"多维仰起美丽的脸蛋，茫然无助地问道，"求你帮我拿拿主意吧，我完全不知所措了。"

多维的声音一下变得有些哽咽，"唉，安妮，你还不了解我爸爸。他憎恨贾维斯，我真搞不懂这是为什么，你知道其中的原因吗？怎么会有人憎恨贾维斯呢？他第一次到我家来找我时，我爸爸就没让他进门，并且还威胁他说，他下次要是胆敢再上门来，他就唤出狗来咬他，我们家那条狗是高大的牛头犬。你知道，这种狗一旦咬住东西就决不会松口。我要是跟贾维斯私奔了，我爸爸是决不会原谅我的。"

"你必须在你爸爸和贾维斯之间做出选择，多维。"

"贾维斯也是这样说的。"多维哭着说，"哦，他说这话时一脸的严肃，我从来没见过他这么严肃。安妮，我不能……不能……没……没有他。"

"那就和他生活在一起吧，我亲爱的姑娘。不要把这看成是私奔。你只是到萨默塞镇来，当着他朋友的面结婚，这根本算不上私奔。"

"可是我爸爸会认为这是私奔。"多维抽泣了一下说，"不过，安妮，我决定听从你的忠告。我相信你不会让我走错路的。我要让贾维斯着手准备，把结婚证书办好；等到我爸爸去夏洛特敦的那个晚上，我就到他姐姐家去。"

贾维斯喜笑颜开地告诉安妮，多维终于同意了。

"下个星期二晚上，我将在巷口等她。她不让我去她家，害怕玛吉姑妈会看见我。我们会去我姐姐朱丽亚家并且马上结婚。我所有的亲朋好友都会去那儿捧场，这样会使我可怜的多维感到欣慰一点。富兰克林告诉我说，我永远也得不到他的女儿，我要向他证明他错了。"

七

现已是十一月下旬了，这一天是星期二，天空阴沉沉的。小山丘上刮起了一阵狂风，下起了雨。透过灰蒙蒙的雨帘看去，外面的世界真是凄风苦雨、阴沉忧郁啊。

"可怜的多维结婚没赶上一个好天气。"安妮心里想着，接着不由得浑身颤抖起来，"要是……要是……要是这件事情搞砸了怎么办，这可是我一手造成的。如果不是我的劝告，多维决不会同意这么做的。或许富兰克林·韦斯科特永远也不会原谅多维。安妮·雪莉，别再胡思乱想了！你的这些担心全是这鬼天气害的！"

傍晚时分，雨停了，可是空气里仍然阴冷潮湿，天空低垂着，安妮在塔屋里批改作业，灰毛米勒蜷缩在火炉旁。这时前门响起了震耳欲聋的敲门声。

安妮跑下楼。雷贝卡·迪尤惊恐不安地从卧室里探出头来，安妮示意她赶紧回去。

"前门有人来了！"雷贝卡讪讪地说。

"别担心，雷贝卡。尽管我也觉得这有些奇怪，但是不管怎么说，贾维斯·莫罗来了。我从塔楼的侧窗看到他来了，我知道他是来找我的。"

"贾维斯·莫罗！"雷贝卡退回屋去了，关上了门，"这真是让人忍无可忍。"

"贾维斯，出了什么事？"

"多维还没有来。"贾维斯心急如焚地说，"我们已经等了几个小时了，牧师和我的亲朋好友全都到场了，朱丽亚把晚餐也准备好了，可就是不见多维的身影。我在巷口等得都快发疯了。我不敢去她家，因为我不知道出了什么事。说不定那个可恶的富兰克林·韦斯科特已经回家了。说不定玛吉姑妈把她锁起来了。不管怎么说，我一定得弄明白到底出了什么事。安妮，你必须去一趟榆树小园，看看她为什么还没有来。"

"我？"安妮有点儿不相信自己的耳朵。

"对，你。我再也找不出值得信赖的人了，再说其他人也不知道这件事的底细。哦，安妮，千万不要拒绝我，你可是一直在支持我们的啊。多维说你是她唯一真正的朋友。现在才九点钟，还不算太晚。赶快去吧！"

"主动送上门给那条高大的牛头犬咬吗？"安妮用嘲讽的语气说道。

"那条老掉牙的狗！"贾维斯不屑一顾地说，"它见了流浪汉都不敢吭一声。你不会以为我是怕那条狗才不敢去吧？而且那条狗晚上总是被关起来的。我只是担心如果被他们发现了，会给多维带来更大的麻烦。安妮，求你了！"

"我想我是骑虎难下，不去恐怕不行了。"安妮绝望地耸了耸肩说。

贾维斯用车把她送到榆树小园前的长巷子口，他没敢再往前送。

"就如你说的，如果多维的爸爸回来了，事情就更难办了。"

安妮急匆匆地沿着两排大树之间的长长的巷子走去。月亮偶尔从云端里露出脸来，巷子里大部分地方都是一片漆黑，安妮有些提心吊胆，担心那条狗突然闯出来偷袭她。

榆树小园里只有厨房里亮着灯。玛吉姑妈打开侧门让安妮进屋来。玛吉大婶是富兰克林·韦斯科特的老姨姐，她的背有点驼，满脸的皱纹，脑子有点儿不好使，不过倒是一个好管家。

"玛吉姑妈，多维在家吗？"

"多维已经睡觉了。"玛吉姑妈木讷地说。

"睡觉了？她病了吗？"

"据我所知她没有。不过今天一整天她都有些心神不宁。吃过晚饭，她说她累了，然后就上楼睡觉了。"

"我必须去见见她，玛吉姑妈。我……我有点重要的事想问问她。"

"那你去她的房间吧，她的房间是楼上右边那间。"

玛吉姑妈指了指楼梯，随后就摇摇摆摆地走进了厨房。

安妮迫不及待地敲了敲门，径直闯了进去，多维腾的一下从床上坐了起来。在微弱的烛光映照下，安妮看见多维正在哭泣，她的这副模样反而激怒了安妮。

"多维·韦斯科特，你难道忘了你答应今天晚上要跟贾维斯·莫罗结婚吗？就是今天晚上？"

"没……没忘记。"多维啜泣着说，"噢，安妮，我是如此烦恼……我这一天备受煎熬。你永远……永远也不知道我是怎样熬过来的。"

"但我知道可怜的贾维斯是如何熬过来的。他顶着寒风冒着雨在巷口等了你两个小时。"安妮气急败坏地说。

"他……他很生气吗？"

"那是可想而知的。"安妮嘲讽道。

"噢，安妮，我很害怕。昨天夜里我整夜都没合眼，我不能这么做，我做不到。我……私奔是一件耻辱的事，安妮。我将得不到任何漂亮的结婚礼物，就是得到了，也寥寥无几。我一直期待着在教堂举行婚礼，教堂里装扮得漂漂亮亮的，我披着雪白的婚纱，穿着雪白的礼服，戴着可爱的头饰，穿着镀银的鞋！"

"多维·韦斯科特，你马上给我从床上爬起来，穿好衣服，跟我走。"

"安妮，已经这么晚了。"

"一点儿也不晚。多维，如果你稍有点常识，就应该知道机不可失，时不再来。你应该明白倘若你这次愚弄了贾维斯·莫罗，他以后绝对不会理睬你的。"

"哦，安妮，他会原谅我的，如果他知道……"

"他不会的，我了解贾维斯·莫罗。他不会再让你无限期地拿他的生活开玩笑。多维，难道你要我把你拖下床吗？"

多维不由自主地颤抖着，无可奈何地叹了一口气。

"我没有合适的衣服可以穿……"

"你有五六套漂亮的衣服。穿上你那套玫瑰色的丝绸衣服。"

"我连一点儿嫁妆也没有。莫罗家的人会取笑我的……"

"你以后会得到一份嫁妆的。多维，难道你以前从来没有考虑过这些问题吗？"

"没……没有……问题就出在这儿。直到昨晚我才开始想到这些事儿。而且还有我爸爸，你还不了解他，安妮……"

"多维，我限你在十分钟内穿好衣服！"

多维在规定的时间内穿好了衣服。

"这套衣服我穿着太紧了。"当安妮帮多维把衣服扣好时，她哭着说，"如果我再胖下去，贾维斯大概就不会爱我了。安妮，我真希望自己长得像你那么高挑，那么窈窕，那么白皙。啊，安妮，要是玛吉姑妈知道我们的事，那该怎么办啊？"

"她不会知道的，她躲在厨房里呢。你也知道她的耳朵有点聋。这是你的帽子和外套，我还装了一些东西在这只袋子里。"

"噢，我的心都快跳出来了。我的样子看起来是不是很可怕，安妮？"

"你看上去可爱极了。"安妮发自肺腑地说。多维的皮肤白里透红，刚才的眼泪对她的迷人眼睛并没什么影响。不过在黑暗中贾维斯看不见这双眼睛，他对自己的心上人有点儿不满，因此在驾车往镇上赶的路上显得有点儿冷漠。

"多维，看在上帝的分儿上，求你别在要嫁给我的时候看上去一副胆战心惊的样子。"当多维从斯蒂文家的楼上走下来时，他有些不耐烦地说，"还有，千万不能哭，否则你的鼻子会肿起来的。现在快十点钟了，我们还得赶十一点的火车呢。"

婚礼举行完毕，一切皆成定局，多维心里一下子变得踏实了。安妮事后写信告诉吉尔伯特，此时此刻的多维脸上露出了"蜜月般"的甜蜜。

"亲爱的，安妮，这一切多亏你的帮助。我们永远都不会忘记你的，对吧，贾维斯？哦，安妮，还有一件事需要麻烦你，请你把我们结婚的消息告诉我爸爸吧。他明天傍晚前就要回家，总得有人把这事告诉他。如果有人能安抚他的话，那只能是你了。求你想方设法说服他原谅我吧。"

当时安妮心想，她也需要有人来安慰安慰呢，但是她又不安地觉得自己对这件事要负责到底，于是便答应了多维的要求。

"他当然会暴跳如雷、大发雷霆，安妮，但他不可能杀了你。哦，安妮，你不知道，我和贾维斯待在一起多么有安全感啊。"

雷贝卡·迪尤对白天的事特别好奇，但又不明就里，正在为此生气呢。安妮回到家时，只见她头上围了块绒布方巾，穿着睡衣，紧紧跟在她身后来到塔屋。安妮只好把事情的前因后果告诉了她。

"好啦，我想这就是你常说的'天意'吧。"她嘲讽道，"富兰克林·韦斯科特不赞成的事情终于发生了，我真是太高兴了，麦库伯船长夫人一定也会眉开眼笑的。不过，你要把多维结婚的消息告诉富兰克林，这可不是件好差事，棘手得很啊。他会暴跳如雷，冲着你大吼大叫的。雪莉小姐，如果我是你，恐怕今晚就睡不着了。"

"我想明天的差事大概不会让人感到愉快吧。"安妮懊恼地感叹道。

八

　　第二天傍晚，安妮前往榆树小园。十一月的雾弥漫在大街上，使人宛如在梦幻奇境中穿行，可是安妮却一点儿也高兴不起来。这确实是一件让人伤脑筋的苦差事。当然，正如多维所说，富兰克林·韦斯科特不可能杀了她。安妮并不害怕他对她拳脚相加，不过如果有关他的传闻全是真实的话，他也许会抓起什么东西朝她扔过去。他会不会气得叽里咕噜说胡话？安妮还从未见过男人气得叽里咕噜说胡话的样儿，不过安妮可以想象那一定会让人很不愉快。也许他会动用他最致命的撒手锏——讽刺挖苦。无论是男人的冷嘲热讽还是女人的冷嘲热讽，安妮听后都是惶惶不安。讽刺挖苦会伤害她的心灵，伤口要等几个月才能痊愈呢。

　　"詹姆西娜姨妈过去常说：'除非是万不得已，千万不要做坏消息的传言人。'"安妮回想道，"她远见卓识，这句话也是一语中的。哦，快了。"

　　榆树小园是一座是四角有塔楼，中间是鳞纹圆顶的老式住宅。在前门的台阶上，一条狗正蹲在那儿。

　　"这种狗一旦咬住东西就决不会松口。"多维的话在安妮的耳畔回响。她是否应该绕到侧门那儿去呢？这时她想没准富兰克林·韦斯科特正在窗户边看着她呢，于是她鼓足了勇气。她决不能让他看出自己怕那条狗的样子。她仰起头，昂首阔步地走上台阶，毫无畏惧地从狗的身边走了过去，按响了门铃。那条狗竟然一动不动。安妮回过头偷偷看了它一眼，原来它睡着了。

　　安妮进了屋，富兰克林·韦斯科特并不在家。不过由于夏洛

270.

特敦开过来的火车已经到站了，他随时都有可能走进家门。玛吉姑妈把安妮领进了她称之为"书房"的房间，然后就把她留在那里。那条狗已经睡醒了，它跟着她们一起走进书房，安安静静地躺在安妮的脚边。

安妮发现自己挺喜欢这间书房的。这个房间虽然有点儿破旧，却让人感到特别温馨。壁炉的火苗欢快地跳跃着，地板上铺着红色的旧地毯，壁炉周围铺着几块熊皮小地毯。看来富兰克林·韦斯科特常常到这儿来抽烟斗，看书，一个人自得其乐呢。

一会儿，她听到他回来的脚步声。他把帽子和外套挂在门廊里，随后他站在书房门口，紧皱着眉头。安妮回忆起她见到他的第一印象，那时她觉得他像个有几分绅士风度的海盗。这次看见他，仍然有着同样的感觉。

"哦，怎么会是你？"他相当粗鲁地说，"你跑到这里来干吗？"

他甚至没伸出手来和她握握手，安妮心想，那条狗都比他有礼貌一些呢。

"韦斯科特先生，请耐心地听我把话讲完……"

"我有耐心，非常有耐心，你讲吧！"

安妮觉得跟富兰克林这样的人讲话没必要兜圈子。于是，她开门见山："我来这儿是想告诉你，多维和贾维斯·莫罗已经结婚了。"

然后她便等待着一场可怕的地震突然袭来。可是屋里风平浪静。富兰克林·韦斯科特那张清瘦黧黑的脸庞毫无变化。他走进书房，坐在安妮对面那把椅腿向外弯曲的皮椅上。

"什么时候？"他问道。

"昨天晚上，在贾维斯姐姐家里。"安妮回答说。

富兰克林·韦斯科特抬起灰色眉毛下那双深邃的眼睛，久久地注视着安妮。安妮同样看着他，有好一阵子，安妮好奇地想，当他还是个孩子的时候，他长得是一副什么模样呢。突然，他把头霍地往后一仰，偷偷地笑了起来。

"你不能责怪多维，韦斯科特先生。"安妮诚恳地劝说道。她已经把最关键的内容说出来了，于是很快恢复了言谈时的镇定自若，"这并不是她的错……"

"我敢打赌，那并不是她的错。"富兰克林·韦斯科特抢白道。

他是不是在挖苦讽刺我？

"都是我的错。"安妮简短而勇敢地承认说，"我建议她私……结婚的，所以请你原谅她，韦斯科特先生。"

富兰克林·韦斯科特神态自若地拿起一只烟斗，给烟斗装上烟丝。

"雪莉小姐，如果是你安排多维和贾维斯私奔的，我认为你完成了一件无人可及的事。我本来一直担心她没有胆量做出那种事。那样的话我就不得不认输，天哪，我们韦斯科特家族可从不愿认输！雪莉小姐，你保全了我的颜面，我将万分感激你。"

富兰克林·韦斯科特装上烟叶，并饶有兴趣地看着安妮，屋子里寂静无声。安妮不明白他话里的意思，一时不知说什么好。

"我想，"他说，"你一定是忐忑不安地来到这儿，战战兢兢地把这个消息告诉我的吧？"

"是的。"安妮简短地回答道。

富兰克林·韦斯科特又偷偷地笑了。

"你完全没必要害怕。要知道你给我带来的是天大的好消息啊。啊，当他们还是小孩子的时候，我就替多维选中了贾维斯·莫罗。其他孩子刚一开始注意上多维，我就把他们赶跑了。这样才给了贾维斯·莫罗机会，让他注意到多维。他必须给我好好表现！不过他很讨姑娘们喜欢，后来他还真的爱上了我家姑娘，我简直难以相信我家姑娘会有这么好的运气。于是我又制定了下一步作战计划。我太了解莫罗家族这些人的脾气了，而你却知之甚少。没错，莫罗家族是个相当不错的家族，可是他们家的男人对于唾手可得的东西根本就不感兴趣。要是有人告诉他们有件东西难以企及，他们则会想方设法去获得。他们总是避易就难、舍近求远。贾维斯的父亲曾经让三个姑娘伤透了心，就是因为这些姑娘的父母都恨不得把女儿白白送给他。就贾维斯而言，我很清楚事情会怎么发展。多维会一心一意地爱着他……而他过不了多久就会对她感到厌倦。我知道如果他轻而易举就可以得到多维，那他就根本不会在乎她。所以我就禁止他上门，不让多维答理他，我扮演的是一个地地道道的严父角色。这就是所谓的越难追上手的姑娘越有魅力！其实这跟那姑娘本身的魅力根本没关系。一切都在按我的计划进行，可是多维的优柔寡断让我伤透了脑筋。她是个好孩子，可就是软弱。我觉得她根本没有勇气不顾我的反对而毅然嫁给他。好啦，亲爱的小姐，你已经从担惊受怕中回过神来，请把这件事的来龙去脉告诉我吧。"

安妮的幽默感再次让她摆脱了眼前的尴尬。她忍不住开怀大笑起来，即便她取笑的对象就是自己。在言谈中，她觉得自己对富兰克林·韦斯科特是如此的熟悉。

他一边惬意地抽着烟斗，一边听着安妮的讲述。安妮讲完后，他欣喜地点了点头。

"看来你给我帮的忙完全超乎我的想象。要不是你亲自出面，多维绝对没有胆量这么做。而且根据我对莫罗家族的了解，贾维斯绝对不愿意再被多维愚弄一次。天啊，我这可是侥幸取胜啊！我这辈子都愿意随你差遣了。你一定听过不少关于我的闲言碎语吧，可是你居然有勇气来这儿找我，由此可见，你确实是位好姑娘。关于我的那些流言蜚语，你一定听了不少吧？"

安妮点了点头。那条牛头犬已经依偎在安妮的膝盖上，幸福地打起了呼噜。

"大家都认为你古怪、暴躁、固执。"安妮坦白道。

"我想他们一定告诉你我是个暴君，让我那可怜的妻子过得很悲惨，是吧？还说我用铁腕控制着全家老小，是吧？"

"是的，韦斯科特先生。不过我对那些传言都半信半疑。我认为如果你真像传言中所描述的那样可怕，多维应该不会如此爱你。"

"真是个聪明绝顶的姑娘！我妻子是个幸福的女人，雪莉小姐。如果麦库伯船长太太告诉你是我把妻子害死的，请你替我骂她几句。请原谅我的直率。我妻子莫丽当年比现在的多维还要漂亮。她的皮肤白里透红，她的金发闪闪发光，她的蓝眼睛清澈见底！她是萨默塞镇最漂亮的女人。她必须是最漂亮的女人。如果上教堂看见别的男人的妻子比我的妻子还要漂亮，我简直难以容忍！我像其他男人一样当家做主，可绝不是残酷的暴君。哦，不错，我偶尔会发发脾气，不过莫丽习惯了也就无所谓了。一个男人有权利偶尔和妻子吵吵架，不是吗？女人也会对单调乏味的丈夫感到厌烦的。此外，我发过脾气冷静下来后，总会给她送一枚戒指、一条项链或者其他精美的首饰来哄哄她。我敢说萨默塞镇没有哪个女人的首饰有她的多呢。我要把它们找出来送给多维。"

安妮突然想起一个刁难的问题。

"弥尔顿的诗集是怎么回事？"

"弥尔顿的诗集？哦，那本诗集啊！那不是弥尔顿的诗集，而是丁尼生的诗集。我敬重弥尔顿，可是却无法忍受丁尼生。他的诗无病呻吟，太甜太腻了。有一天晚上，我被那篇《伊诺克·阿登》的最后两行惹火了，我扬手就把书扔出了窗外。可是为了其中那首《号角之歌》，第二天我又把它捡了回来。有了那首好诗，其他的一切我都原谅了。它并没有掉进乔治·克拉克的荷花池里，那是老普劳蒂瞎编出来的。怎么，你就要走了吗？留下来陪一个被抢走了独生女的寂寞的老头子吃顿晚饭吧。"

"韦斯科特先生，我真的很抱歉，我不能留下来吃晚饭，今天晚上我还得参加学校里的一个教师会议呢。"

"好吧，等多维回来后我会来看你的。毫无疑问，我不得不为他们举办一场结婚宴会。谢天谢地，现在我一下如释重负了。你不知道，我多么讨厌低声下气地说：'请娶她吧。'现在，我需要做的就是假装成伤心欲绝的样儿，然后看在她可怜的母亲的分儿上，无可奈何地原谅她。我会把这一切做得天衣无缝的……贾维斯根本不会怀疑这一切。你可别说漏嘴哟。"

"我不会的。"安妮保证说。

富兰克林·韦斯科特彬彬有礼地送她至大门前。牛头犬蹲坐在地板上，在她身后叫个不停，依依不舍地向她道别。

富兰克林·韦斯科特站在门前，把烟斗从嘴里取出来，并伸出手亲切地拍了拍她的肩膀。

他神情严肃地说："记住，俗话说剥猫皮的方法多种多样。你如果处理得十分巧妙的话，那畜生即使被剥了皮也仍旧浑然不知。请替我向雷贝卡·迪尤问好。她是个挺不错的人，你只需处处顺着她就行。好了，谢谢你。真的要谢谢你。"

在寂静无声的暮色中，安妮往家里走去。雾散了，风也停了，淡蓝色的天空预示着将有一场寒霜来临。

"人们说我不了解富兰克林·韦斯科特，"安妮心想，"他们说得没错，我还真不了解他。但是在我看来，他们同样也不了解他呢。"

"他有什么反应？"雷贝卡·迪尤迫不及待地问道。安妮出去的这段时间里，她一直是如坐针毡。

"还不算太糟糕，我想他最终还是会原谅多维的。"安妮敷衍道。

"雪莉小姐，你每次去说服别人，我可从来没有见你失败过。"雷贝卡·迪尤羡慕地说，"你一定有什么绝招儿。"

当天晚上，安妮疲惫不堪地踏着三级小台阶爬进她的被窝里，她不由自主地自言自语道："有些事情要敢于尝试，有些事情要三思而后行。我就等着下次有人找上门来，向我请教有关私奔的事吧！"

九

（摘自给吉尔伯特的信。）

明天晚上我将应邀到萨默塞镇的一位女士家吃晚餐。吉尔伯特，如果我告诉你，她的姓是汤姆加伦时，你大概不会相信吧？她就是米纳瓦·汤姆加伦！你可能会说，这是因为我深受狄更斯的小说的影响，才会想出这么稀奇古怪的名字出来。

亲爱的，你是不是很庆幸你姓布里兹？如果你姓汤姆加伦的话，我敢保证我不会嫁给你，想象一下，我嫁给你后，我的姓名就变成了安妮·汤姆加伦！噢，不行，这真是难以想象。

受邀到汤姆加伦家做客，可以说是萨默塞镇的居民所拥有的至高无上的荣誉！汤姆加伦的住宅就叫"汤姆加伦宅子"。他们没给自己的宅子取名"榆树山庄"啦、"栗子山庄"啦以及"农家大院"啦等土里土气的名字。

据说他们才是昔日萨默塞镇真正的"皇族"。普林格尔家族与他们比起来，那简直是不值一提。如今这个大家族只剩下米纳瓦小姐一人了，汤姆加伦家族六代以来唯一尚在人世的就只有她一个人。她独居在女皇街的一幢大宅子里，那幢宅子有好几个高大的烟囱，有绿色的百叶窗，而且是镇上私人住宅里唯一安装了彩色玻璃窗户的人家。它大得足以住上四户人家，可现在只住着米纳瓦小姐、一位厨师和一位女仆。这座宅子保存完好，不过每当我经过这幢房子时，我总觉得它是一个被生活遗忘的角落。

米纳瓦小姐除了上圣公会教堂做礼拜外，平时很少外出。

几个星期前，她来学校出席教师与董事联席会，向学校正式捐赠她父亲的珍贵藏书，我才得以和她见上一面。她看上去如同你所期盼看到的米纳瓦小姐，个子颀长，脸窄长、苍白，鼻子既长又尖，嘴巴大大的，嘴唇薄薄的。这样的相貌看上去似乎并不迷人，然而米纳瓦小姐却有大家闺秀的风韵，她的衣着虽然式样有点儿过时，不过却不失优雅。雷贝卡·迪尤告诉我说，她年轻时是个出了名的美人胚子。她那双黑色的大眼睛仍然炯炯有神。她口齿伶俐，能说会道，她在捐赠发言上的演讲是我所听过的最精彩的一次演讲。

米纳瓦小姐待我特别友好，昨天我收到了一份正式请柬，邀请我与她共进晚餐。当我把这件事告诉雷贝卡·迪尤时，她惊愕得目瞪口呆，就好像我受邀到白金汉宫似的。

"能够受邀到汤姆加伦家做客，那可是份了不起的荣耀。"她以敬畏的语气说道，"我从未听说过米纳瓦小姐邀请任何一位校长到她家去过。不过，以前的校长都是男的，大概不方便。哦，她说起话来滔滔不绝，我希望她的话不要把你烦死，雪莉小姐。汤姆加伦家的人个个伶牙俐齿、有着三寸不烂之舌。无论什么事儿他们都喜欢站在风口浪尖上。有些人认为米纳瓦小姐现在深居简出，是因为她年纪大了，不能像过去那样事事领先，可是又不愿意甘居人后。你打算穿什么衣服去呢，雪莉小姐？我喜欢你穿那件奶白色的丝质连衣裙，再配上黑天鹅绒蝴蝶结。那样穿挺正式的呢。"

"只不过是傍晚出去吃顿晚饭，没必要穿得那么'正式'吧。"我说。

"我想米纳瓦小姐一定会喜欢的。汤姆加伦家的人都喜欢他

278.

们的客人穿戴得体体面面。据说米纳瓦小姐的爷爷曾经让一位应他们邀请而去参加舞会的女士吃了闭门羹，因为她穿的不是她最好的衣服。他还告诉她说，纵使她穿着最好的衣服来，对汤姆加伦家族而言也算不了什么。"

不过，我打算穿那件绿色的薄纱衣服去赴宴，要是汤姆加伦家族地下那些鬼魂看见了，或许也能勉强凑合过去吧。

吉尔伯特，有件事我要对你坦白，我猜你会责怪我又在管别人的闲事了。可是我必须这么做。明年我就要离开萨默塞镇了，我一想到小伊丽莎白要继续与那两位毫无爱心的老太婆生活在一起，受尽她们的虐待，我就心如刀割。那两位老太婆随着年龄的增长，变得越来越刻薄，越来越小心眼儿了。和她们一起生活在那幢阴森森的老房子里，小伊丽莎白如花似玉的少女年华是多么惨淡无光啊！

不久前她曾若有所思地对我说："我一直想知道，如果与一位你不必害怕的曾外祖母生活在一起，那情形会是怎样的呢。"

我做的事情就是给她爸爸写了一封信。他住在巴黎，我不知道他的具体地址。可是雷贝卡·迪尤听说过并且记住了他供职的那家公司的名字，他是那家公司驻巴黎分公司的经理。于是我把信寄给了那家公司，并请公司转交给他。我尽量写得很委婉，不过我直言不讳地告诉他应该把伊丽莎白接走。我还告诉他伊丽莎白日日夜夜都在思念他，告诉他坎贝尔太太待她太苛刻太严厉。也许这封信会石沉大海。但是如果我不写这封信，我永远都不会感到心安。我认为，在这件事情上我责无旁贷。

让我产生写信这一念头的是这样一件事：有一天伊丽莎白一本正经地告诉我，她"给上帝写了封信"，请求上帝把她爸爸带回她身边，并且让她爸爸爱她。她说在放学回家的路上，她站在一块空地的中央，仰望着天空，读了那封信。我知道她做了这件离奇的事儿，因为普劳蒂小姐看见了她对天读信的情景，第二天来白杨山庄替两位大婶做针线活儿时她向我讲起了这件事。她认为伊丽莎白变得"越来越不正常了"——"竟然对着天空说些莫名其妙的话"。

后来我问伊丽莎白，她把事情一五一十地告诉了我。

"我想，比起祈祷来说，上帝也许会更加重视书信。"她说，"因为我已经祈祷了好多年了，上帝一定收到了好多的祈祷。"

那天晚上我便动笔给她爸爸写了一封信。

在结束这封信之前，我还要给你讲一讲有关灰毛米勒的事。在前段时间，凯特大婶告诉我，她觉得必须为灰毛米勒另外找一个家，因为雷贝卡·迪尤老是在抱怨这只猫，她可能是真的无法容忍它了。上个星期的一天傍晚，我从学校回来，突然发现家里没有了灰毛米勒。凯特大婶说她们把它送给了住在镇上另一头的艾德蒙兹太太。我难过极了，因为我和灰毛米勒一直是亲密无间的好朋友。"不过，至少这样会让雷贝卡·迪尤快乐一些。"我只好这样安慰自己。

那天雷贝卡·迪尤不在家，她到乡下去帮一位亲戚编织小地毯去了。傍晚她回来了，谁也没有提起这事。可是到了上床睡觉时，她和往常一样在后院去唤灰毛米勒回家，这时凯特大婶十分平静地说：

"你不用再叫灰毛米勒了，雷贝卡。它已经不在这里了，我们已经给它另外找了个家。你再也不会为它而烦恼了。"

只可惜雷贝卡的脸太黑了，不然她的脸一定会变得十分苍白。

"不在这儿？替它另外找了个家？天哪，难道这儿不是它的家吗？"

"我们把它送给艾德蒙兹太太了，她的女儿出嫁后，她感到很孤单，很想养只猫来做伴。"

雷贝卡·迪尤走进屋子，关上了门。她的样子看上去像是要发疯似的。

"这真是让人忍无可忍。"她说。这一次她似乎真的无法忍受了。我从没见过雷贝卡·迪尤发这么大的火，她那双眼睛里仿佛喷射出愤怒的火苗，"我这个月月底就走人，麦库伯太太，如果你们没什么不方便的，让我早点走更好。"

"可是，雷贝卡，你简直把我搞糊涂了，你不是一直不喜欢灰毛米勒吗？你上个星期还说……"凯特大婶困惑不解。

"没错。"雷贝卡·迪尤尖酸刻薄地说，"你把责任全都推到我头上来了！你们根本就不会顾及我的感受！那只该死的可怜的猫啊！我一直伺候它、娇惯它，半夜里还要爬起来为它开门让它回家。现在可好，趁我不在，你们就偷偷把它送走了。而且是送给了萨拉·艾德蒙兹，即便那可怜的畜生想吃猪肝想得要命，她也舍不得给它买一丁点儿的！它可是我在厨房里唯一的伙伴儿啊！"

"可是，雷贝卡，你总是……"

"哦，往下吧！接着往下说！别让我打断你的话，麦库伯太太！我把那只猫从小养到大，我关心它的健康，关心它的品行，我图个啥？那个萨拉·艾德蒙兹倒是白捡了一条受过了良好教育的猫来做伴。噢，但愿她也能像我一样，晚上能冒着严寒站在外面一连几个小时呼唤那只该死的猫儿回家来，免得它在露天里受冻。但是我很怀疑她能办到。好吧，麦库伯太太，我只希望下一回气温降到零下十度的时候，你的良心不会让你感到不安。反正气温降到零下十度，我是睡不着的，当然啦，谁也不会把我的不安放在心上的。"

"雷贝卡，只要你……"

"麦库伯太太，我既不是一条可怜虫，也不是门口的一块地毯，任你们想怎样就怎样。好啦，我从中吸取了教训，一条宝贵的教训！我再也不会在任何动物身上浪费一丝一毫的感情了。如果你光明正大地这么干，兴许我还会原谅你，可是你却背着我偷偷地干，就这样钻我的空子，耍弄我！我还从来没听说过这么卑鄙龌龊的事！我还敢奢望谁来尊重我的感情呢？"

"雷贝卡，"凯特大婶万般无奈地说，"如果你还想让灰毛米勒回来，我可以把它要回来。"

"你怎么不早说？"雷贝卡质问道，"我很怀疑还能不能要回来，萨拉·艾德蒙兹已经把它要到手了，她怎么舍得撒手啊？"

"我认为她会还给我们的。"凯特大婶说，她显然已经不再那么紧张了，"要是灰毛米勒回来了，你就不会离开我们了吧，是吧，雷贝卡？"

"这一点我可以考虑考虑。"雷贝卡显出很大度的样子说。

第二天，查蒂大婶用一只带着盖子的篮子把灰毛米勒提回来了。当雷贝卡抱着灰毛米勒走进厨房把门关上时，我瞥见查蒂大婶和凯特大婶交换了一下眼色。我顿时心生疑窦。这会不会是两位大婶联合萨拉·艾德蒙兹共同给雷贝卡看的一出戏呢？

此后雷贝卡再也没有抱怨过灰毛米勒。每当她在睡觉前呼唤它回家时，她的声音里多了几分胜利者的骄傲和自豪，仿佛是在向萨默塞镇宣告灰毛米勒已经回家了，她再一次战胜了两位寡妇！

十

三月里的一个傍晚，风呼呼地吹着，连天空掠过的云朵都在急匆匆地赶路。这时安妮匆匆地来到汤姆加伦宅子高大的正门前，她跨过三段宽阔而低缓的台阶。门前的台阶两侧摆着石瓮，蹲着石狮。安妮平时天黑后从这儿经过时，这里总是黑咕隆咚的，只有一两扇窗户透出昏暗的灯光。然而现在房子里灯火通明，连两边的厢房都亮着灯，仿佛米纳瓦准备招待镇上所有的人似的。为了欢迎她的到来，米纳瓦竟然张灯结彩，这使得安妮深受感动，她真后悔没有穿那件奶白色的丝质连衣裙来。

不过，她穿着这件绿色的薄纱衣服看上去也挺迷人的，或许米纳瓦小姐也会觉得安妮的这身打扮不错。因为在门廊迎接她时，米纳瓦小姐的表情和声音都很亲切。米纳瓦小姐穿着一件黑天鹅绒衣服，看上去俨如王后。她那铁灰色的发髻上别着一把镶有钻石的梳子，一枚硕大的宝石饰针别在发鬈上。她的这身装扮虽然有点儿过时，不过这样的装扮却使米纳瓦小姐显得气度非凡，这就像皇家的气派永不过时一样。

"欢迎你到汤姆加伦宅子里来，亲爱的。"她向安妮伸了手来，那只干瘦的手上也闪耀着钻石的光芒，"很高兴你到这里来做客。"

"我也……"

"昔日汤姆加伦宅子常常是美女俊男如云。那时我们经常举办大型聚会，招待来访的社会各界名流。"米纳瓦小姐边说边领着安妮走过褪了色的红天鹅绒地毯，来到宽敞的楼梯间。"但现在物是人非。我很少招待客人。我是汤姆加伦家族活在人世间最后一个人了。或许命该如此吧。亲爱的，我们这个家族遭受了魔鬼的诅咒。"

米纳瓦小姐的语调里充满了可怕的神秘色彩，让安妮不禁打了个冷战。"遭受魔鬼诅咒的汤姆加伦家族！"这倒是个挺不错的小说标题！

"就在这幢新房竣工后举行的乔迁酒会的那天晚上，我的曾祖父从这个楼梯上摔下来，结果摔断了脖子。因此可以说这幢房子是用活人的鲜血来祭祀的。他就是从这儿摔下去的。"米纳瓦小姐用她那纤细的手指优雅地指着长廊上的一块虎皮地毯说，安妮仿佛看见了摔死在那块地毯上的老汤姆加伦。她真不知道该说什么才好，于是便愣愣地说了一声："唉！"

米纳瓦小姐领着她穿过长廊，长廊两侧挂着已经褪了色的家族成员的肖像和照片，走廊的尽头便是那扇有名的彩色玻璃窗户。随后她们来到了客房，客房里天花板高高的，十分宽敞，而且相当气派。高高的胡桃木床上铺着华丽的丝绸被子，床头板大得超乎想象，安妮自惭形秽，觉得把自己的外套和帽子放在床上简直是一种亵渎。

"你的头发真漂亮，亲爱的。"米纳瓦小姐羡慕地说，"我一向都很喜欢红头发，我姑姑莉迪娅就有一头红发，她是我们家族中唯一有着红头发的。有一天晚上她在北屋梳头时，头发被蜡烛点着了，她全身都着了火，尖叫着从走廊里跑出来。亲爱的，这全是那魔鬼的诅咒造成的，这还仅仅是一部分。"

"她被……"

"不，她没有被烧死。但她的花容月貌全毁了，她本来天生丽质，而且又非常自负。从那天晚上直到她去见上帝，她从未踏出家门一步，她临死前还特别吩咐，说她死后棺材盖一定要盖好，免得别人看见她那张伤痕累累的脸。亲爱的，你要坐下来脱掉橡皮套靴吗？这把椅子特别舒服。我姐姐就因为中风而死在这把椅子上的，她是个寡妇，她丈夫去世后，她就回娘家来住了。她的小女儿在厨房里被一锅开水烫死了。一个小孩子就这样活活丧命，这是不是太悲惨了？"

"哦，怎么会……"

"不过至少我们知道他们是怎么死的，我爸爸的同父异母妹妹伊丽莎……如果她还活着的话……我该叫她姑姑的，她六岁时就失踪了。一直到现在也没人知道她的下落。"

"他们一定……"

"他们几乎找遍了所有的地方，可是毫无所获。据说她妈妈，也就是我的继祖母，曾经对我祖父的一个外甥女特别凶，这个外甥女是个孤儿，她的父母双亡，只好寄居在我们这里。在一个炎热的夏天里，继祖母要惩罚这个外甥女，便把她关进楼梯顶上的那个小房间里，后来她打开房门让她出来时，竟然发现她……死了。当她自己的孩子失踪后，有些人便认为那是报应，是上天给她的惩罚。不过我认为这全是魔鬼的诅咒造成的。"

"是谁……"

"亲爱的，你的脚背好高啊！过去我的脚背也常被人称赞呢。人们说这样的脚背下面可以流过一条小溪，他们还以此来衡量一个人是不是贵族身份呢。"

米纳瓦小姐从天鹅绒裙下面优雅地伸出一只穿着拖鞋的脚，毫无疑问，那只脚非常漂亮。

285.

"的确是……"

"晚餐前你愿意四处看看这幢房子吗，亲爱的？它曾经是萨默塞镇的荣耀呢。如今这里的一切都已成为明日黄花。挂在楼梯顶上的那把剑是我高祖父的遗物，他曾是英国军队的军官，由于他功绩卓著，因此被奖赏了爱德华王子岛上的一块土地。他从未在这幢宅子里住过，不过我的高祖母在这儿住过几个星期。她儿子从楼梯上摔死后，没过多久，她也死了。"

米纳瓦小姐冷酷地领着安妮在这幢庞大的住宅里四处观看，屋内大都是正方形的房间：有舞厅、暖房、弹子室、三间起居室、早餐室、无数间卧室，还有一间挺大的阁楼。所有这些房间既华丽又凄凉。

"这两位是我叔叔罗纳德和鲁本。"米纳瓦小姐指着火炉两旁的肖像说，他们似乎都在互相怒视着对方。"他们俩是孪生兄弟，可是从一生下来就水火不容。家里整天都可听到他们争吵不休。两兄弟的不和成了他们母亲的心腹大患。就在这间屋里他们经历了最后一次争吵，当时外面雷电交加，鲁本被一道闪电劈死了。罗纳德吓得魂不附体，从那以后，他就成了一个被鬼魂缠身的人。他的妻子……"她回忆道，"吞下了她的结婚戒指。"

"真是……"

"罗纳德对此漠不关心，未采取任何行动。如果及时催吐或许可以……但是以后再也没有听说过戒指的事了。这把她的生活给彻底毁了。没有了结婚戒指，她始终觉得自己像是没有结婚似的。"

"多漂亮……"

"哦，是的，那是伊米莉亚，不是我的姑妈，而是我的婶婶，她是亚历山大叔叔的妻子。她看上去冰清玉洁，可是却用蘑菇汤毒死了她的丈夫，准确地说，是毒蘑菇。我们一直谎称那是一场意外，因为家里出了谋杀案简直是奇耻大辱，可是大家都心知肚明。当然，她并不是真心嫁给我叔叔。她是个快乐的年轻女子，她与亚历山大叔叔算是老夫少妻。一个是十二月的枯草，另一个是五月的鲜花，亲爱的。可是她也不该用毒蘑菇毒死他啊。后来她的身体每况愈下。他们被合葬在了夏洛特敦。所有已故的汤姆加伦家族的人都葬在了夏洛特敦。这位是我的姑姑路易斯。她喝过鸦片酊。医生给她洗了胃，救活了她。可是我们再也不敢相信她，怕她寻短见。她后来得了肺炎总算体面地去世了，我们终于松了一口气。不过，我们当中有些人并不责怪她。知道吧，亲爱的，她丈夫曾经打过她耳光。"

"打她耳光……"

"是的。有些事情一位绅士是绝不该做的，其中之一就是打妻子的耳光。他或许可以一拳把她打翻在地，但是绝不可以打她耳光，绝对不可以！"米纳瓦小姐盛气凌人地说，"我倒要看看，有哪个男人敢打我耳光！"

安妮也想看看有谁有胆量敢打米纳瓦的耳光。然而，她的想象力毕竟有限，她实在想象不出哪个男人居然敢打米纳瓦·汤姆加伦的耳光。

"这是舞厅。当然现在它已经派不上用场了。可是这里曾经举办过无数场舞会呢。汤姆加伦家的舞会远近闻名。岛上的居民从四面八方赶来参加舞会。这盏枝形吊灯花了我爸爸五百元。我的姑婆佩兴斯有一天晚上在这儿跳舞突然栽倒在地死了，就死在那个角落里。有个男人让她大失所望，她因而变得郁郁寡欢，我简直难以想象一位姑娘竟然为一个男人伤透了心。"米纳瓦小姐望着她父亲的一张照片说道，照片上的男人长着浓密的连鬓胡子和鹰钩鼻，"在我眼里，男人都是些微不足道的东西。"

十一

　　餐厅的风格跟其他房间的建筑风格协调统一。这里也有着华丽的枝形吊灯，壁炉台上方挂着华丽的镀金玻璃镜，餐桌上的银制餐具、水晶餐具、有王冠标志的德比瓷餐具琳琅满目。晚餐由一位表情严肃古板的老女仆来伺候，面对丰盛的美味佳肴，安妮人年轻，胃口好，自然吃得津津有味。用餐时，米纳瓦小姐沉默了一阵子，安妮不敢出声，生怕一开口说话，就会引来米纳瓦如雪崩一般的悲惨故事。一只毛皮光滑油亮的黑猫走了过来，它粗哑地"喵"了一声，蹲坐在了米纳瓦小姐身旁。米纳瓦小姐倒了一碟子奶油，放在它面前。做过这件事的米纳瓦小姐好像有了更多的人情味，安妮对这位汤姆加伦家族的最后一位成员也少了几分畏惧。

　　"再吃些桃子吧，亲爱的，你什么也没吃呢。"

　　"哦，汤姆加伦小姐，我吃得很好啦。"

　　"汤姆加伦的餐桌上总是有很多美味佳肴。"米纳瓦小姐得意扬扬地说，"我的姊姊索菲娅做的松糕最好吃。我想，我父亲唯一不想接待的客人是回娘家的玛丽姑妈，因为她的胃口不好，她吃什么东西总是尝一丁点儿，我父亲觉得那简直是对他的侮辱。我父亲是个冷酷无情的人。由于我哥哥理查德的婚事有违父命，我父亲一直没法原谅他。他把哥哥驱逐出了家门，并且永远不许他再跨进家门一步。我父亲在每天家庭晨祷时，总是重复着'上帝的祷告者'这段话。自从理查德违背了他的意愿后，他经常脱口而出：'上帝啊，请原谅我们对您的冒犯，就如同我们原谅别人对我们的冒犯一样吧。'我似乎还看得见他跪在那儿祷告的情景呢。"米纳瓦梦幻般地说道。

晚餐后，她们来到三个起居室中最小的那间起居室，其实这间起居室也特别大，看上去阴森森的。她们坐在壁炉前，壁炉里的熊熊炉火使屋子里显得温暖而舒适，安妮用钩针编织一套花样复杂的小垫布，米纳瓦小姐编织一条软毛毯。谈话基本上还是由米纳瓦小姐一人唱独角戏，所谈的还是汤姆加伦家族那些令人毛骨悚然的离奇古怪的历史。

"这幢房屋装满了悲惨往事啊，亲爱的。"

"米纳瓦小姐，难道这幢房子里就没有发生过一些快乐的事吗？"趁着米纳瓦小姐停下来擤鼻涕，安妮终于侥幸获得一个机会，说出了一句完整的话。

"哦，我想大概有过。"米纳瓦小姐说，那语气像是不愿意承认似的，"当然，在我还是个年轻姑娘时，我们在这里过得很快乐。亲爱的，有人告诉我，你正在写一本书，书里将把萨默塞镇的每个人都写进去。"

"没有……根本就没这回事。"

"噢！"米纳瓦显然有些失望。"如果你要写的话，你可以随意采用我们家的故事，也许姓名应该用化名。现在我们来下盘棋怎么样？"

"我想我该告辞了。"

"噢，亲爱的，今晚你不能回去。外面正下着倾盆大雨呢，你听听这风刮得多么猛烈。我现在也没有马车了，因为我很少出门，根本用不着。雨这么大，你不可能冒着雨走上半英里路吧？今天晚上你就留下来过夜吧。"

安妮有些左右为难，不知道是否要待在汤姆加伦宅子住上一晚。不过她也不想冒着三月的暴风雨赶路回到白杨山庄。于是她们就玩起了"巴棋"，米纳瓦小姐玩得十分投入，竟然忘了谈那些恐怖的事，随后她们又一起吃了消夜，吃的是肉桂面包片，还用汤姆加伦家薄薄的精致的古老杯子喝了可可饮料。

最后，米纳瓦小姐带着她来到一间客房。起初安妮还很高兴，幸好这间屋子不是米纳瓦小姐的姐姐中风暴卒的屋子。

"这是安娜贝拉姑妈的房间。"米纳瓦小姐说，同时她点燃银烛台上的蜡烛——烛台放在一张漂亮的绿色梳妆台上，并且随手吹熄了煤气灯。马修·汤姆加伦有一天晚上吹熄了煤气灯，他的生命也像煤气灯一样熄灭了。"安娜贝拉是我们家族中最漂亮的姑娘。镜子上方的照片就是她的照片。你瞧，她有张多么值得骄傲的嘴巴。床上那条碎布块儿拼成的被褥就是她缝制的。希望你今晚睡个好觉，亲爱的。我的女仆玛丽已经把被褥晾过了，她还在被窝里放了两块热砖。这件睡衣她也晾过了。"她指了指搭在一把椅子上的一件宽大的法兰绒睡衣，那睡衣散着一股强烈的樟脑球味儿。"但愿你穿上很合身，自从可怜的妈妈穿上它咽下最后一口气后，再也没人穿过它了。哦，我差点儿忘了告诉你……"米纳瓦小姐走到门前又转过身来补充道，"就在这间屋里奥斯卡·汤姆加伦死了两天之后又活了过来。最可悲的是，他们一点儿也不希望他活过来。亲爱的，祝你睡个好觉。"

安妮不知道自己是否能够安然入睡。房间里突然变得诡异而陌生，而且还夹杂着一丝敌意。不过，住过好几代人的老房子不都是有些稀奇古怪的事情吗？这里曾经有过死亡的可怕阴影，有着浪漫甜蜜的爱情，有着新生儿出生的喜悦，有过激情燃烧的梦想，有过无数的愤恨与愤慨。

然而，这真是一幢让人毛骨悚然的老宅子啊。无数的冤魂野鬼在这幢房子四处游荡，鬼影幢幢，令人毛骨悚然。无数不见天日的诡异行径躲藏在某个角落继续腐化蔓延。无数女人在这里泪流成河。风在窗户旁的冷杉树丛中凄厉地哭泣着。有一阵子，安妮恨不得夺门而出，拔腿就跑，不管外面的暴风雨多么猛烈，她也全然不顾。

然而，安妮坚毅地克制住了自己，并且很快恢复了理智。如果多年前这里曾发生过一幕幕惨不忍闻的故事，那么这儿也必定有过无数桩快乐有趣的事。漂亮可爱的姑娘们在这儿翩翩起舞，促膝长谈。带着酒窝的婴儿在这儿呱呱坠地；无数场婚礼、舞会在这儿上演，高朋满座，音乐不绝于耳，欢声笑语汇集成了欢乐的海洋；那位做松糕的女士一定和蔼可亲；还有那位不可饶恕的理查德，一定是位风流倜傥的情人。

"我想着这些快乐的事情，然后渐渐进入梦乡。睡在拼布被褥下是多么特别啊！我不知道明天早上我会不会像现在这样浮想联翩呢！噢，我睡的这个房间是一间客房！不管睡在谁家的客房里，我都永远忘不了客房带给我的那份激动。"

安妮坐在梳妆台前，解开头发，慢慢地梳理起来，镜子上方的安娜贝拉正傲慢无礼地看着她，安娜贝拉看上去的确有着闭月羞花之貌，不过却给人一种盛气凌人之感。安妮不寒而栗。谁知道这个时候有没有哪张脸从镜子里看着她啊？或许这幢房子里所有那些悲惨而死冤魂不散的女鬼们都照过这面镜子呢。她大胆地打开衣橱的门，心里担心着会不会从里面掉出几具骷髅来。她把自己的衣服挂在衣橱里，然后镇定地坐在一把坚硬的椅子上，这椅子看上去傲慢无比，好像谁坐在上面就侮辱了它似的。她脱掉鞋子，穿上那件法兰绒睡衣，吹熄了蜡烛，爬上床去。玛丽放在被褥下面的两块热砖把被窝烘得暖暖的。听着雨拍打着窗子的刷刷声，老屋檐下呼呼的风声，她在梦乡外面徘徊了一会儿；随后她把汤姆加伦家那些悲惨的往事抛在了脑后，沉沉地进入梦乡。等她醒来时已经是日上三竿，窗外红火的太阳正照耀着冷杉黑压压的树枝。

用过早餐，安妮起身告辞时，米纳瓦小姐说："亲爱的，有你来做客，我感到特别高兴。尽管我孤零零地生活了这么久，几乎忘记了该如何说话，可是我们在一起过得很愉快，对吧？在这个轻浮的年头儿，能遇到像你这样一位真正有魅力、有涵养的姑娘，对我来说是多么开心的事。我还没告诉你昨天是我的生日，家里增添了年轻人的青春气息，便等于增添了许多快乐。如今已经没有人记得我的生日了。"米纳瓦小姐说着轻轻地叹了一口气，"过去我过生日的场面那可真叫热闹啊。"

那天晚上查蒂大婶说："嘿，我想，你大概听到了不少恐怖的陈年往事吧？"

"查蒂大婶，米纳瓦小姐告诉我的那些事情是真的吗？"

"哦，不可思议的是它们都是真的。"查蒂大婶说，"虽然让人匪夷所思，可是汤姆加伦家中确实发生了很多可怕的事，雪莉小姐。"

"任何一个大家族，在六代人的历史中，都会发生一些意料不到的事，所以这并不奇怪。"凯特大婶说。

"哦，依我看这种情况还是很少见的。他们似乎真的受到了魔鬼的诅咒。他们家中竟然有那么多人猝死或死于非命。他们肯定精神上有点错乱，这一点大家都清楚。这足以说明那诅咒的魔力。不过，我还听说这么一件事，具体细节我想不起来了，说的是盖房子的那个木匠对房子下了咒语。是有关合同的事……老保罗·汤姆加伦迫使木匠履行合同，结果那木匠亏了很多钱，因为盖房子的费用远远超出他的估算。

"米纳瓦小姐似乎对那诅咒感到骄傲呢。"安妮说。

"可怜的老东西，除了那诅咒，她还有什么呢？"雷贝卡·迪尤说。

想到气质非凡的米纳瓦小姐被称为"可怜的老东西"，安妮不禁哑然失笑。随后她回到塔屋，提笔给吉尔伯特写了封信。信中写道：

我原以为汤姆加伦住宅是一幢沉寂已久的老房子，从未发生过任何故事。哦，其实不然，也许如今那里的确没有什么故事发生，可是过去却发生过一连串的故事。小伊丽莎白总是谈到"未来"，但汤姆加伦的老宅院已成"过去"。我很高兴我没生活在"过去"，很幸运"未来"仍是我的朋友。

当然，我认为米纳瓦小姐受其家族影响很喜欢引人注目，并且对自己家族那些悲剧性故事总是津津乐道。这些悲剧性故事在她心目中的地位，就如同丈夫和孩子在女人心目中的地位一样重要。但是，哦，吉尔伯特，无论在未来的岁月中我们变得多么衰老，都不要把生活视为一场悲剧，并且对那些悲剧还回味无穷。我想，我不会喜欢上一幢有一百二十年历史的老房子。我希望我们购置的"梦中小屋"是新盖的、没有鬼魂出没、没有传统包袱的房子，如果办不到的话，至少是快乐的正常的人居住过的房子。我将永远忘不了我在汤姆加伦宅子度过的那个夜晚。而且我生平第一次遇到了一个讲起话来滔滔不绝，能在谈话中完全不容我插嘴的人。

十二

　　小伊丽莎白·格雷森自出生以来，就一直期盼着某些事情发生。但是在外曾祖母的严密监视和女伴的沉重打击下，她所期盼的事情很少发生。不过有时候，事情注定要发生，不是眼前发生，就是"未来"发生。

　　自打雪莉小姐住到白杨山庄后，伊丽莎白便觉得"未来"近在咫尺。随后，她去绿山墙做客，那仿佛是对"未来"生活的预先体验。然而眼下是雪莉小姐在萨默塞中学任教的第三年，也是最后一个学年的六月了，小伊丽莎白的心一天天往下沉，仿佛已经沉到了外曾祖母总让她穿在脚上的那双带纽扣的漂亮童靴里去了。学校里很多姑娘都妒忌她有这么一双漂亮的纽扣童靴，可是伊丽莎白却不在乎这双靴子，因为穿着它并不能走上自由之路。而且，她最尊崇的雪莉小姐就要永远离开她了。六月底她就要离开萨默塞镇回到美丽的绿山墙。一想到雪莉小姐要走，小伊丽莎白就心如刀割。虽然雪莉小姐答应她，今年夏天在她结婚之前要把伊丽莎白接到绿山墙去过暑假，可是这也不能让她感到丝毫的欣慰。小伊丽莎白知道外曾祖母不会让她再去绿山墙的。她很清楚外曾祖母其实压根儿就不赞成她和雪莉小姐走得那么亲近。

　　"雪莉小姐，你一走什么都结束了。"她哭泣着说。

　　"亲爱的，咱们应该希望这只是一种新的开始。"安妮表面上快活地说着，心里难过极了。小伊丽莎白的爸爸音信全无，或许是因为他根本就没有收到信，或许是他对小伊丽莎白本来就漠不关心。如果他真对小伊丽莎白冷漠无情，那小伊丽莎白以后怎

296.

么办呢？她的童年已经够糟的了，未来又会是什么样子？

"那两个老太婆会死死地把伊丽莎白攥在手掌心。"雷贝卡·迪尤说道。安妮觉得雷贝卡的话还是挺有道理的。

小伊丽莎白知道她被人攥着都快透不过气了，尤其是对女伴把她死死地攥在手心深恶痛绝。当然她也不愿意一切都听命于外曾祖母，但是尽管不情愿，她也不得不承认外曾祖母或许有权利对她发号施令。可是女伴有什么权利对她颐指气使？伊丽莎白一直想要求女伴再也不要对她指手画脚。终有一天，也许等"未来"到来的时候，她就会提出这个要求。哦，到时候看到女伴一脸的狼狈，她不知会有多么开心！

外曾祖母不让小伊丽莎白独自出去散步，说是担心她会被吉卜赛人绑架。四十年前就有个孩子被吉卜赛人绑架了。如今吉卜赛人很少来这个岛上，所以伊丽莎白觉得那只是个借口。可是外曾祖母何必在意她被绑架呢？伊丽莎白知道外曾祖母和女伴一点儿也不爱她，因为除非是万不得已，她们谈到她的时候连名字都不愿说。她们总是叫她"那小孩"。伊丽莎白讨厌这种称呼，因为这就像她们提到的"那只猫"、"那条狗"一样，只可惜家里没有养狗养猫。但是每当伊丽莎白大着胆子表示抗议的时候，外曾祖母的脸立刻就阴沉下来，变得怒不可遏，小伊丽莎白就会因为不讲礼貌而受到惩罚，这时一旁的女伴就会幸灾乐祸。小伊丽莎白时常纳闷，为什么女伴这么恨她。一个人为什么会恨一个小孩呢？一个小孩值得她那么恨吗？小伊丽莎白不可能知道，她的妈妈经是外曾祖母的掌上明珠，而她却夺走了她妈妈的生命，即便她知道了，她也不可能理解这种扭曲的报复心理。

小伊丽莎白憎恨虽然堂皇却阴森的常青树山庄。虽然她从小就住在这儿，可是这里的一切似乎都与她格格不入。不过自从雪莉小姐来到白杨山庄后，这里的一切发生了奇妙的变化。雪莉小姐来了后，小伊丽莎白的生活一下子变得甜蜜幸福了许多。放眼周围的世界，一切都是那么美好。幸亏外曾祖母和女伴没法阻止她看东西，不过伊丽莎白相信，如果她们可以阻止的话，她们一定会全力以赴的。在她蒙着阴影的童年里，就算偶尔被允许和雪莉小姐一起沿着那条通向港湾的红路上散散步，那也是多么快乐啊！在那条路上，她喜欢所看到的一切：远处那些涂着奇怪的红色和白色圆圈的灯塔，远远的淡蓝色海滨，波光粼粼的蓝色海面，在紫色的雾霭中闪烁的点点灯火。这一切让她如痴如醉。还有那云蒸霞蔚的港湾以及港湾里烟雾弥漫的小岛！小伊丽莎白经常跑到阁楼上，站在窗户前举目远眺，她的目光穿过树梢眺望着港湾的美景，眺望着乘着月色出航的帆船。那些船有的回来了，有的却一去不复返。伊丽莎白渴望着能乘上其中的一只，航行到"幸福岛"上。那些永不回航的船就停泊在那儿，那里永远是"未来"。

那条神秘的红色之路一直往前延伸，她恨不得一直沿着它走下去。它究竟通往哪儿呢？有时候伊丽莎白冥思苦想也想不出答案，她觉得自己想得都快脑袋爆炸了。等"未来"真正来临时，她会沿着那条路一直勇往直前，或许她会发现一座属于自己的小岛，她和雪莉小姐将住在那座岛上，外曾祖母和女伴永远也无法到她们的岛上来。因为外曾祖母和女伴都怕水，她们不敢乘船出海。小伊丽莎白喜欢想象站在自己的岛上取笑她们，而她们只能站在海岸上无可奈何地对她瞪眼睛。

"这里是'未来'。"她会这样取笑她们，"你们再也抓不到我了，你们只能待在'现在'。"

那该多么有趣啊。她看到女伴一脸的狼狈相，那会多么开心啊！

六月末的一个黄昏，一件让伊丽莎白惊喜若狂的事情发生了。雪莉小姐告诉坎贝尔太太，她明天要去"飞云岛"，去见妇女援助会斋节委员会的会议召集人汤普森太太，她想带着伊丽莎白一块儿去。伊丽莎白始终不明白外曾祖母为什么会答应，因为她压根儿也不知道雪莉小姐手里掌握着普林格尔家族所害怕的一个秘密。她只知道外曾祖母同意了。

安妮私下里告诉伊丽莎白："等我在'飞云岛'办完事后，我们就去港口吧。"

小伊丽莎白兴奋极了，她以为自己上床后根本睡不着觉呢。那条路让她心仪已久，她终于可以去探个究竟了。尽管她激动万分，她还是认真做好了上床睡觉前的准备：叠好了衣服，刷了牙，梳了头。她觉得自己金黄色的头发挺漂亮的，当然她的头发比不上雪莉小姐的红头发漂亮。雪莉小姐的头发有着自然的波纹，耳发的发绺自然卷曲着，十分迷人。小伊丽莎白非常渴望拥有雪莉小姐那样的秀发。

在上床之前，小伊丽莎白打开高大光亮的黑色老衣柜里的一个抽屉，小心翼翼地从一摞手帕下面取出一张藏着的照片。那是雪莉小姐的照片，是她从《信使周刊》的特刊上剪下来的，那期特刊上刊登了萨默塞中学全体教师的照片。

"晚安，亲爱的雪莉小姐。"她亲吻了一下照片，又把它放回了抽屉。随后她爬上床，蜷缩在被子下面。六月里海风吹拂着，夜凉如水。今夜的风确实一点儿也不温柔。它呼啸着、敲打着、摇撼着、撞击着，伊丽莎白知道月光下的港口波涛汹涌、白浪滔天、蔚为壮观。

如果乘着月色偷偷溜到海边那该多么有趣啊！然而这个梦想只有等到"未来"才能实现。

"飞云岛"在哪儿呢？多么奇妙的名字啊！这肯定又是出自"未来"的地名吧。"未来"似乎就在身边，可是却无法抵达，真是让人急得抓狂。如果大风给明天带来大雨怎么办？伊丽莎白知道如果明天下雨的话，外曾祖母一定会把她关在家里，哪儿也别想去了。

她坐在床上，合起了双手。

"亲爱的上帝，"她祷告说，"我并不想给您添麻烦，只恳求您务必让明天有个好天气。求您啦，亲爱的上帝。"

第二天下午风和日丽。当小伊丽莎白跟着雪莉小姐离开那幢阴森森的大房子时，她感到自己一下子从无形的枷锁中挣脱开来。虽然女伴站在高大的正门的红玻璃后面恶狠狠地瞪着她，可她还是自由自在地深深地吸了一口气。和雪莉小姐一起走在可爱的天地间是多么怡然自得啊！一旦雪莉小姐离开了，她该怎么办啊？可是小伊丽莎白果断地抛开了这些烦恼，她可不想因为这些而破坏今天的好心情。也许……这个了不起的"也许"，她和雪莉小姐今天下午会抵达"未来"，那么从今往后她们永远也不会分开了。小伊丽莎白愿意朝着天地尽头的那片蔚蓝一直默默地走下去，一边走一边欣赏沿途风光。小路的每个拐弯处都有可爱的新发现，而且小路似乎正沿着一条不知从哪儿冒出来的小河不停地左拐右拐，蜿蜒前行。

小路两旁的田野里长满了金凤花和三叶草，蜜蜂在花丛中飞来飞去，嗡嗡直叫。她们不时会穿过开满白花的雏菊的道路。远处的海峡浪花闪闪，仿佛在冲着她们微笑。港湾波光粼粼的水面像是有着波纹的绸缎。比起港湾的水面宛如淡蓝色的绸缎来说，小伊丽莎白更喜欢港湾现在的这个样儿。她们沐浴在习习凉风中，风儿轻柔地吹拂着，在她们身边呢喃低语，似乎在诱惑她们呢。

"像这样走在风中，真舒服啊！"小伊丽莎白喃喃说道。

"这真是惬意友好、香味弥漫的风啊！"安妮自言自语道，"我以前一直以为这是密史脱拉风①，这风声听起来就像是密史脱拉风。当我发现这种风既干冷又强劲的时候，我不知道该有多么失望呢。"

伊丽莎白听不大明白，她从未听说过密史脱拉风。不过仅仅是听她所爱慕的人音乐般美妙悦耳的声音就足以让她心满意足了。天空万里无云，一位戴着金耳环的水手，微笑着与她们擦肩而过，像他这种类型的人，也许在"未来"里随处可见吧。伊丽莎白回想起了她在主日学校里学到的一句诗文："四面的小山都欢欣鼓舞。"写这种诗句的人，是否也曾见过绿水青山呢？

"大概这条路一直通向上帝那儿。"沉浸在梦幻中的伊丽莎白痴痴地说道。

"也许是吧。"安妮说，"或许所有的路都是通向上帝那儿，伊丽莎白。我们该在这儿转弯了。我们要到那边那个岛上去，那个岛就是'飞云岛'。"

"飞云岛"是一座狭长小岛，距离海岸大约有四分之一英里，小岛上有树木，还有一幢房子。小伊丽莎白希望自己拥有一座小岛，小岛前面最好有着带银色沙滩的小海湾。

---

① 密史脱拉风，Mistral，冬季法国南部一种干冷而强劲的北风或西北风。

"我们怎么才能到岛上去呢？"

"我们划着这只小平底船过去。"安妮一边说着一边从小船上拿起两支船桨，那条小船就拴在岸边一根歪脖子树上。

雪莉小姐会划船。还有什么事情能难住她呢？她们抵达小岛后，发现小岛果真是一个令人着迷的地方，在这样的地方什么奇妙的事儿都可能发生。这儿当然就是"未来"了。像这样的岛是不会属于"现在"的。它们跟单调乏味的"现在"没有丝毫关系。

一位矮个子女仆在房门前迎接她们，并且告诉安妮，汤普森太太正在小岛那边采摘野草莓，她可以去那儿找她。真没想到小岛上还长着野草莓，真是太奇妙啦！

安妮去找汤普森太太，不过在她离开前她问伊丽莎白愿不愿意在起居室里等着她回来。安妮心想小伊丽莎白以前从未走过这么长的路，所以她看上去有些疲倦，需要休息一下。小伊丽莎白觉得自己并不累，不过她愿意听从雪莉小姐的一切安排。

起居室很漂亮，四处都摆着鲜花，舒适的海风从窗外吹进屋来。伊丽莎白特别喜欢壁炉上方的那面镜子，它映照出来的房间美丽极啦。透过敞开的窗户，港湾、小山和海峡尽收眼底。

突然从门外走进来一个男人。伊丽莎白感到惊恐不安。他是吉卜赛人吗？她以前从未见过吉卜赛人，不过她觉得他并不像。不过，说不准他就是吉卜赛人呢，随后伊丽莎白的脑海里忽然闪过一个念头，即使他绑架了她，她也不会在意的。她喜欢他那双眼皮的淡褐色眼睛，他卷曲的褐色头发，他的方形下巴，还有他的微笑，因为他进门后一直冲着她微笑呢。

"喂，你是谁呀？"他问道。

"我是……我是我。"小伊丽莎白声音颤抖地说。她仍然有点儿惶恐。

"哦，当然，你是你。我想，你大概是海中蹦出来，从沙丘里钻出来的小仙女吧，所以没有人知道你的名字。"

伊丽莎白觉得他在取笑自己。可是她并不介意。实际上她倒是挺喜欢这样的玩笑呢。不过她还是一本正经地回答说：

"我叫伊丽莎白·格雷森。"

屋子里一下沉默下来，一种奇怪的沉默。那人默默地打量了她好一会儿，然后礼貌地请她坐下来。

"我在等雪莉小姐。"她解释说，"她去见汤普森太太了，要跟汤普森太太谈妇女援助会晚餐聚会的事儿。等她回来后，我们就要去天涯海角。"

好吧，男人先生，你如果想绑架我就请绑架好啦！

"原来是这样。你可以舒舒服服地坐在这儿等她。我很乐意招待你一下。你想喝点饮料，还是吃点小点心？汤普森太太的猫可能带了什么东西回来了。"

伊丽莎白坐下下来，她莫名其妙地感到兴奋、自在。

"我想吃什么都可以吗？"

"当然。"

"那么，就给我来一份加草莓酱的冰激凌吧。"

那人摇了一下铃，发出了指示。哦，毫无疑问，这儿一定是"未来"了。要是在"现在"的话，无论有没有猫，草莓果酱冰激凌也不会以如此神奇的方式出现。

"我们留一份冰激凌给你的雪莉小姐吧。"那人说道。

他们很快就成了好朋友。那人的话不多，却不时打量着伊丽莎白。他的表情中有一种慈爱，一种她以前从未在别人的表情中看到过的慈爱，甚至在雪莉小姐的表情里也未曾见过。她感到他喜欢自己。她知道她也喜欢他。

"我该走了。"他说道，"我看到雪莉小姐从人行道那边走过来了，所以你不会单独一个人了。"

最后他望了望窗外，站了起来。

"你不留下来见见雪莉小姐吗？"伊丽莎白一边问他，一边把汤匙上的最后一点儿果酱舔干净。要是外祖母和女伴看见她这副馋样儿，一定会被当场吓晕。

"下次吧。"那人说。

伊丽莎白知道他根本不会绑架她，她竟然莫名其妙地感到有些失望。

"再见，谢谢你。"她挺有礼貌地说道，"'未来'这个地方真是太棒了。"

"未来？"

"这儿就是'未来'。"伊丽莎白解释说，"我一直想到'未来'来，现在终于如愿以偿了。"

"哦，我明白了。唉，很抱歉我并不太在乎'未来'。我倒是更愿意回到'过去'。"

小伊丽莎白替他感到惋惜。他怎么会不快乐呢？生活在"未来"的人怎么会不快乐呢？

当她们划船离开"飞云岛"时，伊丽莎白依依不舍地回头眺望那座小岛。当她们从沿途种着云杉树的海岸走向岸边时，她又忍不住回头看了它最后一眼。这时一辆载货马车飞驰着拐上弯道，突然马车旋转起来，失去了控制。

伊丽莎白只听到雪莉小姐发出一声尖叫。

十三

房间在奇怪地旋转。家具在上下摇晃。床……为什么她会躺在床上呢？一位戴着白帽子的人刚走出房间。那是什么地方的门呢？自己的头感觉怪怪的！有人在说话，声音压得很低。她看不见是谁在说话，但她知道那是雪莉小姐和小岛上遇着的那个男人。

他们在说什么？伊丽莎白断断续续听到一点儿，只是模糊的只言片语。

"你真是……"雪莉小姐的声音听起来很激动。

"是的……这是你的信……还没来得及跟坎贝尔太太……'飞云岛'是我们总经理的避暑别墅……"

要是这倒霉的房间不再摇晃就好了！在"未来"里，一切都是这么稀奇古怪。如果她能转过头看看说话的人就好了。伊丽莎白长长地叹了一口气。

随后他们来到她的床边，就是雪莉小姐和那个男人。雪莉小姐个子高挑、皮肤白皙，像一朵百合花，她的表情有点复杂，像是经历了一场可怕的事故，显得有些不安，又像是遇上了什么天大的喜事，显得神采奕奕，宛如万丈晚霞映红了整个房间。那个男人俯身朝她微笑。伊丽莎白觉得他非常爱她，这其中必定有某种秘密存在于他们俩之间，一旦学会了"未来"的语言，她就会读懂这个秘密。

"宝贝，你觉得好点儿吗？"雪莉小姐问道。

"我病了吗？"

"你在路上被一辆失控的马车撞到了。"雪莉小姐说道，"只怪我当时的反应不够快。我还以为你有生命危险了呢。我用小船把你送回了这里。你的……这位先生打电话请来了医生和护士。"

"我会死掉吗？"小伊丽莎白问道。

"不，不会的，宝贝。你只是受了惊吓，很快就会没事了。伊丽莎白，亲爱的，这位是你的爸爸。"

"我爸爸在法国，我现在也在法国吗？"伊丽莎白认真地问道，她对自己可能在法国一点儿也不感到惊讶。因为这不是"未来"吗？此外，她的头还有些晕，周围的东西仍然在摇晃。

"爸爸就在跟前，我的小宝贝。"他的声音悦耳动听，单是这声音就让她着迷。他弯下腰，吻了吻她，"我是来接你的，我们父女俩再也不会分开了。"

戴白帽子的女人又走进了。伊丽莎白知道，所有她想要说的话，必须赶在那女人走近时赶紧说出来。

"我们将会住在一起吗？"

"永远在一起。"她爸爸说。

"外婆和女伴会和我们一起住吗？"

"不会的。"她爸爸回答。

金色的晚霞逐渐消退，护士的脸上露出不满的神色。可是伊丽莎白并不在乎。

"我找到了'未来'。"当护士把爸爸和雪莉小姐送出门时，伊丽莎白高兴地说道。

"我找到了一件丢弃多年的珍宝。"当护士在爸爸身后关上房门时，他说道，"真是非常感谢你写的那封信啊，雪莉小姐。"

当天晚上安妮在给吉尔伯特的信中写道："小伊丽莎白那条神秘的红路引领她找到了幸福，过去的悲惨生活永远结束了。"

十四

白杨山庄

幽灵巷

（这是最后一封书信）

六月二十七日

最亲爱的：

我又面临人生的一个转折点。在过去的三年里，我在这间古老的塔屋里给你写了大量书信。写了这封信后，我大概在很长很长一段时间里不会再给你写信了。因为今后我们不需要写信了。再过几个星期我们将永远结合在一起，我们将长相厮守。想想看，永远在一起，在一起聊天、散步、吃饭、憧憬未来、规划明天。我们将一起分享彼此的快乐，共同营造我们的家——"梦中小屋"。我们自己的家啊！这听起来很"很神秘、很美妙"吧？吉尔伯特，我从小就在构建自己的"梦中小屋"，现在，眼看其中的一幢就要变成现实了。我想和谁一起分享"梦中小屋"呢？好啦，等明年的某一时刻，我再告诉你吧。

吉尔伯特，起初，三年的时间听起来似乎漫长无边。可是现在它却不知不觉溜走了。除了开始的几个月普林格尔家族让我感到有烦恼外，这三年总的来说过得真快乐啊。自从跟普林格尔家族的矛盾化解后，生活就像欢乐的金色河流潺潺流淌。回首往事，我与普林格尔家族之间的不愉快恍如一场梦。如今他们真心喜欢上了我，并早已忘记了他们曾经憎恨过我。科拉·普林格尔是寡妇普林格尔一大帮孩子中的一个，她昨天给我送来一束玫瑰花，花枝上缠着个纸条，纸条上写着："送给全世界最甜美的老师。"想想看，普林格尔家族的孩子竟然写出这么情真意切的话。

我要走了，这让珍感到怅然若失。今后我会一如既往地关注珍的成长。她是个才华横溢的姑娘，有着大好前程。相信她终将脱颖而出并闯出一片天地。

刘易斯·艾伦将去麦吉尔大学继续求学；索菲·辛克莱准备去奎恩学校深造。然后她打算教几年书，等攒够了钱就去金斯波特的戏剧表演学校学习。迈拉·普林格尔将在秋天"进入社交界"。她长得如花似玉，因此即便走在大街上，迎面碰上了"过去分词"不认识，对她来说那也无关紧要。

在那个挂着常青藤的旁门后面，我再也看不到我的那位小邻居了。小伊丽莎白已经永远离开了那幢不见天日的大房子，她去了她的"未来"。如果我还要继续留在萨默塞镇的话，我会日夜思念着她。实际上她走了我很高兴。皮尔斯·格雷森带着她一起走了。他不打算再回巴黎，而要留在波士顿。我们分手时伊丽莎白哭得伤心极了，但是她能够和她爸爸在一起，她感到特别幸福，所以，我相信她很快就不会难过了。坎贝尔太太和女伴对这件事情很不高兴，并且把所有的责任都怪罪在我头上，我欣然接受了她们的责备，并且无怨无悔。

"她在这儿生活得很好。"坎贝尔太太声色俱厉。

"她在这儿从未听过你们半句疼爱她的话。"我心里这么想着，但是没有说出口。

"亲爱的雪莉小姐，我想，从今往后我会一直是贝蒂。"伊丽莎白在临别前告诉我说，不过她又回过头来补充道，"但是我想念你的时候，我会变成莉兹。"

"无论发生什么事，都不可以变成莉兹。"我说。

我们互相抛着飞吻，直到彼此的身影消失在对方的视线里。随后，我噙着热泪回到了塔屋。这个满头金发的小家伙，始终是那么甜美可爱。对我而言，她就像一架小小的风弦琴，只要你友好地对她轻轻吹一口气，她就会流淌出快乐的音符。能够结识这位小朋友，对我来说是十分可贵的经历。我希望皮尔斯·格雷森意识到他的女儿是块珍宝，不过我明显感觉到他已经意识到这一点，因为他的言谈中充满了感激与懊悔。

"我没想到她已经不再是个婴儿了。"他说道，"也没想到她的生活环境是那么糟糕。你对她所做的一切，我真是感激不尽啊。"

我给我们那张仙境地图镶上镜框，然后把它作为离别礼物送给小伊丽莎白。

要离开白杨山庄了，我的心里很不是滋味。当然，我的确有点儿厌倦这种漂泊不定的生活，可是我打心眼儿喜欢这里，喜欢清晨窗前那清凉的空气，喜欢每天晚上我要踏着台阶才能爬上去的床铺，喜欢我那个炸面圈似的蓝色圆坐垫，喜欢迎面吹来的风。这儿的风是如此美妙，我担心今后我再也不会和风如此亲近了。今后我还会有一个房间既可以看见日出又可以看见日落吗？

我就要告别白杨山庄，告别在白杨山庄度过的三个春秋。我是遵守信用的。我始终没有把查蒂大婶藏书的隐秘处告诉凯特大婶，我也没有揭露她们三位都用脱脂牛奶美容的秘密。

我想，她们都为我的离开而感到难过，这让我感到欣慰。要是她们看到我要走了都很高兴，或者我走后她们一点儿也不思念我，那可真是太糟了。一个星期以来，雷贝卡·迪尤每餐都为我精心准备我爱吃的饭菜。她甚至用了十个鸡蛋，做了两次我爱吃的天使蛋糕①。吃饭时甚至拿出了招待宾客时才用的餐具。每当我提到离别的话题时，查蒂大婶温柔的棕色眼睛里就会泪水盈眶，甚至连蹲坐在一旁的灰毛米勒也用责怪的眼神看着我。

上个星期我收到凯瑟琳一封长长的信。她写起信来文思泉涌，挥洒自如。现在她在给一位环游世界的议员当秘书。"环游世界"这个词听起来是多么诱人啊。那人说"咱们去一趟埃及吧"就如同我们说"咱们去一趟夏洛特敦"，说走就走！那种生活方式很适合凯瑟琳。

她坚称是我改变了她的命运和前途。她在信中写道："我多想告诉你，你给我的生活带来了翻天覆地的变化。"我承认我的确给了她一些帮助。一开始并不那么容易，她的每一句话都带着刺，每当我对学校的工作提出建议时，她都会露出一副古怪轻蔑的表情。不过，我早把那些不愉快抛到九霄云外了。要知道，她的所作所为是由于她对生活暗自怨恨造成的，并非出自她的本意。

镇上家家户户都盛情邀请我去吃晚饭，甚至连波琳·吉伯森也邀请我。几个月前，吉伯森老太太去世了，所以她可以独自当家做主了。我再度被邀请到汤姆加伦宅子与米纳瓦小姐共进晚餐。和上次一样，谈话基本上还是由米纳瓦小姐一个人包揽下来。我那个傍晚过得非常开心，因为我又品尝到了米纳瓦小姐为我准备的美味佳肴。米纳瓦小姐过得也挺愉快的，因为她又向我

---

① 天使蛋糕，一种白色蛋糕。

津津乐道她们家族的悲惨故事。她无法掩饰身为汤姆加伦家族的一员而产生的优越感，不过她还是恭维了我几次，并且还送给我一枚镶着蓝宝石的戒指。那蓝宝石中带点儿绿，犹如月亮发出的清幽光辉一般。那是她十八岁生日那天他父亲送她的生日礼物。"当时我年轻又漂亮，亲爱的，非常漂亮。我想现在我这么说也没什么不妥吧。"我很高兴这枚戒指是属于米纳瓦小姐的，而非亚历山大叔叔妻子的。如果它是亚历山大叔叔妻子的遗物，我想我是绝不会戴上它的。它非常漂亮，散发着海洋宝石的神秘魅力。

汤姆加伦的宅子富丽堂皇，尤其是这个季节，庭院里绿树成荫、繁花似锦。可是我绝不愿意拿未来的"梦中小屋"去换这幢鬼影幢幢的汤姆加伦宅子及其庭院。尽管周围有一两个鬼魂出没也许是件标志贵族风范的好事。我对幽灵巷唯一的不满就是这里并没有幽灵。

昨天傍晚，我去了古老的墓园，这是我最后一次去那儿散步了。我踏遍了墓园的每一个角落，心里寻思着赫伯·普林格尔是否还会时不时在他的坟墓里咔咔地笑呢？今天傍晚，当落日的余晖洒落在老"风暴王"的眉梢上时，我向它依依道别。此外，我还向那条暮色笼罩风儿吹拂的小溪谷说了声再见。

一个月来我一直忙着学生的考试，忙着四处告别，忙着一连串"最后一次的事儿"，我确实有点儿累了。等我回到绿山墙，我准备痛痛快快地玩上一个星期，什么事也不做，整日浸泡在夏日可爱的绿色天地里。我要在黄昏时分去"仙女泉"浮想联翩。我要划着一叶月光小舟在"阳光水湖"自由漂游。如果这个时节没有月光小舟，我就划着巴里先生的平底小船去。我要在"闹鬼的树林子"里采摘星星花和六月钟；我要到哈里森先生的山丘牧场上寻找野草莓。我要在"情人之路"上随着萤火虫翩翩起舞。我要去拜访海斯特·格莱那被遗忘的旧花园；我要坐在花园后门的台阶上，在星星的陪同下，谛听睡梦中大海的呼唤。

一个星期结束后，你就回来了……那时候这一切我都不需要了。

第二天，当安妮向白杨山庄的人们道别时，雷贝卡·迪尤并不在场。查蒂大婶庄重地递给安妮一封信。在信中，雷贝卡·迪尤写道：

亲爱的雪莉小姐：

我写这封信来向你道别，因为我嘴巴笨，不知怎么开口向你说再见。你和我们同在一个屋檐下生活了三年。你性格开朗、青春焕发、从不向轻浮的世俗低头，从不沾染庸俗的享乐。无论在什么场合，你都落落大方，举止得体。你对任何人都关爱有加，尤其是对写这封信的人更是情深义重。你总是能设身处地照顾我的感受，想到你即将离去，我的心情就特别沉重。可是天意如此，我们又不能抱怨啊。

萨默塞镇所有有幸认识你的人，都会因为你的离开而悲伤。我这颗虽谦卑但忠诚的心将永远属于你。我将为你今世的幸福与健康以及将来你进入天国后的安乐永远虔诚地祈祷。

据说，你很快将不再是雪莉小姐了，不久便会与你的心上人喜结连理。听说他是位非常优秀的青年。写这封信的人，自知其貌不扬、韶华已逝（当然我还能生龙活虎地活上好多年），因此从未有过婚嫁之念。然而她对朋友的婚姻却十分关心。我诚挚地祝福你的婚姻永远幸福美满（但也不要对男人抱太大的期望）。

我对你的敬重和感情永远不会随着时间的推移而改变，希望你闲暇时偶尔还会想到我。

你的忠诚的仆人

雷贝卡·迪尤

附注：愿上帝保佑你。

当安妮把信折起来时，她的泪水模糊了视线。虽然她知道信上的大部分内容都是雷贝卡·迪尤从她最喜欢的那本《行为与礼仪全书》上摘抄的，但是她知道雷贝卡·迪尤的感情是诚挚的，信末的附注更是她的肺腑之言。

"请告诉亲爱的雷贝卡·迪尤，我将永远不会忘记她，每年夏天我都回来看望你们。"

"我们永远不会忘记你。"查蒂大婶哽咽着说。

"永远。"凯特大婶加重语气重复道。

当安妮乘车离开白杨山庄时，她最后看见一条白色的大浴巾在塔屋的窗口疯狂地挥舞着。那是雷贝卡·迪尤在挥动浴巾向她依依道别。

白 杨 山 庄 的 安 妮